Sur l'auteure

Historienne et romancière, Sophie Marvaud est l'auteure de nombreux romans historiques pour la jeunesse, notamment *Le Secret des cartographes* (Plon, 2008 ; Livre de poche, 2010 ; prix Saint-Maur en poche). Avec *Meurtre chez les magdaléniens* (Nouveau Monde éditions, 2014), elle a été la première à écrire un polar préhistorique. Elle y aborde la question des rapports sociaux dans la préhistoire. *Le Choc de Carnac* a reçu le prix Préhistoire en 2015.

En 2020, elle a publié aux éditions du Sud-Ouest son premier policier contemporain : *Saison 1*.

SOPHIE MARVAUD

LE CHOC DE CARNAC

10/18

Grands détectives

créé par Jean-Claude Zylberstein

ISBN 978-2-264-07766-0
Dépôt légal : janvier 2021

PERSONNAGES

Le Géant, 35 ans, commerçant

Cultivateurs des vallées

Village de Dernier-Mont
L'Orateur, 28 ans, homme influent
La Flamboyante, 28 ans, femme influente, son épouse
La Vivace, 40 ans
La Douce, guérisseuse, 20 ans
Le Hardi, 20 ans, son époux
L'Ingénieux, 22 ans
La Geignarde, 22 ans, son épouse
Gros-Bras, 18 ans, passeur

Pêcheurs de la côte et des îles

Hibou-le-Puissant, 45 ans, chamane

Village de Pointe-sous-le-Vent
Bassan, 38 ans, homme riche
Circaète, 42 ans, sa première épouse
Paruline, 32 ans, sa deuxième épouse

Harelde, 17 ans, sa troisième épouse
Sizerin, 15 ans, fils aîné de Paruline et Bassan
Oxalyde, 11 ans, troisième fille de Bassan et Circaète
Troïl, 30 ans, frère cadet de Bassan

Nomades des forêts

Clan de Grand-Chaos

Ourse-la-Puissante, 30 ans, chamane

Groupe familial de Renard
Renard (Vieux-Renard), 35 ans, l'un des sept chefs de famille
Lynx (Ardeur-de-Lynx), 16 ans, nièce de Renard
Loup (Énergie-de-Loup), 14 ans, frère de Lynx

Autre groupe familial
Aspic (Mordant-d'Aspic), 17 ans

REPÈRE CHRONOLOGIQUE

L'action du roman se déroule au début du Ve millénaire avant notre ère, c'est-à-dire il y a environ sept mille ans.

REPÈRES GÉOGRAPHIQUES

Le niveau de la mer se situe plus bas que le niveau actuel, de 5 mètres environ. Dans la baie de Quiberon, des terres supplémentaires sont émergées vers le sud, sur une distance allant de quelques centaines de mètres à 2 kilomètres. Devant Carnac, certains hauts-fonds sont des îlots, accessibles à pied à marée basse. La presqu'île de Quiberon est plus large et décalée vers le sud. À l'est, la baie communique par ses courants avec le golfe du Morbihan, qui est alors une immense zone marécageuse traversée par deux rivières et leurs affluents. À l'ouest de la presqu'île de Quiberon, l'îlot de Téviec est rattaché à la terre à marée basse.

La Forêt-des-Buttes : Carnac et les alentours, depuis la rive ouest de la rivière de Crac'h jusqu'à Plouharnel et Ploemel
Grand-Chaos : lieu sacré situé à l'emplacement de l'actuelle enceinte du Ménec (Carnac)
Le village de Pointe-sous-le-Vent : avancée rocheuse à l'extrémité est de la grande plage (Carnac)
Le village de Dernier-Mont : Kersolard (Crac'h) sur la rive est de la rivière de Crac'h
Le village de Puits-d'Eau-Douce : Kerglévérit (Crac'h) vers la rivière d'Auray
Le Très-Grand-Marécage : le golfe du Morbihan
La rivière Bousculée : la rivière de Crac'h
La rivière Indécise : la rivière d'Étel
L'Océan : l'océan Atlantique
La mer des Va-et-Vient : la baie de Quiberon
Terre-de-Tempêtes : la presqu'île de Quiberon
Pointe-de-Tempêtes : la pointe du Conguel (à l'extrémité de la presqu'île de Quiberon)
L'île de Lointain-et-Proche : l'île d'Houat
L'île de Seuil-de-Mer : l'île d'Hoëdic
L'île de Terre-d'Océan : Belle-Île

Ils étaient éclairés par des géants, alignés le long du chemin en deux files interminables ; qu'ils aient un dos bossu, un ventre rond ou des épaules larges, tous avaient une torche suspendue à leur cou. Sur les hauteurs, les guides les plus massifs guidaient les marcheurs et leur insufflaient du courage en leur laissant croire que le but était presque atteint.

Ces géants étaient en granit, faits d'un seul bloc, taillés grossièrement pour évoquer une silhouette humaine. Le vent, la pluie, les tempêtes, les orages, rien n'ébranlerait les pierres dressées. Grâce à leur massivité inébranlable, elles s'opposeraient à la force mystérieuse, monstrueuse, molle et brutale à la fois de l'Océan tout proche. Elles protégeraient les voyageurs des âmes errantes. Enfin, leur éclatante puissance virile achèverait de détruire les mystérieux pouvoirs des Nomades.

Les files de pierres prenaient fin au sommet d'une colline, devant un chaos rocheux impressionnant. Soudain, les tambours résonnèrent, entamant un rythme régulier, repris par les flûtes. En jaillissant, le premier rayon de soleil vint frapper le cœur des pierres. Il était si puissant que les nuages s'élevèrent dans les profondeurs du ciel et perdirent leur caractère inquiétant. Il était si précis qu'il révéla l'intérieur du chaos : la fente de l'entrée, le tunnel, le resserrement brutal de la roche et la cavité toute en rondeur... La foule resta muette de surprise. On aurait dit un sexe féminin que le soleil fécondait.

1

Inquiet, le commerçant tentait d'avancer plus vite ; en vain. Devant lui, la végétation formait un fouillis où il avait peine à se frayer un chemin. Quand il croyait pouvoir se glisser dans un espace plus large entre les chênes et les noisetiers, son gros sac était retenu par le bras d'une ronce. Impatient, il se blessait les doigts en l'arrachant de la toile. Après chaque obstacle, il retrouvait sa direction : plein sud, à l'opposé de la face moussue des arbres. Heureusement qu'il avait ce repère, car le temps était brumeux. Malgré l'arrêt de la pluie, impossible de savoir de quel côté se trouvait le soleil.

Que cette progression était pénible ! Plusieurs décennies qu'il voyageait à pied – depuis qu'il avait l'âge de marcher – et Le Géant empruntait rarement un sous-bois aussi encombré. Comme il regrettait les chemins bien tracés des vallées qui reliaient un village à l'autre le long des rivières ! La végétation broutée par les troupeaux n'y dépassait pas la hauteur de ses chevilles, offrant à son regard des perspectives reposantes. Là-bas, il allait d'un pas régulier, détendu et efficace, et il méritait son surnom. Tandis qu'ici, serpentant entre les arbres, écartant sans cesse les ronces, ses yeux à la hauteur des broussailles, ses jambes s'enfonçant sous les fougères et ses pieds heurtant les pierres qui s'y cachaient, il avançait avec une lenteur exaspérante.

Un bruit – ploc – le stoppa net. Un peu de pluie retenue par les arbres venait de tomber sur son chapeau de paille. Il le retira et le secoua. Une quantité plus importante frappa alors le sommet de sa tête. Il jura ; il détestait sentir l'eau sur son crâne nu… et se souvenir de l'ampleur de sa calvitie malgré ses trente-cinq ans. Irrité, il se couvrit de nouveau et repartit. Il n'avait aucune envie de s'attarder dans les parages.

Un grognement à sa gauche l'alerta. Il attrapa le couteau à sa ceinture. Le grognement décrut et s'éloigna – un sanglier, peut-être ? Le commerçant reprit sa progression, restant sur le qui-vive. Pour rejoindre la côte, il était contraint de traverser la Forêt-des-Buttes, peuplée d'animaux dangereux. Ce vaste pays, tantôt rocheux, tantôt marécageux, pénétré en profondeur par l'eau salée, était parcouru de ruisseaux qui ne se rejoignaient jamais. Aucune vallée ne reliait Dernier-Mont, le dernier village des Cultivateurs, à Pointe-sous-le-Vent, le premier village des Pêcheurs. Par conséquent, on ne trouvait pas de chemin digne de ce nom pour aller de l'un à l'autre, seulement quelques pistes ouvertes par les sangliers, les cerfs et les Nomades du clan de Grand-Chaos.

Les habitants de la Forêt-des-Buttes étaient des gens charmants. Quand il revenait de la côte, Le Géant faisait souvent une halte chez eux. C'était vraiment pour le plaisir de discuter, car il n'y avait aucune chance qu'ils lui achètent quoi que ce soit. Ils habitaient des tentes qu'ils transportaient sur leur dos avec tous leurs biens. Ils ne s'alourdissaient pas d'objets de prestige. Ils préféraient se tatouer la peau ou insérer des plumes dans leurs chevelures. Quand leurs outils sculptés finissaient par s'user, ils les abandonnaient. Dans leurs tombes, ils jetaient des fleurs, aussitôt flétries par la terre qui les recouvrait… Bref, à la grande surprise du Géant, ils ne connaissaient rien de durable.

Cette fois-ci, il ne savait pas s'il s'arrêterait chez les Grand-Chaos. Les Cultivateurs de Dernier-Mont lui avaient demandé de transmettre un message aux Pêcheurs de Pointe-sous-le-Vent. Comment refuser ce service à de bons clients ? Il n'avait pas osé. Pourtant, au fond de lui, il avait mauvaise conscience. Il ne voulait aucun mal aux Nomades. Or le message les concernait…

En partant de Dernier-Mont un peu après l'aube, le commerçant arrivait toujours à Pointe-sous-le-Vent en début d'après-midi. Mais avec cette grisaille épaisse, impossible de savoir si le soleil avait atteint son zénith. Pourvu qu'il ne se soit pas perdu ! Si le message à transmettre pouvait bien attendre une demi-journée de plus, lui n'avait aucune envie de passer la nuit dans la végétation gorgée d'humidité. De plus, il ne voulait pas rater le banquet auquel les Pêcheurs l'avaient convié ; demain, ils célébreraient le premier jour de la première lune, c'est-à-dire le début de l'année nouvelle. Le Géant était sûr de la date parce que, chaque matin, il faisait une encoche supplémentaire sur son bâton de marche.

Il poussa un soupir. Régulièrement, ceux qui plaignaient sa solitude lui proposaient un chiot. L'animal écouterait ses plaintes et ses colères. Il l'avertirait de l'approche d'un ours ou d'un lynx. Il lui tiendrait chaud la nuit en hiver, partageant ses couvertures.

Sa présence serait la bienvenue pendant les orages et les averses, quand il fallait s'arrêter au milieu de nulle part. Mais Le Géant refusait toujours. Un chien filerait à droite, à gauche, en suivant n'importe quelle piste, et il faudrait lui courir après. Il ralentirait sa progression et, surtout, il le ferait remarquer, lui dont la vie et le commerce tenaient beaucoup à la discrétion. Il dissimulait toujours une partie de son chargement avant d'arriver chez des clients, de manière à écouler ses marchandises une à une. Il ne voulait pas être contraint d'accepter d'un coup plusieurs fois son poids en nourriture avant de crier famine une lune plus tard parce qu'il n'aurait plus rien à vendre.

Les gens qui s'inquiétaient pour lui l'interrogeaient : pourquoi n'avait-il pas de compagne à ses côtés ? Il répondait qu'il avait aimé une jeune fille, autrefois. Hélas, elle n'était pas libre, et depuis il était inconsolable. Cela rassurait les hommes possessifs ; curieusement, cela sonnait comme un défi aux oreilles des femmes, qui étaient nombreuses à vouloir le consoler. En réalité, rien ne lui plaisait autant que d'entrer seul dans un nouveau village. Pendant qu'il découvrait son décor, ses rues, ses troupeaux, les ateliers de ses artisans, ses maisons, sa langue, sa cuisine, il sentait peser sur lui le regard curieux et bientôt attendri de la gent féminine. Il n'avait qu'à attendre la nuit en se demandant qui, jeune fille ou veuve, oserait la première le rejoindre sur sa couche. Aux plaisirs de la nouveauté s'ajoutait celui de la surprise.

Cette vie de grand voyageur, Le Géant ne l'avait pas choisie. C'était celle de ses parents, qu'il avait accompagnés pendant son enfance et dont il avait poursuivi l'activité après leur mort. Mais il ne l'aurait échangée contre aucune autre. Au fond, il ne souhaitait la présence ni d'un chien ni d'une femme. Il aurait apprécié de la compagnie, à condition que ce soit celle d'un apprenti. L'idéal aurait été un fils qui un jour aurait pris sa suite.

Dans les fougères, son pied glissa sur la surface humide d'un rocher invisible. Le poids de son sac le poussa en avant et il tomba de tout son long, protégeant ses marchandises par réflexe. Le tapis de fougères amortit le choc, mais son nez heurta la pierre et la douleur fut fulgurante. Il cria sans s'en apercevoir. Il se releva prudemment, tâta son visage baigné de sang. Il s'était cassé le nez. Rien de plus. Sonné et tremblant, il s'assit, sortit une outre et s'aspergea d'eau fraîche. Après s'être essuyé le visage, il le tamponna doucement avec un pansement de feuilles aux vertus cicatrisantes. Par superstition, il effleura aussi les deux petites pierres incrustées dans ses oreilles : l'une ressemblait à une goutte de mer, l'autre à un éclat de soleil. Ces bijoux étaient tellement rares qu'il avait fini par croire qu'ils le protégeaient.

Mécontent de ce contretemps, il pensa avec envie à Pointe-sous-le-Vent, à ses poteaux sculptés fièrement dressés, à sa vaste terrasse perchée au-dessus de l'Océan, à ses huttes rondes au mobilier confortable, à ses gourmandises au goût de mer, à son patriarche accueillant, à ses femmes à la peau mate. Les Pêcheurs de la côte étaient ses meilleurs clients. Ils ramassaient des coquillages magnifiques qu'ils échangeaient ensuite contre ses marchandises. Et ils adoraient les récits qui accompagnaient ses objets exotiques. Ce peuple ne voyageait jamais et craignait même de s'aventurer loin dans la forêt. Comme leurs yeux brillaient lorsque Le Géant leur décrivait les montagnes enneigées et les plaines cultivées ! À quelle distance encore se trouvait-il du village ? Il aurait juré qu'il était tout proche, mais pas suffisamment pour s'y rendre à cloche-pied !

La douleur pulsait en lui au rythme des battements de son cœur. Il ramassa quelques branchages épars, prépara des brins d'étoupe, frappa un silex à une pierre de marcassite et alluma un feu. La fumée s'éleva en crachotant dans l'humidité ambiante ; elle finit par trouver son chemin vers le ciel. Il posa près du foyer un bol en terre cuite et versa de l'eau. Il avait besoin d'une tisane pour apaiser sa souffrance avant de repartir. Pendant que l'eau chauffait, il se demanda ce qui se passerait s'il ne parvenait jamais à Pointe-sous-le-Vent. Le message des villageois de Dernier-Mont ne serait pas transmis à ceux de Pointe-sous-le-Vent. Et les deux peuples s'affronteraient – pour le plus grand bénéfice des Grand-Chaos.

En réalité, le monde change, se dit Le Géant avec nostalgie. Il changeait beaucoup plus lentement que les moments du jour, ou même les saisons de l'année, mais de manière indubitable, il changeait. Personne n'en avait conscience plus que lui. Les villages des Cultivateurs étaient remplis d'enfants. À chaque printemps, les jeunes couples réclamaient des terres à cultiver qu'on ne pouvait leur offrir. Ils devaient défricher de nouvelles portions de forêt. En parcourant les pays les plus divers, le commerçant voyait se multiplier les villages, les champs, les prés, jusque sur les collines boisées. Toutes les vallées qu'il traversait étaient maintenant occupées – ce n'était pas le cas à l'époque où il voyageait avec ses parents.

L'eau était chaude. Il retira le bol du foyer et jeta dedans des écorces de saule et des feuilles de sauge qui atténueraient sa douleur. Les Cultivateurs avaient décidé de défricher la Forêt-des-Buttes. Ils voulaient rassurer les Pêcheurs qui allaient se sentir menacés. Ils promettaient de ne pas venir troubler leurs activités le long de la côte. Ils proposaient une rencontre pour expliquer en détail leur projet. Mais s'ils parvenaient à un accord, que deviendraient les Nomades ?

Sur le visage du Géant, le sang s'était arrêté de couler. La tisane avait assez infusé comme ça. Il but à petites gorgées le breuvage brûlant et, en attendant le soulagement du remède, vérifia le contenu de son sac. Pourvu que rien ne se soit brisé dans sa chute ! Il déplia ses couvertures qui abritaient des objets exceptionnels : deux haches de jadéite, si finement polies qu'on pouvait apercevoir à leur surface son propre reflet, un anneau de schiste à l'ovale parfait, deux perles d'ambre, une pendeloque en variscite et enfin, enveloppée à part, une petite statuette d'argile. Il fut soulagé : rien n'avait souffert. Il préférait ça à un nez intact.

Il remballait l'ensemble avec le plus grand soin quand quelque chose d'acéré frappa son cou. Il en eut le souffle coupé. Qu'est-ce que c'était ? Une abeille ? Un frelon ? En cette fin d'hiver ? Il porta la main à sa nuque et constata qu'elle saignait. De la plaie, il extirpa une petite flèche, armée d'une pointe de silex, minuscule mais acérée. Les Nomades m'attaquent ! pensa-t-il, stupéfait. Il fouilla dans l'herbe et y retrouva son couteau. Il se releva malgré la tête qui lui tournait et il fit face, son arme brandie dans une main. De l'autre, il prit appui sur un tronc qui le protégeait en partie. Il fouilla la végétation du regard. Où ses agresseurs se cachaient-ils ? D'où pouvaient-ils encore tirer sur lui ? S'ils osaient s'approcher, ils le paieraient cher !

Du respect se mêlait à sa stupeur. Comment les Grand-Chaos avaient-ils su qu'il allait transmettre un message à leur détriment ? Il ne pouvait pas leur en vouloir. Il ferait la même chose à leur place. Quelle erreur d'avoir accepté cette mission ! Il aurait dû s'abriter derrière sa neutralité de commerçant, qui refuse de se mêler des querelles d'autrui afin d'être bien reçu partout…

Les habitants de Dernier-Mont l'avaient abondamment servi de leur breuvage aux pommes fermentées. Il est vrai que ce genre de boisson brouille l'esprit et fait croire que la générosité n'a pas de limite. Mais, en vérité, ce n'était pas l'ivresse qui avait incité Le Géant à accepter leur demande. Il avait été séduit par l'idée que s'ouvre enfin un vrai chemin entre l'intérieur et la côte. Une voie sûre et dégagée où il ne risquerait plus de se casser le nez en glissant sur un rocher invisible. Au fond, son rêve le plus cher était une succession ininterrompue de villages, bien reliés les uns aux autres… C'était donc regrettable, mais les Grand-Chaos devraient quitter la région.

Une douleur vive frappa sa main gauche, celle qui embrassait le tronc. Incapable de rester debout sans le soutien de l'arbre, Le Géant tomba à genoux. Seules sa tête et ses épaules dépassaient encore des fougères. Une flèche siffla au-dessus de lui et emporta son chapeau de paille. Le tireur avait-il voulu l'effrayer, ou bien avait-il visé trop haut ? Le commerçant finit de s'allonger, serrant plus fort son couteau. Toutes les flèches provenaient du même endroit ; son agresseur était seul, sans complice pour le prendre à revers. Malgré sa main blessée et le sang qui l'aveuglait,

Le Géant rampa sous les fougères gorgées d'eau, laissant son sac derrière lui. Il était conscient que les mouvements des plantes signalaient son déplacement, mais, à proximité du sol, il voyait mieux les reliefs de la terre rocheuse ; il avait repéré un trou entre deux marches de pierre où il pourrait s'abriter.

Il réussit à l'atteindre sans recevoir de nouveaux tirs. L'assaillant ne voudrait pas gaspiller ses flèches en les lançant à l'aveuglette dans la végétation. Recroquevillé dans la boue, le voyageur eut droit à une accalmie. Il tendit l'oreille. À une dizaine de pas, le feu qu'il avait allumé continuait de crachoter. Ce bruit dominait le fond sonore habituel : crissements d'insectes, craquements de brindilles, glissement furtif d'un petit animal. Les oiseaux qui s'étaient tus au début de l'attaque ne reprenaient pas leurs chants ; la menace n'était donc pas passée. Si j'avais un chien, il me défendrait, pensa-t-il avec regret. Même une compagne serait la bienvenue : nous serions deux contre un ennemi solitaire.

Avait-il été observé pendant qu'il déballait sa marchandise ? Le sac était resté ouvert près du foyer, les trésors étalés sur les couvertures. Si l'agresseur n'était pas un Grand-Chaos, ce pourrait être un voleur. Qu'il lui laisse donc la vie sauve et qu'il se contente de partir loin d'ici avec le sac ! Le Géant ne le poursuivrait pas. Il saurait bien chasser et pêcher pour se nourrir, le temps de rassembler de beaux coquillages, qu'il irait ensuite échanger loin des côtes. La véritable richesse du commerçant ne consistait pas en objets précieux, mais dans sa connaissance précise de ce qui plaisait à chaque peuple. Cette richesse-là, personne ne pourrait jamais la lui retirer.

Des craquements sur sa gauche lui firent comprendre

que son adversaire approchait. Le Géant se tourna dans cette direction, levant son couteau, prêt à un corps à corps désespéré. La flèche suivante le surprit comme si elle tombait du ciel. Elle s'enfonça dans sa poitrine. Son cœur ne fut pas touché mais la nouvelle faille dans sa chair se mit à saigner abondamment.

Avec le sang qui s'échappait, les forces du blessé le quittaient peu à peu. Sa vision se brouillait. Quand sa main lâcha le couteau, il aperçut une ombre qui se penchait vers lui. Il lui sembla comprendre pourquoi on le tuait. Il fut saisi par un vif sentiment d'injustice. Il voulut protester, défendre son point de vue, proposer de discuter… Sa bouche remplie de sang ne laissa échapper que des gargouillis.

L'instant suivant, tout lui était devenu égal. Son cœur avait cessé de battre.

2

Autour de Dernier-Mont, les bosquets s'étaient couverts d'un duvet roux pâle ou vert tendre. Accroupie au bord d'un champ, La Vivace ramassa une poignée de terre ; arrosée par les averses, réchauffée par les éclaircies, aérée par les limaces, elle s'était bien amollie. Dans quelques jours, le sol serait gras et souple, prêt à être ensemencé.

À quarante ans environ, la Cultivatrice se rebellait pour la première fois de sa vie. Et c'était contre un événement inéluctable : elle refusait de voir le printemps s'installer. Qui aurait pu croire qu'elle, un jour, ait la moindre envie personnelle ? Elle n'avait que neuf ans quand ses parents étaient morts, fauchés par une maladie brutale qui avait décimé le village. Combien La Vivace avait-elle alors de frères et de sœurs à nourrir ? Elle ne s'en souvenait plus. Deux seulement avaient survécu à l'épidémie, et à leur première année sans père ni mère. Elle, l'aînée, avait pourtant fait de son mieux. Elle avait poussé l'araire de toutes ses forces pour ouvrir la terre, brisé sans relâche les mottes à la houe, ensemencé, biné, sarclé, puis moissonné comme un adulte, ce qui lui permettait de réclamer le soir pour chaque membre de la fratrie un morceau de pain[1] et un bol de soupe.

Astreint à trop d'efforts précoces, son corps ne s'était pas développé comme celui des autres jeunes filles. La Vivace était restée petite, toute menue, avec des hanches maigres et des seins comme des cassis. Elle avait suscité un certain respect et gagné le nom d'une plante qui ressuscite après chaque hiver. En revanche, aucun homme n'avait envisagé de la prendre pour compagne. Sa silhouette fluette semblait incompatible avec la maternité.

La Vivace prit conscience qu'elle avait écrasé la motte entre ses doigts ; il y avait de la colère en elle. Elle essuya sa main, se releva et, tournant le dos au champ, elle revint vers le village. Au pied d'une colline, six longues maisons se faisaient face, deux à deux, le long d'une rue boueuse. Sur le côté s'écoulait la rivière Bousculée, large et sinueuse, qui naissait d'un marécage de l'autre côté de la colline, avant de se perdre en un autre un peu plus bas.

Heureux de retrouver le soleil, les enfants se poursuivaient parmi les poules ; ils se cachaient sous les débords des toits de chaume. Deux jeunes femmes armées de baguettes guidaient le troupeau hors de la grange. Les vaches allaient retrouver le pré où elles pourraient brouter l'herbe nouvelle derrière les barrières consolidées. Aujourd'hui, les hommes réparaient les palis qui protégeaient le potager. Ces activités annonçaient, elles aussi, l'arrivée du printemps. En croisant une femme qui allait chercher de l'eau à la source, La Vivace se demanda si son impatience pouvait se lire sur son

1. Il s'agit de pain plat, non levé.

visage. Comme elle aurait aimé être aussi transparente que d'habitude !

Quand son frère et sa sœur s'étaient mariés, elle avait continué à travailler à leur service et s'était occupée de leur progéniture. Silencieuse et discrète, elle ne mangeait qu'une part d'enfant, tout en abattant le travail d'une adulte. Elle se contentait également de peu en matière d'affection. Attentive et patiente, elle était la préférée des plus petits. Certains mouraient. Les autres grandissaient et semblaient l'oublier à leur tour, mais il y avait toujours un autre bambin pour prendre la relève. Après tout, ces fluctuations de tendresse ressemblaient au cycle annuel de la nature, avec ses printemps joyeux comme la petite enfance, ses étés prodigues comme la jeunesse, ses automnes chahutés comme la maturité, ses hivers mélancoliques comme la vieillesse. À quoi bon chercher à freiner le passage des saisons et la succession des années ? Elle s'était résignée.

Rejoignant la grande maison commune où elle vivait, La Vivace se mit à balayer le sol de terre battue dans les moindres recoins. Elle espérait que cela l'apaiserait. Au fil du temps, sa situation avait révélé quelques avantages. La plupart des femmes périssaient jeunes. Celles qui survivaient aux accouchements successifs étaient épuisées d'avoir toujours un enfant dans le ventre, au sein, ou dans le dos. Les autres, stériles, étaient vite aigries par la déception et le manque de considération. Ce n'était pas le cas de La Vivace. Dans sa jeunesse, elle n'avait pas eu le temps de regarder les hommes. Lorsqu'elle avait été moins accablée de travail, elle savait déjà que son corps maigre n'éveillait pas le désir masculin. À l'abri de toute attente familiale ou amoureuse, elle n'avait vécu aucune désillusion. Même les disputes ordinaires lui étaient épargnées puisque personne ne lui demandait son avis.

Et voilà que cette tranquillité venait d'être engloutie… Quatre jours plus tôt, le couple le plus *influent* de Dernier-Mont – L'Orateur et La Flamboyante – avait rassemblé les villageois dans la maison qu'ils partageaient avec d'autres familles. Les paillasses avaient été roulées et rangées, des rondins installés en rond pour s'asseoir, les chiens mis dehors. Un feu généreux brûlait dans le foyer ouvert, dont la fumée se glissait avec peine dans les interstices du chaume.

La plupart des villageois avaient répondu à l'invitation. Bien qu'ils aient déjà dîné, les femmes étaient passées dans l'assemblée pour offrir des galettes au miel. Les hommes avaient rempli les coupes d'un breuvage aux pommes fermentées. Comme toujours, le sentiment de fraternité avait besoin d'être nourri par l'alcool et les mets sucrés. La Vivace s'était installée au premier rang, car sa vue faiblissait. En retrait sur le côté était assis un inconnu un peu plus jeune qu'elle, bien bâti, au visage attrayant malgré sa calvitie, et qui semblait ne pas savoir où ranger ses longues jambes. Il tenait un sac sur ses genoux. Le contenu devait en être très précieux, car jamais il ne le lâchait des deux mains à la fois, vidant sa coupe et la posant au sol avant d'accepter une friandise.

L'Orateur échangea quelques mots avec lui avant de s'adresser à tous. Bien que doté d'une belle voix puissante, l'homme influent se jucha sur un rondin, ce qui lui permettait de regarder chacun au fond des yeux. Son chignon soigné soulignait par contraste la beauté virile de ses traits. Mais son charme venait d'ailleurs, sans doute de son immense confiance en lui.

— Merci d'être là, commença-t-il. La Flamboyante et moi souhaitons vous parler d'un projet important auquel nous avons réfléchi cet hiver.

Il tendit la main à son épouse dont l'épaisse chevelure rousse, flottant autour du visage, détournait l'attention de ses petits yeux rapprochés. Elle déposa son dernier-né dans les bras de La Vivace et grimpa près de lui.

— Savez-vous combien nous sommes à vivre à Dernier-Mont ? demanda-t-elle à l'assistance.

Elle leva un grand pot de terre cuite et le secoua pour qu'on entende qu'il était plein.

— Hier soir, je suis allée dans chaque maison et j'ai placé là-dedans une noisette pour chaque habitant. Nous sommes maintenant cent quatre-vingt-un ! Dont quatre-vingt-huit adultes. Nous mettons au monde beaucoup d'enfants. Comme si ça ne suffisait pas, nous voyons arriver des jeunes nés dans d'autres villages. Ils croient trouver par ici une nouvelle forêt à défricher et ils se heurtent à la rivière Bousculée. Que se passera-t-il dans quelques années ? Je vais vous le dire, ajouta-t-elle d'un ton dramatique. Les terres qui nous entourent ne suffiront plus à nous nourrir.

On regarda avec inquiétude les nouveaux venus de ces derniers jours, ainsi que les femmes qui portaient un ventre rond ou qui allaitaient. Pourtant, La Flamboyante elle-même mettait les enfants au monde avec la régularité de celles qui préparent le pain.

— Interdisons toute nouvelle arrivée, suggéra le doyen, un grand vieillard édenté qui approchait les soixante ans.

— Autant demander aux femmes d'arrêter de fabriquer des bébés, rétorqua sa voisine en riant.

Il y eut d'autres suggestions farfelues et, finalement, quelqu'un lança :

— Allons défricher l'autre rive !

La voix de L'Orateur couvrit le brouhaha, forçant tout le monde à l'écouter.

— Exactement ! Au nord et au sud, notre territoire est cerné par les marécages. À l'est se trouvent les champs d'autres villages. Il n'y a qu'une direction possible pour gagner de nouvelles terres : l'ouest.

— Tu veux bien dire de l'autre côté de la rivière Bousculée ? l'interrogea une femme, l'air sceptique.

— Tout à fait. Notre problème, c'est comment surveiller nos prés et nos champs depuis l'autre rive… Si nous ne le faisons pas, les Nomades prendront nos vaches pour cibles. Ils viendront moissonner notre blé. Eux se régaleront et nous, nous mourrons de faim !

Des huées s'élevèrent. Cette perspective les révoltait tous. Le bétail réclamait tant de soins attentifs, les champs tant de labeur… Il n'y avait qu'à regarder leurs dos courbés vers le sol, leurs visages tannés par le soleil et le vent, leurs doigts tordus par les rhumatismes. Du début du printemps à la fin de l'automne, femmes et hommes se levaient tôt chaque matin pour travailler dehors, poussés par la nécessité de nourrir leurs familles. L'idée que d'autres puissent s'emparer du résultat de tant d'efforts était insupportable.

— Il existe une solution, reprit L'Orateur. Ceux qui iront défricher la forêt devront y fonder un nouveau village. Les jeunes qui continueront d'arriver pourront s'y installer. Ainsi qu'une partie de nos enfants lorsqu'ils deviendront adultes. Installés au centre des nouvelles terres, les pionniers n'auront pas de mal à garder un œil dessus.

C'était simple et évident. Tout en berçant le bébé de La Flamboyante, La Vivace sentit une émotion discrète, mais tout à fait nouvelle. Dans la pièce, les questions jaillissaient de tous côtés : « Bientôt ? », « Qui doit y aller ? », « Comment être sûrs que ces terres seront fertiles ? »

Toujours debout sur le rondin, L'Orateur sourit à l'assistance tumultueuse avant de répondre :

— La végétation de la Forêt-des-Buttes est abondante. Ça veut dire que le blé y poussera bien, comme l'herbe pour les troupeaux.

— Les fondateurs du nouveau village devront être jeunes et solides, ajouta La Flamboyante. Ils auront beaucoup à faire les premières années.

— Mais Dernier-Mont ne peut pas se priver de tous ses jeunes à la veille du printemps ! s'écria le doyen.

— Aucun risque. Ils sont trop nombreux.

— Est-ce qu'il faudra laisser aux pionniers une partie de nos céréales et de nos bêtes ? demanda une femme inquiète.

— Il faudra bien qu'ils aient de quoi ensemencer leurs champs, démarrer un élevage et créer une basse-cour, répondit L'Orateur.

— Cela ne changera rien pour ceux qui restent, s'empressa d'expliquer La Flamboyante. De toute façon, il aurait fallu nourrir les partants. Le nouveau village sera autonome dès la deuxième année.

— Une trentaine de pionniers devraient suffire au début, estima L'Orateur.

La Flamboyante agita son pot rempli de noisettes.

— Ce qui laissera une cinquantaine d'adultes à Dernier-Mont.

— Les partants doivent tous être volontaires ! affirma quelqu'un qui semblait peu tenté par l'aventure.

— Personne ne participera contre son gré, confirma L'Orateur.

D'autres personnes se redressaient, curieuses, déjà prêtes à s'engager.

— N'oublions pas comment les parents de nos parents ont fondé Dernier-Mont et tous les autres villages alentour ! poursuivit l'homme influent. Ils sont venus un jour en petit nombre défricher des terres inconnues. Soyons dignes d'eux ! Dans les temps futurs, nos descendants se rappelleront de nous avec reconnaissance et admiration, exactement comme nous le faisons aujourd'hui avec nos ancêtres. Qui veut laisser une trace dans les mémoires ?

Il obtint en réponse des « Moi ! », des « Bravo ! » et des « Hourra ! » enthousiastes.

— Mais ce sera périlleux pour les pionniers, protesta une femme au premier rang. Avec tous ces Nomades dans la Forêt-des-Buttes !

L'assemblée frissonna d'excitation autant que de crainte. Le Nomade était l'ennemi par excellence. Il était effrayant parce qu'on le connaissait peu, on ne le comprenait pas, on l'imaginait sans foi ni loi – tout en l'admirant secrètement pour sa capacité à vivre parmi les bêtes sauvages.

— Les Nomades ne me font pas peur ! Nous sommes volontaires, La Douce et moi.

La Vivace tourna la tête et reconnut Le Hardi, un jeune homme ni très grand ni très costaud, mais habile et entreprenant. Assise à son côté, son épouse acquiesçait en souriant. Coiffée d'une queue-de-cheval sans prétention, La Douce était une jolie jeune femme au regard franc. Experte en plantes médicinales, elle était capable de secourir les blessés et les femmes en couches.

Sa présence rassura les hésitants. Une jeune fille exprima son enthousiasme à participer à l'aventure. À l'autre bout de la pièce, un jeune homme se leva aussitôt, les joues en feu.

— Si La Pinson veut bien m'épouser, je l'accompagne !

— Je pars, c'est sûr, mais, en ce qui te concerne, L'Entêté, je ne garantis rien !

— Dommage. Je pars de toute façon, bredouilla-t-il.

Un homme maigre et anguleux leva la main.

— Si vous voulez bien de moi… La technique, ça me connaît.

— Je confirme, dit L'Orateur. Bienvenue chez les pionniers, L'Ingénieux.

Son épouse gémit en caressant son ventre énorme et en ramenant vers elle une fillette au pas branlant.

— Qu'est-ce que je vais devenir ? Et nos pauvres enfants ?

— D'ici là, tu auras accouché. Vous viendrez tous avec moi, voyons, protesta L'Ingénieux.

La Geignarde continua de marmonner mais son époux ne lui prêta plus aucune attention. Il rejoignit La Flamboyante et L'Orateur qui, descendus de leur perchoir, encourageaient d'autres jeunes à s'engager. La plupart de ceux qui se manifestaient étaient célibataires. Pendant qu'ils se rassemblaient autour de L'Orateur, La Vivace s'approcha de La Flamboyante et lui rendit son bébé. Qu'arrivait-il à son cœur ?

Il cognait violemment à l'intérieur de sa poitrine, comme s'il refusait sa décision et voulait s'enfuir loin d'elle. Elle tenta de le morigéner. Rien n'y faisait.

Quand elle rejoignit le groupe des volontaires, des ricanements s'élevèrent dans l'assistance. Le Hardi la considéra avec surprise.

— Sans vouloir te vexer, La Vivace, tu n'as plus vingt ans !

Elle releva la tête et força sa voix qui n'avait jamais eu l'occasion de s'adresser à plus d'un adulte à la fois.

— Je sais travailler dur. Un peu d'expérience vous sera peut-être utile…

Dès qu'elle avait ouvert la bouche, son cœur avait repris son battement discret habituel.

La Geignarde murmura qu'elle n'aimait pas que se joigne à eux une femme sans homme, même ridée comme une vieille pomme. Les jeunes filles ne la gênaient pas puisqu'elles n'allaient pas rester longtemps sans époux. Mais La Pinson s'avança pour embrasser La Vivace. Les autres volontaires sourirent avec indulgence ou haussèrent les épaules. Le nombre de trente adultes venait d'être atteint.

— Et les Nomades ? intervint le doyen. Comment se débarrasser d'eux ? Et vous avez pensé aux Pêcheurs de la côte ? Ils vivent tout près de la Forêt-des-Buttes. Qui vous dit qu'ils vous laisseront l'occuper ?

L'Orateur remonta sur le rondin pour reprendre la parole.

— Ce sont d'excellentes questions. Nous devons être prudents. En ce qui concerne les Nomades, je ne suis pas inquiet. Il suffira d'incendier la forêt pour qu'ils s'en aillent. Quant aux Pêcheurs, voilà justement quelqu'un qui les connaît bien…

Il désigna l'inconnu au sac, que tout le monde avait oublié.

— Le Géant, notre hôte, est commerçant. Il est venu nous présenter sa marchandise avant de se rendre à Pointe-sous-le-Vent, le village de Pêcheurs le plus proche de la Forêt-des-Buttes. Il connaît bien ses habitants. Il a accepté de leur parler de notre projet. Il reviendra dans deux jours nous apporter leur réponse. Si elle est favorable, les pionniers partiront aussitôt pour défricher les nouvelles terres.

— Et si les Pêcheurs refusent qu'on s'installe près de chez eux ? Que se passera-t-il ?

L'Orateur fit signe au commerçant, qui le rejoignit face à l'assistance. Grâce à ses jambes interminables, il n'avait pas besoin de grimper sur le rondin pour que tout le monde le voie. Posée sur de larges épaules, sa figure avenante était illuminée par des yeux intelligents.

— Vous avez d'excellents arguments pour les convaincre, expliqua l'homme d'un ton affable. Les Pêcheurs s'aventurent le moins possible dans la forêt. Pourtant, ils aiment varier leurs menus. Les pionniers pourront échanger du pain ou du lait contre leurs poissons. Et puis, les Pêcheurs sont comme vous : ils n'aiment pas les Nomades. Votre installation dans la Forêt-des-Buttes chassera ces derniers du bord de la côte.

Le mode de vie des Pêcheurs suscitait la curiosité et il dut répondre à de nombreuses questions à leur sujet. La Vivace remarqua l'air satisfait de La Flamboyante. La discussion ne portait plus que sur les détails de l'opération. Personne n'avait vraiment contesté son bien-fondé, comme si l'idée avait été dans l'air tout l'hiver. Les gens vivaient trop les uns sur les autres à l'intérieur des maisons. Après le départ d'une partie des habitants, les mères auraient moins de mal à suivre des yeux leur progéniture, les couples gagneraient un peu d'intimité, le bruit baisserait, les disputes diminueraient.

En allant se coucher ce soir-là, La Vivace tremblait de joie, une sensation nouvelle, merveilleuse, une ivresse qui ne devait rien aux boissons fermentées. Pour la première fois de sa vie, elle avait pris une décision, non par devoir mais par plaisir – et son initiative n'avait pas été rejetée.

***

Pendant qu'elle balayait, le souvenir de cette soirée semblait encore flotter dans l'air avec la fumée. Le commerçant avait quitté Dernier-Mont comme prévu le lendemain. Quatre jours après, il n'était toujours pas de retour. Or, si la réponse des Pêcheurs ne parvenait pas très vite au village, la fondation serait repoussée à l'année suivante. Ensemencer tardivement des terres nouvelles était trop risqué ; il fallait suffisamment de soleil pour conduire les blés jusqu'au mûrissement.

Quatre jours de tourments pour La Vivace, quatre nuits d'insomnie. À son âge, elle ne pouvait pas se permettre d'attendre une année. Si l'aventure lui filait maintenant entre les doigts, elle ne se représenterait jamais. Depuis qu'elle avait imaginé une alternative à sa vie routinière, elle perdait patience avec les enfants des autres ; elle ne supportait plus l'horizon bouché de tous côtés par les marécages et la rivière Bousculée. Elle avait soif de nouveaux paysages, de nouvelles activités. À défaut de fonder son propre foyer, elle voulait fonder un village ; elle voulait appartenir à une famille nouvelle, celle de pionniers unis par l'aventure.

Elle avait fini de balayer et l'apaisement n'était pas venu. Elle sortit. Un groupe de villageois débattait au soleil avec des éclats de voix et de grands gestes. La plupart des volontaires étaient là, autour de L'Orateur. Elle s'approcha. Les visages étaient tendus, les langues fébriles. Pourquoi Le Géant n'était-il pas de retour ? La réponse des Pêcheurs aurait-elle été défavorable ? Vexé d'avoir échoué, le commerçant aurait-il fait un détour pour éviter le village en repartant ? L'Orateur assurait que l'homme était digne de confiance. S'il ne revenait pas, c'est qu'il avait eu un problème. Et s'il s'était blessé en chemin ?

— N'attendons pas plus longtemps, répétait Le Hardi. Installons-nous dans la Forêt-des-Buttes. Je ne crains pas plus les Pêcheurs que les Nomades !

— Nous ne pouvons pas agir sans l'accord des Pêcheurs, protestait L'Ingénieux. Ce serait trop risqué !

La Vivace nota l'air embarrassé de L'Orateur. L'homme influent rappela que personne ne serait contraint de partir s'il ne le souhaitait pas. Bien sûr, d'un autre côté, les pionniers échoueraient s'ils étaient trop peu nombreux… La discussion semblait dans une impasse.

À la simple pensée qu'elle pourrait donner son avis, le cœur de La Vivace s'affola. De nouveau, on aurait dit qu'un étourneau cherchait à s'enfuir de sa poitrine.

— Je vais me rendre à Pointe-sous-le-Vent, proposa-t-elle d'une voix tremblante. Les Pêcheurs ne se sentiront pas menacés par une femme âgée et seule qui vient leur rendre visite. Je leur parlerai. Je les convaincrai de l'intérêt pour eux de la fondation d'un nouveau village.

Étrangement, pendant qu'elle parlait, les battements de son cœur avaient repris leur rythme normal.

— Tu ne parles pas leur langue, La Vivace, fit remarquer La Douce.

— Je me ferai comprendre avec des gestes et des dessins.

La petite femme dessinait souvent pour amuser les enfants. Elle n'avait pas son pareil pour évoquer un objet ou un animal en quelques traits schématiques.

— Tu vas traverser la forêt toute seule ! Et si tu rencontres les Nomades ? s'effraya L'Ingénieux.

— Je ne leur ferai pas peur. Pourquoi s'en prendraient-ils à moi ? Je ne veux pas renoncer à notre projet sans savoir s'il est réalisable.

Tous l'approuvèrent. Dans leurs yeux, elle lisait qu'ils étaient impressionnés par son courage. Mais ce n'était pas pour cette raison que sa poitrine se gonflait de bonheur comme une outre que l'on remplit d'eau fraîche. Une vie différente semblait à sa portée.

— Quand veux-tu partir ? l'interrogea L'Orateur.

— Tout de suite, décida-t-elle sans y avoir réfléchi. Il faut que j'arrive à Pointe-sous-le-Vent avant la tombée de la nuit. Je serai de retour demain soir.

Son audace laissait les autres stupéfaits.

— Tu ne connais pas le chemin, s'inquiéta L'Orateur. Comment vas-tu te repérer ?

— Le Géant disait que ce n'était pas compliqué. Après avoir traversé la rivière Bousculée, il faut se diriger plein sud jusqu'à la côte.

On se hâta de lui apporter un sac avec des galettes de céréales et de l'eau fraîche. Le Hardi lui proposa un arc, qu'elle refusa : elle devait être sans arme pour inspirer confiance. Elle n'accepta qu'un couteau qu'elle rangea au fond de son sac.

La nouvelle fit le tour de Dernier-Mont. Beaucoup de villageois laissèrent leurs tâches en plan pour accompagner La Vivace jusqu'à la berge. Gros-Bras, le jeune passeur, poussa à l'eau sa pirogue creusée dans le tronc d'un chêne. La passagère y monta et l'embarcation s'écarta de la rive. Dès qu'elle s'engagea dans le courant, il pagaya avec force vers l'amont. La Vivace répondit aux grands signes des adultes comme des enfants.

Pendant que Gros-Bras luttait avec énergie contre les mouvements de la rivière, elle contemplait les maisons qui reculaient sous un angle inhabituel pour elle. Elles semblaient déjà si petites et vulnérables, coincées entre la rivière et les marécages…

Sur l'autre rive, le passeur immobilisa la pirogue devant un petit embarcadère. Il lui souhaita bonne chance. La Vivace le remercia pour la traversée, grimpa à terre et s'éloigna d'un pas ferme, sans se retourner. La forêt n'était pas obscure comme elle l'aurait cru, mais baignée d'une lumière très douce. En ce troisième jour de la première lune, le soleil brillait dans un ciel limpide. Ses rayons pénétraient sans peine entre les branches bourgeonnantes. Tout ce qui entourait La Vivace semblait partager sa joie.

3

L'un après l'autre, les canots de bois et de peaux arrivaient sur le sable, portés par les vagues et d'énergiques coups de rames. Hibou-le-Puissant, le chamane, attendait debout sur un rocher noir, à l'ombre de la falaise. En l'apercevant, grand et mince, coiffé d'une ramure de cerf, certains jeunes gens ne pouvaient retenir une hésitation, d'autres au contraire se précipitaient en oubliant leur famille. Celle-ci était accueillie sur la plage par les habitants de Pointe-sous-le-Vent. On échangeait des embrassades, des rires, des mots de réconfort. Parmi les pères, Bassan était le plus entouré. Chacun tenait à le féliciter pour la puberté de son fils Sizerin.

— Attendez ce soir, protestait-il. Vous me féliciterez quand nos jeunes seront revenus !

Son sourire épanoui démentait ses paroles. Père de deux filles plus âgées, il avait attendu si longtemps l'initiation d'un fils ! Certains commentaient favorablement la silhouette de Sizerin, digne de celle de son père. Bassan se récriait :

— Vous avez vu mon ventre ? Heureusement qu'il n'a pas le même que moi !

— C’est normal, Bassan ! Tu as quelques années de plus que lui, lui faisait-on remarquer.

— Je vous dis qu’il est plus costaud que moi au même âge !

Nul n’insista. Même ceux qui l’avaient connu jeune – et se souvenaient d’un adolescent aussi vigoureux que Sizerin – voulaient se faire bien voir d’un homme réputé pour ses banquets généreux. Cela faisait longtemps que Bassan ne remarquait plus ces entorses légères à la vérité. Avec ses trois épouses, ses quatre enfants survivants, ses deux gendres, sa première petite-fille, son frère cadet et ses nombreux *obligés*, l’homme le plus *riche* de Pointe-sous-le-Vent était porté par une bienveillance universelle comme un canot par la mer.

La mère de Sizerin, Paruline, allait d’un groupe à l’autre. Brune et toute en rondeurs, depuis les épaules jusqu’aux chevilles, elle évoquait les coussins moelleux et les fruits mûrs à point. Son chapeau de roseau à large bord dissimulait une surprise : dans un visage très mat, des yeux bleu-vert, la couleur de l’Océan par beau temps. Elle serrait les femmes et les enfants dans ses bras ; elle saluait les hommes d’un mot chaleureux. Elle s’enquérait de la santé de chacun, s’émerveillait devant les bébés, compatissait à tous les maux, commentait avec sympathie chaque nouveauté. Sans cesser de bavarder, elle tournait autour du groupe et insensiblement l’entraînait vers la butte rocheuse où était perché le village de Pointe-sous-le-Vent.

Au dernier banc de sable, au seuil de la lande, tout le monde s’arrêta pour attendre Bassan. Paruline releva son chapeau pour contempler les futurs initiés restés sur la plage : six garçons, pubères de l’année, originaires de la côte et des îles les plus proches. Aujourd'hui, au premier jour de la première lune, ils allaient devenir adultes. Ils devaient prouver leur valeur en versant le sang d'un animal ; plus ce dernier était dangereux, plus ils en tireraient du prestige. En tant que femme, Paruline ne saurait jamais quel discours leur tenait Hibou-le-Puissant en cet instant. Les filles n'avaient pas besoin de prouver leur passage à l'âge adulte puisqu'un jour leur propre sang coulait entre leurs jambes, marquant leur capacité à devenir mère. À cette distance, ni les mots ni le ton du chamane ne parvenaient jusqu'à elle. Mais les mouvements de ses bras montraient qu'il mettait toute son énergie à encourager les futurs initiés.

Paruline aurait eu besoin de soutien, elle aussi ! Ces garçons avaient l'âge de se croire immortels, alors qu'elle-même savait qu'ils risquaient d'être blessés, tués, ou de ne jamais revenir, faute d'obtenir un trophée. Comment survivrait-elle si Sizerin ne rentrait pas ce soir ?

— Notre fils doit affronter seul son destin, lui rappela Bassan en passant devant elle.

Il s'avança le premier sur la grande terrasse commune, que des peaux cousues, solidement arrimées, abritaient du soleil et de la pluie. Il désigna la plus vaste des cinq huttes de torchis, la mieux située, face à la mer. Le foyer placé à son entrée était prolongé par un vaste espace extérieur dédié à la cuisine. Un long muret de pierres permettait de s'asseoir pour contempler la vue, spectaculaire, qui embrassait la plage de sable blond, les îlots couverts de lande et surtout, jusqu'à l'horizon, l'immense mer des Va-et-Vient, tantôt paisible, tantôt tourmentée, à la couleur changeante. On se sentait très petit devant cette puissance toujours en mouvement et l'on avait bien besoin de la protection des Esprits. Celle-ci était assurée par des poteaux de bois sculptés, plantés devant chaque hutte. Le poteau de Bassan était plus haut que les autres et orné plus savamment.

— Mes amis, dit l'homme riche d'une voix forte, il y a très longtemps, quand j'ai vécu ma journée d'initiation, mes parents se sont fait du souci pour moi. Aujourd'hui, c'est à moi de me faire du souci pour mon fils. Le cycle de la vie est pareil à celui de la lune : on croit que chaque nuit est différente de la précédente et pourtant, la pleine lune revient toujours. Vous aussi, vous êtes inquiets. Ce soir, nos enfants seront devenus adultes et nous serons rassurés. D'ici là, vivons cette journée le mieux possible, tous ensemble. Vous êtes les bienvenus chez moi pour le banquet de l'année nouvelle !

Il fut applaudi très chaleureusement. Et l'on s'empressa de s'installer, car la soif se faisait déjà sentir sous le vent incessant chargé d'embruns. Garni de coussins d'algues séchées, le banc, un tronc coupé, était confortable, mais d'un pied plus bas que le siège de Bassan. Ainsi, chacun associait-il le confort de cette maison à une impression imposante dégagée par l'homme riche. Pendant qu'il servait lui-même à boire, ses trois épouses et sa fille s'activaient dans l'espace dédié à la cuisine. Paruline et Circaète ouvraient les huîtres et les disposaient sur des plats en terre cuite, qu'Harelde et Oxalyde allaient poser devant les convives. Comme toujours, elles collaboraient avec efficacité, quels que soient leurs sentiments.

À quarante-deux ans, Circaète, la première épouse, semblait encore plus âgée avec sa peau plissée, couverte de taches brunes. Mère de deux grandes filles déjà mariées et d'Oxalyde, qui avait onze ans, elle travaillait en silence, feignant d'ignorer l'importance de cette journée pour elle. Si Sizerin réussissait l'épreuve de l'initiation, elle perdrait définitivement l'attention de Bassan, elle qui ne lui avait pas donné de fils. Si le jeune homme ne revenait pas, elle s'effacerait sans doute un jour devant Harelde, mais beaucoup plus tard, quand le fils de cette dernière deviendrait adulte. Un fils qui n'était même pas encore né ! D'ici l'initiation du garçon, Circaète serait morte.

Harelde, dix-sept ans, la troisième épouse de Bassan, assistait ses aînées docilement, se contentant de pousser de gros soupirs. À la fin de sa première grossesse, elle semblait au sommet de sa beauté avec son ventre parfaitement rond, ses seins magnifiques, son visage lisse et ses longs cheveux brillants. Très fatiguée, elle ne profitait guère de l'amour que lui portait Bassan. L'initiation de Sizerin ne comportait pas d'enjeu pour elle : que Circaète ou Paruline dirige le petit groupe des épouses, elle serait à leur service pendant des années. Mais parce qu'elle avait de l'affection pour le jeune homme, elle espérait qu'il réussirait.

Quant à Oxalyde, la demi-sœur de Sizerin, blonde à la peau mate, les yeux bruns, elle ne souhaitait que du bien à un frère aîné qu'elle admirait. Sa confiance en lui était si grande qu'elle ne s'inquiétait pas. Elle allait et venait en souriant, pleine d'énergie.

Seule Paruline, entre deux huîtres à ouvrir, relevait la tête pour regarder au-delà des huttes. Quand Bassan s'était marié pour la troisième fois, sa seconde épouse avait reporté toute son affection sur son unique enfant survivant, un garçon de surcroît. À ses yeux, il était aussi intrépide qu'elle, aussi déterminé que son père, plus calme qu'elle, plus doué que lui pour le bonheur. Et plus beau que l'un et l'autre avec les yeux de mer de Paruline et la vigueur de Bassan.

Le chamane et les futurs initiés avaient quitté la plage et s'éloignaient sur la lande.

— Ils vont entrer dans la forêt, murmura Paruline avec angoisse.

Elle imagina ce que son enfant allait ressentir. Les femmes qui se rendaient dans la Forêt-des-Buttes à la recherche de bois, de champignons ou de fruits, restaient en lisière. Les hommes pénétraient plus loin en suivant le gibier, mais à contrecœur et le moins souvent possible. Hommes et femmes, tous les Pêcheurs appréhendaient la densité de la végétation, l'absence de recul, la semi-obscurité, le mélange confus de bruits auxquels il fallait prêter attention pour anticiper l'approche d'un danger. La forêt était en tout point à l'opposé de leur univers familier, la côte, un paysage ouvert à l'horizon sans limite, avec une lumière vive, un vent sans obstacle, le grondement régulier de la houle.

De nouveaux compliments faits à Bassan sur Sizerin parvinrent aux oreilles de Paruline. Sans être dupe des flatteries qui berçaient son époux, elle avait pourtant besoin de croire que son fils était particulièrement fort et courageux. Pendant que ses mains maniaient sans trembler le couteau de silex, elle se mit à raconter les premiers pas de Sizerin, ses premiers mots, son premier sourire… On aurait dit que c'était hier. Comme le temps passait vite !

— Tu vas bientôt nous parler de sa naissance, se moqua Circaète.

— S'il te plaît, non, murmura Harelde, qui craignait les douleurs de l'accouchement.

— Ne t'inquiète pas, on n'y pense plus dès qu'on voit le bébé, lui dit Paruline une fois de plus. Sizerin avait une petite bouille adorable. J'ai tout de suite été frappée par ses grands yeux étonnés. Et ses petits poings…

Elle continua sur ce ton jusqu'à ce que toutes les huîtres soient ouvertes. Bénéficiant alors d'un répit, les trois femmes de Bassan rejoignirent les convives et se régalèrent avec eux. La mère de Sizerin tenta d'oublier son inquiétude en participant à la conversation générale. Les barrages de pierre – qui permettaient de capturer de grandes quantités de poissons – avaient été détruits par les tempêtes de l'hiver. Il était temps de les remettre en état, car les réserves s'épuisaient. Pour chaque village de la côte ou des îles, c'était l'occasion de revendiquer un nouveau partage de la baie, selon des critères qui variaient d'une année sur l'autre en fonction des intérêts de chacun. Là, des bancs de sable s'étaient déplacés, ici, une falaise s'était effondrée. Les anciens disaient que l'Océan ne cessait de grignoter la côte et Paruline se demandait s'ils avaient raison. C'est bien connu, les anciens regrettent toujours le temps de leur jeunesse. À trente-deux ans, elle commençait peut-être à leur ressembler à force de s'inquiéter pour son enfant qui avait grandi trop vite…

Les trois épouses allèrent chercher le plat suivant : de la langue de cachalot, séchée au feu et finement tranchée, présentée sur un lit de chicorée. Il fallait servir le meilleur avant que l'ivresse ait gagné les invités. Des exclamations saluèrent leur retour, car il s'agissait d'un mets aussi exceptionnel que raffiné ; le monstre marin s'était échoué sur la plage l'automne précédent. Bassan, qui avait reçu en partage le meilleur morceau, n'aurait jamais eu l'idée de savourer ce délice seul dans son coin. Pour l'apprécier pleinement, il avait besoin d'entendre les commentaires extatiques de ses convives.

— Le Géant ! s'exclama-t-il en comprenant brusquement qu'une voix amie faisait défaut. Il m'avait promis d'être là pour l'initiation de mon fils !

— C'est vrai, confirma l'assistance.

— On ne peut pas faire confiance aux commerçants, dit Troïl, le frère cadet de Bassan. Ils ont l'habitude d'exagérer et de mentir quand ils vantent leur marchandise.

— Le Géant ne me mentirait pas à moi, se vanta Bassan. Depuis le temps qu'on se connaît ! J'avais trois ans et c'était un bébé dans les bras de ses parents.

Le commerçant se rendait à Pointe-sous-le-Vent tous les deux ou trois ans seulement. Mais l'été dernier, Bassan avait insisté pour qu'il revienne plus tôt que d'habitude pour participer au banquet de la première lune. Le Géant avait accepté.

— Quel dommage qu'il soit en retard ! J'aurais voulu qu'il goûte cette chair tendre et salée… poursuivit Bassan.

Paruline ramassa les plats vides et les rangea, bientôt aidée par Circaète et Oxalyde. Happée au passage par son époux, Harelde s'assit près de lui et lui caressa la joue.

— Pauvre Bassan ! Ton ami te manque.

— Beaucoup, soupira l'homme riche. J'espère qu'il ne lui est pas arrivé malheur. Je ne sais pas si un autre commerçant nous apporterait un jour des trésors de pays lointains. Ni s'il saurait raconter ses voyages aussi bien que Le Géant. J'aimerais entendre parler encore des montagnes sous la neige…

***

Bien que les futurs initiés aient l'autorisation de chasser à deux, Sizerin était trop ambitieux pour faire ce choix. Il avait besoin de faire un coup d'éclat s'il voulait que son père soit fier de lui. Il suivait donc seul la piste d'un loup quand un rire grinçant éclata devant lui. Il sursauta, avant de comprendre qu'il s'agissait de corbeaux. Il frappa le sol avec un bâton et le rire cessa ; les gros oiseaux noirs s'envolèrent, mêlés à d'autres oiseaux, qu'il n'avait pas souvent l'occasion de voir. Tout était disproportionné dans leur silhouette étrange : leur petite tête, leurs yeux ronds, leur bec recourbé. Sizerin frissonna, dégoûté. Il avait reconnu des vautours. Ces messagers de malheur signalaient trop tard les blessés graves, ceux qui mouraient sans sépulture.

Au même moment, le jeune homme fut assailli par des effluves épouvantables. Dans un trou entre des rochers, il découvrit la charogne. Un cadavre humain ! Déjà en grande partie déchiqueté et dévoré. La tête avait même disparu. Les animaux n'étaient pourtant pas à l'origine de la mort, comme le prouvait une flèche plantée dans les côtes. Sizerin la contempla, sidéré : était-ce un accident de chasse ?

En s'approchant, il sentit quelque chose craquer sous ses pieds. Un feu avait été allumé ici, dont il ne restait que des cendres et des branches calcinées. Plus loin sous les fougères se trouvait un gros sac, à demi ouvert. Ce n'était pas le sac d'un Nomade ni d'un Pêcheur parce qu'il était en cuir. Malgré la puanteur, Sizerin l'examina ; il voulait savoir.

Il eut tout de suite la réponse en reconnaissant les débris d'une statuette en argile. Elle ressemblait à celles que vendait Le Géant. La nature du sac et le type de marchandise ne laissaient aucun doute : la charogne était celle du commerçant.

***

Les enfants étaient partis jouer depuis longtemps. Sur la terrasse, c'était le moment de la sieste. Bien que les ronflements de Bassan couvrissent le fracas lointain des vagues, Harelde dormait, appuyée contre lui. Circaète s'était éclipsée pour se reposer à l'intérieur de la hutte. Certains convives, repus, s'étaient assoupis eux aussi. D'autres se promenaient sur la plage ou sur la lande. Paruline, qui aurait pu les accompagner, préféra rester dans le coin dédié à la cuisine. Elle mit à l'ombre les restes, jeta les coquilles d'huîtres, rinça les plats. Elle avait besoin d'agir pour oublier son angoisse. Où se trouvait Sizerin en ce moment ? Quelles peurs devait-il surmonter ? Était-il encore vivant et en bonne santé ? Cette attente était insupportable !

Après la sieste, Bassan et ses convives se rafraîchirent les mains et le visage. Les musiciens attrapèrent les tambours de bois et de peaux, les flûtes en os, les crécelles de coquillages. Des chants joyeux et rythmés s'élevèrent en l'honneur de l'année nouvelle, repris en chœur par tous. Les pieds commencèrent à s'agiter mais on ne danserait pas en l'absence du chamane et des initiés.

Les deux premiers jeunes gens arrivèrent enfin. Ils avaient capturé un sanglier dont ils présentèrent avec solennité la tête sanglante. On les félicita, on leur servit à boire et à manger, on écouta avec respect le récit de leur chasse. Un autre initié surgit bientôt, avec une tête de cerf. Il fut fêté à son tour. Après un moment d'attente, deux jeunes chasseurs ramenèrent une tête de lynx. Et Paruline eut à peine le temps de s'inquiéter de l'absence de Sizerin qu'il était là, lui aussi, sur la terrasse.

Il était livide et ses mains tremblaient. Au lieu de brandir son trophée comme le faisaient les autres, il posa avec répugnance son sac alourdi. Il reprit son souffle sans oser croiser les regards. Quand il se décida à ouvrir le sac, tous poussèrent un cri de surprise horrifié. Il avait sorti une tête humaine. Envahie par les mouches et les vers, elle était méconnaissable, avec la peau d'un gris-bleu brillant, les yeux vitreux, les joues entièrement dévorées. L'arrière du crâne manquait. Deux petites pierres brillantes restaient pourtant fixées au cartilage des oreilles : de la variscite à gauche, de l'ambre à droite. Pas d'erreur possible. C'était la tête du Géant.

Harelde s'évanouit, aussitôt secourue par Circaète et Oxalyde. Paruline fixait son fils avec effroi.

— Qu'as-tu fait ? s'écria-t-elle.

— Rien, dit Sizerin, au bord des larmes. Ce que j'ai cru être mon devoir.

L'image de l'homme assassiné dansait sous ses paupières et son nez ne semblait pas pouvoir se débarrasser de l'odeur infecte.

— Raconte-nous ce qui s'est passé, lui ordonna Bassan.

Il s'exécuta.

— J'étais sur la piste d'un loup quand je suis tombé sur une charogne. J'ai reconnu les affaires du Géant, puis son cadavre. Et plus loin, sa tête. J'ai appelé Hibou-le-Puissant et les autres initiés. Personne ne m'a entendu. Ils devaient être trop loin. Je ne savais pas quoi faire. J'ai hésité à m'en aller mais j'ai pensé que cet homme était un ami de mon père. Je n'étais pas sûr de retrouver l'endroit parce que le loup m'avait fait tourner en rond et je ne savais plus très bien où j'étais. Je me suis dit qu'il fallait au moins emporter la tête pour lui offrir les derniers hommages dus aux morts.

— Je ne pourrai pas offrir les derniers hommages au Géant, intervint doucement Hibou-le-Puissant.

Tous se tournèrent vers le chamane, qui les avait rejoints pendant le récit de Sizerin. À quarante-cinq ans, ses traits figés par les rides semblaient toujours sourire, affichant une bienveillance que le regard perçant paraissait démentir.

— C'est trop tard. Son âme a été mangée, ajouta-t-il. Regardez, ce crâne est vide.

— Les sangliers et les vautours ont fait leur œuvre !

Hibou-le-Puissant secoua la tête.

— Regardez mieux. L'arrière du crâne n'a pas été arraché par les crocs et les coups de bec. Il a été découpé par un couteau. Cette âme a été mangée par des humains.

Sidérés, ils restèrent tous silencieux. Jusqu'à ce que Bassan se tourne de nouveau vers son fils.

— As-tu oublié ton initiation ? lui demanda-t-il d'une voix dure.

— Pas du tout ! Après avoir ramassé la tête du commerçant, j'ai retrouvé la piste du loup. J'ai réussi à m'approcher de lui en me plaçant derrière le vent. Ma flèche l'a atteint à la gorge.

De son sac, il extirpa le museau aux poils gris collés par le sang. La différence entre les deux têtes était frappante ; le loup fraîchement tué commençait à attirer les mouches tandis que le commerçant avait été colonisé depuis un moment par toutes sortes de vers.

Surpris et soulagé, Bassan se précipita pour serrer Sizerin dans les bras. Paruline éclata en sanglots. L'assistance se répandit en louanges teintées de gravité :

— C'est bien le digne fils de son père ! Il a réussi à tuer un loup à lui tout seul ! Il a poursuivi sa chasse malgré cette tête humaine qu'il transportait dans son dos ! Quel courage ! Quelle force d'âme !

On se pressa autour du jeune homme, on le conduisit sur un siège, on lui lava les mains, on lui servit à boire et à manger. Les musiciens regardèrent Bassan, attendant le signal des danses. Mais l'homme riche s'éclaircit la voix avant de déclarer :

— Le Géant était mon ami. Il se rendait chez nous parce que je l'avais invité. Il s'était arrangé pour arriver à temps, comme il me l'avait promis. Or il vient d'être déshonoré deux fois ! Il a été assassiné et il a été mangé. Son âme ne pourra pas reposer en paix parce qu'elle est maintenant la prisonnière d'un autre corps humain. Ce déshonneur rejaillit sur moi, qui étais son hôte. Je ne peux pas laisser impuni ce double crime. Je réclame vengeance !

Autour de lui, les visages s'assombrirent un peu plus. Les hommes contemplèrent leurs pieds. Tout le monde avait compris ce qu'il voulait dire. Reçus magnifiquement, ses convives étaient ses obligés. Ils ne pouvaient faire autrement que de l'aider.

— Comment comptes-tu t'y prendre ? l'interrogea Troïl.

— J'ai assez d'arcs et de flèches pour tous les hommes présents. Vous avez été bien nourris, vous avez fait la sieste, le moment est favorable.

— Les nouveaux initiés doivent être épuisés ! protesta Paruline.

Elle ne pouvait supporter l'idée que son fils risque sa vie une deuxième fois dans la même journée.

— Ils sont jeunes et ils s'en remettront. Nous avons besoin d'eux. Nous ne savons pas qui sont nos ennemis, ni combien ils sont.

— Sûrement des Nomades, dit quelqu'un.

Troïl fit la moue.

— Les Nomades ne chassent pas les humains, d'habitude !

Des escarmouches se produisaient parfois entre les habitants de la côte et ceux de la forêt. Quand, au cours d'une traque, le gibier des uns était récupéré par les autres, il arrivait que des chasseurs furieux dressent leurs arcs les uns contre les autres. Jusque-là, ils visaient les jambes et les combats cessaient au premier sang versé. Cependant, depuis quelque temps, les tensions étaient plus vives, les peurs plus grandes, les réactions plus nerveuses. Les chasseurs des deux groupes faisaient mine de se viser au cœur avant d'abaisser leurs arcs. Les Nomades avaient-ils osé aller jusqu'au meurtre, cette fois ?

— Quels que soient nos ennemis, nous devons venger notre invité, rétorqua froidement Bassan.

Il se tourna vers Hibou-le-Puissant, en quête de son approbation. Resté silencieux jusque-là, le chamane secoua la tête, l'air grave.

— Nous ne pouvons pas être violents le premier jour de l'année nouvelle. Cela placerait les douze lunes sous le signe de la mort et de la haine, ce qui nous mettrait tous en grand danger.

— Quoi ? s'étrangla l'homme riche, qui n'avait pas l'habitude d'être contredit.

Autour d'eux s'élevèrent des murmures de crainte.

— D'accord. Puisque ce jour est sacré, nous nous vengerons demain, concéda Bassan.

— Je devrai d'abord interroger les Esprits, rappela Hibou-le-Puissant de sa voix douce. Je dois vérifier qu'ils nous soutiennent.

Les murmures s'amplifièrent. L'homme riche détestait qu'on le contrarie. Mais il ne pouvait pas s'opposer au chamane. Sans son appui, personne n'accepterait de le suivre.

— Quand comptes-tu les interroger ?

— Je peux le faire demain. Je viendrai t'informer de leur réponse immédiatement.

— Très bien, soupira Bassan après un silence. Dès que les Esprits nous seront favorables, quelqu'un ira vous prévenir, ajouta-t-il en s'adressant à ses invités. Je compte sur vous pour m'aider à venger notre hôte.

Il désigna la tête du Géant, posée au centre de la terrasse. Les Pêcheurs avaient besoin de cette vision affreuse pour s'emplir de haine. Le pire n'était pas qu'elle ait été à demi dévorée par les charognards et les vers. Mais qu'elle ait perdu son âme et que celle-ci soit privée de repos. Soulagés de ne pas agir tout de suite, les Pêcheurs promirent à Bassan qu'ils ne l'abandonneraient pas. Beaucoup espéraient qu'il finirait par se calmer. Tirer sur d'autres humains pour les tuer ? Cette idée leur répugnait profondément.

4

En lisière de la Forêt-des-Buttes, La Vivace repéra un sentier qui partait dans la bonne direction. L'entrée en était barrée par un grand châtaignier abattu par la foudre et le tronc couché arrivait à la hauteur de ses épaules. Une personne plus grande serait parvenue à l'enjamber, mais la fluette Cultivatrice dut le contourner en s'enfonçant dans les taillis. De retour sur le sentier, elle remarqua des branchages cassés des deux côtés, des ronces arrachées, des fougères récemment piétinées. Elle imagina un homme de haute taille portant un gros sac, se frayant un passage en jouant des épaules… Les Nomades se déplaçaient sûrement de manière plus habile et moins visible. Il était donc possible qu'elle ait retrouvé les traces du Géant. Satisfaite, elle s'engagea dans le sentier.

Elle marchait d'un bon pas pour se réchauffer, car la forêt était fraîche et humide ; les mares étaient nombreuses et les clairières occupées par des nappes de brouillard. Ses yeux plus bas que les feuilles des fougères découvraient à l'avance les obstacles : bois mort, trous d'eau et rochers. Sa silhouette menue l'aidait à se glisser entre les ronces. Au lieu de craindre la rencontre avec un lynx ou un loup, elle se persuadait que sa maigreur ne les intéresserait pas. Les chants d'oiseaux, et même les coups répétés d'un pic-vert, étaient plaisants à ses oreilles après trop de pleurs d'enfants.

Quand elle jugea que le soleil était à son zénith, elle s'accorda une pause. Assise sur une pierre, elle mangea et se désaltéra. La fraîcheur ne l'incitait pas à s'attarder et elle repartit rapidement. Elle était encouragée par une petite tache bleu foncé qui apparaissait et disparaissait tour à tour devant elle. Était-ce l'Océan ? Avait-elle bientôt atteint son but ? Soudain, parmi les odeurs de mousse et de champignon, elle reconnut le parfum d'un feu, sans en apercevoir la fumée. Elle s'arrêta, surprise. Ce n'était quand même pas déjà Pointe-sous-le-Vent !

Une voix taquine tomba du ciel. La Vivace ne connaissait aucun des mots prononcés. Elle leva la tête et découvrit, perchée dans un arbre, une enfant de six ou sept ans qui semblait attendre une réponse. Son visage était pâle, avec des yeux noirs. Elle était vêtue d'une tunique et d'un pantalon de peau. Ses bottes, qui se balançaient au-dessus de la tête de La Vivace, devaient être bien chaudes, en fourrure retournée. C'était la première fois que la Cultivatrice voyait d'aussi près une Nomade. On disait de ces gens qu'ils ne connaissaient pas le tissage de la laine ni le travail du cuir, et cela semblait vrai.

Elle fit une mimique pour expliquer qu'elle ne comprenait pas. L'enfant descendit de son arbre avec agilité et la contempla à son tour. Le plus amusant semblait être la jupe, qu'elle souleva ; elle éclata de rire en découvrant les jambes nues. Pendant ce temps, La Vivace regardait avec curiosité les nattes brunes qui entremêlaient savamment plumes, petits coquillages et coquilles de noix. Quand l'examen mutuel fut terminé, la fillette lui fit signe de la suivre.

Contournant un rocher, elles débouchèrent dans une clairière où régnait une grande animation. Une vingtaine de tentes étaient regroupées autour de plusieurs foyers. Des Nomades rassemblaient du bois, dépeçaient du gibier, grattaient des tubercules, cuisinaient, cousaient… Combien étaient-ils à s'activer ? Ils semblaient aussi nombreux que les habitants de Dernier-Mont. La Vivace remarqua qu'ils n'utilisaient pas de pots en terre cuite, mais des paniers, des ustensiles en bois, des sacs en peau.

Ce n'était pas le plus surprenant. Tous étaient habillés de pantalons, de tuniques et de vestes. Les coiffures étaient d'une égale variété pour les deux sexes, avec des cheveux de toutes les longueurs, tressés, tirés en arrière, attachés ou laissés libres, abondamment ornés. Des lignes ocre, blanches ou noires, marquaient les visages des adultes. Leurs mains étaient tatouées. Quel beau peuple, pensa La Vivace, avant de comprendre pourquoi elle avait cette impression : ils avaient tous le dos droit et de jolies dents. Ce qui la troublait, c'était qu'à l'exception de quelques barbus et de mères qui nourrissaient un bébé, elle ne pouvait pas distinguer hommes et femmes du premier coup d'œil comme elle en avait l'habitude.

La Cultivatrice fut elle aussi dévisagée par une centaine de regards qui cherchaient à comprendre qui elle était et ce qu'elle faisait là. Mais personne ne la menaça avec une arme ni ne fit de grands gestes pour la chasser. Seuls les enfants l'entourèrent en riant. Incapable de repérer les gens influents du groupe, elle sourit à tous. Les Nomades la laissèrent traverser leur campement et poursuivre sa progression.

Elle marcha encore un moment. Les taches bleues grandissaient et nul doute qu'elle était maintenant tout près de la côte. Elle s'arrêta. Elle venait d'apercevoir sous les fougères une grande pièce de cuir déchiquetée.

C'était les restes d'un sac. Parmi les objets répandus dans l'herbe se trouvaient des débris de terre cuite. Ils provenaient d'une statuette comme celles que vendait Le Géant. Un commerçant devait rarement abandonner ses marchandises. Il lui était arrivé quelque chose de grave. Était-il dans les parages, blessé, incapable de se relever ?

En examinant les alentours, elle remarqua les traces d'un foyer éteint. Un peu plus loin, elle découvrit des vêtements ensanglantés. Ils avaient appartenu à un Cultivateur, comme le prouvaient les tissus en laine. Mais du corps qu'ils avaient recouvert, il ne restait rien. Ni la moindre chair, ni aucun ossement. Les charognards avaient achevé leur sinistre repas. Enfin, les traces de l'homme de grande taille avec un chargement volumineux s'arrêtaient là. Cela confirmait son intuition qu'elle avait mis ses pas dans ceux du commerçant.

Elle se remit en route, choquée. Tout concordait, malheureusement. Non seulement Le Géant n'était jamais arrivé à Pointe-sous-le-Vent, mais il était mort. Avait-il eu un accident ? Avait-il été tué ? En tout cas, sa mission à elle prenait d'autant plus d'importance. C'était à elle de transmettre le message de paix des Cultivateurs aux Pêcheurs.

À un détour du sentier, la tache bleue s'étendit entre les arbres, occupant tout l'espace sous le ciel. Quelle couleur intense ! L'eau de l'Océan n'était ni boueuse comme celle de la rivière Bousculée, ni opaque et verdâtre comme celle du Très-Grand-Marécage, ni translucide comme celle des ruisseaux. Elle ne ressemblait pas non plus à l'azur léger. Émerveillée, La Vivace faisait une halte à la lisière de la forêt quand une vingtaine d'hommes surgit devant elle en courant à petite foulée. Ils brandissaient des arcs et poussaient des cris haineux. Ils n'étaient ni peints, ni tatoués, ni coiffés de plumes et de coquillages, ni vêtus comme les Nomades. Ce devait être des Pêcheurs.

Ils l'aperçurent, considérèrent qu'elle n'avait pas d'intérêt pour eux et ne s'arrêtèrent pas. Quel gibier pourraient-ils attraper en faisant autant de bruit ? Aucun. Ils n'allaient donc pas à la chasse. La Vivace fit le rapprochement avec le cadavre qu'elle avait découvert un peu plus tôt. La pensée qui la traversa était si épouvantable qu'elle refusa d'abord d'y croire.

Que pouvait faire une femme petite et maigre, sans arme – et qui n'avait même pas de charme – face à un groupe d'archers ? Absolument rien. Pourtant, elle était incapable de continuer comme si de rien n'était. L'image des Nomades était toute fraîche dans sa mémoire. Elle revoyait l'audacieuse petite fille aux yeux noirs. Il ne fallait pas que des enfants deviennent orphelins comme elle l'avait été !

Rebroussant chemin, elle se mit à courir vers le campement.

***

Pendant ce temps, Ardeur-de-Lynx, dite Lynx, progressait dans la forêt, un arc à la main, son carquois sur l'épaule. À seize ans, mince et longiligne, la jeune

Nomade se glissait entre les arbres avec autant de souplesse que de discrétion. Son œil expert repérait la trouée qui permettait de progresser sans troubler la végétation. Elle savait quelles tiges se courbaient sous les pas avant de se redresser, sans se briser, et donc sans craquer. Devinant la nature du sol à celle des plantes qui y poussaient, jamais elle ne trébuchait sur les rochers.

— Je vais chercher de quoi compléter le repas ! avait-elle lancé à son oncle Renard, le chef de sa famille.

Elle s'était dépêchée de quitter le camp avant qu'il ne réagisse. Il lui aurait fait remarquer qu'elle serait plus utile au camp. Six biches et leurs petits venaient de tomber dans une embuscade. Les femmes commençaient à les dépecer et les hommes préparaient les fosses de cuisson.

En réalité, Lynx avait besoin d'être seule pour réfléchir. La grande fête de l'année nouvelle allait bientôt s'achever. Demain, les Grand-Chaos allaient de nouveau se disperser. Il y a quatre jours, le dernier de la douzième lune, un banquet avait rassemblé les sept familles du clan. La chamane Ourse-la-Puissante avait transmis de nouveau le grand récit de la création du monde, puis ils avaient mangé, bu et dansé. Le lendemain, premier jour de la première lune, elle avait emmené les pubères de l'année, filles et garçons, pour leurs épreuves d'initiation. Parmi eux, Loup, le petit frère de Lynx, sur qui elle veillait depuis la mort de leurs parents.

Comme Lynx deux ans plus tôt, Loup avait fait preuve de beaucoup de courage et il était devenu adulte. Mais ce rassemblement du clan était déterminant pour elle aussi. Il y a deux ans, pendant les épreuves, une idylle était née entre elle et Mordant-d'Aspic, dit Aspic, un jeune homme d'une autre famille. L'année dernière, chacun avait gardé ses distances et elle avait cru qu'il l'avait oubliée. Elle-même s'était intéressée à d'autres garçons.

Cette année, bien qu'il l'ait saluée avec une certaine réserve et qu'il soit ensuite resté à l'écart, elle avait senti son regard revenir tout le temps sur elle. Elle avait compris qu'il prenait le temps de l'observer avant de renouer le contact. C'était flatteur. Ils avaient l'âge où se formaient la plupart des couples.

Lynx partageait la prudence d'Aspic. S'il était venu discuter, elle n'aurait pas pu s'empêcher de l'embrasser, ils auraient cherché un endroit discret pour faire l'amour, et la grande fête aurait filé aussi vite qu'un vol d'hirondelles. Quand le clan se serait séparé pour un an, il aurait été évident pour tout le monde qu'elle était devenue sa compagne. Ce qui signifiait concrètement repartir avec sa famille à lui, laisser Loup derrière elle, s'adapter aux habitudes d'un nouveau groupe et probablement devenir mère d'ici la prochaine grande fête. Elle n'y était pas forcément hostile, mais ne voulait surtout pas se tromper. Et ce, malgré la pression amicale de son oncle Renard, qui semblait impatient de la voir partir. Lorsque Aspic s'approcherait d'elle, il faudrait qu'elle ait pris sa décision.

Devant elle, un faisan venait de se poser sur un rocher. Ravie, Lynx plaça une flèche sur son arc. Sa prise justifierait qu'elle soit allée chasser. Mais elle n'eut pas le temps de tirer, l'oiseau s'était envolé. Des bruits inhabituels provenaient de la forêt. On aurait dit qu'un petit groupe courait en écrasant les branchages sur son passage. Ce ne pouvait pas être les Nomades d'un autre clan, qui seraient plus discrets. Alors, qui ? Des Pêcheurs ? Très inquiète, Lynx s'élança vers le camp. Par chance, elle n'avait pas eu le temps de beaucoup s'éloigner.

Des cris accélérèrent les battements de son cœur. Elle contourna le rocher qui précédait le campement. Une vingtaine de Pêcheurs faisaient face aux Grand-Chaos. Ils tiraient leurs flèches sur eux ! Plus nombreux que leurs assaillants, les Nomades avaient été surpris dans leurs préparatifs pour le banquet. Ils n'avaient pas leur arc à portée de main. Certains couraient en portant des enfants pour les mettre à l'abri. D'autres gisaient sur le sol.

Lynx avait du mal à comprendre ce qu'elle voyait. D'après Renard, l'hostilité entre les peuples avait grandi depuis sa propre jeunesse. Les Grand-Chaos voyaient arriver des Nomades inconnus, chassés de chez eux par des Cultivateurs. Les Grand-Chaos leur demandaient de poursuivre leur route au-delà de la Forêt-des-Buttes. Mais ces intrusions régulières sur leur territoire les rendaient nerveux. De leur côté, les Pêcheurs étaient plus agressifs qu'avant, sans que Renard sache pourquoi. Cette fois, ils ne s'en prenaient pas à des rivaux en pleine chasse, mais à des personnes désarmées ! Ils ne visaient pas les jambes, ils semblaient chercher à tuer ! La nouveauté était sidérante.

D'instinct, elle banda son arc à son tour. Jamais elle n'aurait imaginé vouloir un jour transpercer une chair pareille à la sienne, qui abritait le même sang, où battaient les mêmes pulsations de vie, mais c'était sa famille, ses amis, qui mouraient sous ses yeux. Elle visa un Pêcheur devant elle. Et elle tira.

***

Sa flèche atteignit le Pêcheur au bras. Il lâcha son arc ; c'était ce qu'elle avait voulu, incapable de viser pour tuer. Avant qu'elle ait eu le temps de sortir une deuxième flèche de son carquois, une femme au grand chapeau, une Pêcheuse, avait bondi hors de la forêt pour se placer devant les assaillants.

— Arrêtez ! hurlait-elle. Arrêtez !

Les Pêcheurs baissèrent leurs arcs, de peur de la blesser.

— Pousse-toi, Paruline ! rugit un homme furieux au premier rang. Tu n'as rien à faire ici !

— Bassan, je ne bougerai pas ! Le Géant est assez vengé comme ça !

Profitant de ce répit, certains Nomades avaient récupéré leurs armes et ils tiraient à leur tour sur les Pêcheurs. Exaspérés, ceux-ci se préparaient à riposter dès que Paruline se serait écartée, quand une deuxième femme arriva en courant, tout essoufflée, pour se placer à côté d'elle. Elle était petite, maigre, assez âgée, étrangement vêtue d'un sac qui allait de la taille aux genoux. Ses paroles étaient incompréhensibles, à l'exception du nom du Géant qu'elle ne cessait de prononcer tout en agitant les bras.

Les combattants hésitèrent. Cela décida Lynx qui se précipita pour rejoindre les deux femmes.

— Vous allez vous faire tuer ! leur cria-t-on de partout. Allez-vous-en ! Laissez-nous régler ça !

Certains firent mine de les viser, d'autres tirèrent à leurs pieds. Elles sursautèrent mais restèrent à leur place. Elles se sentaient plus fortes ensemble. L'idée que des gens puissent tirer sur les siens comme sur du gibier était insupportable pour Lynx. À quoi bon se venger si cela signifiait perdre Sizerin ou quelqu'un d'autre ? se demandait Paruline. Personne ne devinait les motivations de la Cultivatrice inconnue, car le conflit ne concernait pas son peuple ; mais étant donné le risque qu'elle prenait, sa sincérité ne faisait aucun doute.

Plus aucune flèche ne fut tirée. Peu à peu, les combattants relâchaient la pression sur leurs arcs. Si les Nomades restaient prêts à se défendre, beaucoup de Pêcheurs semblaient maintenant se demander ce qu'ils faisaient là. Rouge de colère, Bassan constatait que ses ordres ne produisaient plus d'effet. Il finit par maîtriser sa rage. Il désigna les blessés nomades que l'on emportait à l'abri pour les soigner.

— De toute façon, Le Géant est vengé !

Il fit signe à ses compagnons de quitter les lieux. Lynx courut vers lui.

— Qui veux-tu venger ? Nous n'avons agressé personne ! C'est vous qui avez attaqué notre clan !

Bassan tenta d'ignorer la jeune femme. Mais ce n'était pas facile ; elle était aussi grande que lui. Et Paruline, sa seconde épouse, l'apostrophait à son tour devant son fils, ses amis et ses obligés.

— Et si tu t'étais trompé de vengeance, Bassan ?

— Je ne me suis pas trompé ! Qui vit dans la forêt ?

— Réponds-moi ! Qui veux-tu venger ? insista Lynx en lui barrant le chemin.

Autour d'eux, les Nomades profitaient de la discussion pour entourer les Pêcheurs, qui se retrouveraient en mauvaise posture si les combats reprenaient. Bassan comprit qu'il était obligé de répondre.

— Mon ami, Le Géant.

— Le commerçant, précisa Paruline.

Sans l'avoir jamais croisé, Lynx avait entendu parler de ce voyageur qui traversait la forêt tous les deux ou trois ans. Elle ne savait même pas qu'il était de retour, encore moins qu'il avait été assassiné.

— Les Grand-Chaos ne sont pas ses ennemis ! affirma Lynx.

Les Nomades sortaient des cachettes où ils s'étaient réfugiés. On tentait de rassurer les enfants. On secourait les blessés. Les Pêcheurs détournaient la tête, submergés par la honte. L'allure et les habitations de ces gens ne ressemblaient pas aux leurs ; mais l'amour des parents pour leur progéniture était identique, de même que l'inquiétude des amis pour ceux qui avaient été touchés – et ils pouvaient s'imaginer à leur place. Au même moment, chez les Grand-Chaos, les sept chefs de famille constataient les dégâts provoqués par l'agression. La stupeur laissait place à la colère. Les Pêcheurs, cernés et moins nombreux, risquaient d'être massacrés. Consciente du danger, Paruline se tourna de nouveau vers Lynx, avec qui une alliance implicite avait été scellée sous la menace des archers.

— Asseyons-nous, proposa-t-elle avec angoisse. Je crois que mon peuple a attaqué le tien de manière injuste. Nous devons nous expliquer.

— Asseyez-vous les premiers, répondit Lynx.

Bassan s'exécuta, conscient que le rapport de force s'était inversé. Ses compagnons l'imitèrent. Les sept chefs, dont Renard, l'oncle de Lynx, hésitaient encore. On leur apprit que, par chance, personne n'avait été tué. Ils acceptèrent alors eux aussi de s'asseoir.

5

À l'invitation de Paruline, Sizerin raconta comment, pendant son initiation, trois jours plus tôt, il avait découvert le cadavre du Géant, le crâne ouvert et l'âme visiblement mangée par des humains. Bassan expliqua alors que le commerçant était l'hôte des habitants de Pointe-sous-le-Vent, et que ceux-ci se devaient de le venger. Leur chamane Hibou-le-Puissant avait interrogé les Esprits qui ne s'y étaient pas opposés.

Les Grand-Chaos furent très irrités par ces récits.

— Le coupable de ce meurtre n'est pas chez nous, répétèrent-ils.

— Il n'est pas chez nous non plus, affirma Bassan avec hauteur.

Les adversaires regardèrent alors avec méfiance la seule personne présente qui n'était ni une Pêcheuse ni une Nomade : La Vivace. Les Grand-Chaos l'avaient vue traverser leur campement un peu plus tôt. Et si c'était elle, la coupable ? Cela faisait peut-être plusieurs jours qu'elle vivait dans la forêt.

— Cette femme n'est pour rien dans la mort du Géant ! protesta Lynx. Sinon, elle nous aurait laissés nous battre, au lieu d'intervenir.

Ils en convinrent tous.

— Nous pourrions nous associer pour découvrir l'assassin, suggéra Paruline.

— J'exige qu'il soit châtié sévèrement ! dit Bassan.

— Nous l'exigeons aussi, dirent les sept chefs. C'est à cause de lui que vous avez tiré sur nous et blessé plusieurs personnes ! Mais contrairement à vous, nous ne voulons pas frapper des innocents.

Bassan ne put faire autrement que d'acquiescer.

— Je ne le veux pas non plus.

— L'enquête doit être menée par un représentant de chaque peuple, proposa Paruline.

L'idée fut jugée excellente par l'assemblée unanime.

— Tu vas être obligé d'admettre que le meurtrier n'est pas un Grand-Chaos, dit Renard à Bassan avec satisfaction.

— Je te parie que c'est toi qui vas devoir admettre que ce n'est pas un habitant de Pointe-sous-le-Vent, s'entêta l'homme riche.

Son attitude arrogante n'aidait pas les sept chefs à se calmer. Il aurait pu au moins leur présenter ses excuses pour son erreur dramatique.

— Tu te trompes, Bassan, insista Renard, très énervé. Pour te montrer notre bonne foi, j'ai une proposition à te faire. Si l'enquête prouve que le meurtrier est un Grand-Chaos, notre clan quittera pour toujours la Forêt-des-Buttes.

C'était très audacieux. Piqué au vif, Bassan ne pouvait être en reste.

— Très bien ! Voici ma proposition à moi : si l'enquête prouve que le meurtrier vient de Pointe-sous-le-Vent, nous ne mettrons plus jamais les pieds dans la Forêt-des-Buttes.

De part et d'autre, certains réagirent avec inquiétude. En raison de la fierté des sept chefs et de l'homme riche, le résultat de l'enquête aurait des conséquences irrémédiables. Les Pêcheurs avaient besoin de gibier et de bois ; comment se fourniraient-ils sans entrer dans la forêt ? Quant aux Nomades, coincés au sud par la côte, à l'est par le Très-Grand-Marécage et au nord par les villages de Cultivateurs, ils verraient leur territoire se restreindre drastiquement s'ils se privaient de la Forêt-des-Buttes.

Cependant, à la réflexion, chacun était convaincu de l'innocence des siens. Tant pis donc pour leurs adversaires s'ils acceptaient un accord à leur détriment ! Dans leur for intérieur, l'homme riche et les sept chefs y virent l'occasion de se débarrasser facilement de l'autre peuple, dont la présence était parfois gênante. Même Lynx et Paruline, bien que mal à l'aise, ne protestèrent que faiblement, incapables d'imaginer un arrangement différent qui satisferait tout le monde. Par conséquent, personne ne s'opposa à cette dangereuse décision.

— Il est essentiel que l'enquêteur soit bien choisi, fit remarquer Renard.

— Quelqu'un de juste, d'honnête, d'incontestable, soulignèrent les autres chefs.

— D'accord, dit Bassan. Je propose ma deuxième épouse, Paruline. Elle vient de nous prouver son désir de paix.

Il eut un sourire contrit à l'intention de la femme au chapeau.

— Très bien. À condition qu'elle soit accompagnée de ma nièce Lynx, répondit Renard du tac au tac. Elle aussi nous a prouvé son désir de paix.

Étonnée de cette marque de confiance de la part de son oncle, Lynx y vit un gage de bonne volonté.

— J'accepte et je ferai équipe avec Paruline. Mais cette Cultivatrice semble connaître Le Géant, ajouta-t-elle en désignant La Vivace. Je suggère qu'elle participe elle aussi à l'enquête.

— Depuis tout à l'heure, la femme vêtue d'un sac n'avait cessé de répéter le nom du commerçant dans un flot de paroles incompréhensibles. Renard s'esclaffa.

— C'est une étrangère, Lynx ! Elle ne parle même pas notre langue !

Comme tout le monde se tournait vers elle d'un air interrogateur, La Vivace prit les mains de Lynx et de Paruline. Elle les leva et les serra avec conviction. Son geste convainquit l'assistance. Cette Cultivatrice semblait saisir l'essentiel et vouloir les aider. La participation d'une personne extérieure aux deux peuples ne pouvait que servir l'impartialité de l'enquête.

— Après tout, le meurtrier est peut-être un Cultivateur, fit remarquer Paruline. Dans ce cas, cette femme nous sera très utile.

— Mais oui ! Tu as raison ! s'exclamèrent les uns et les autres.

Le Géant mis à part, ils ne croisaient jamais de Cultivateurs dans la Forêt-des-Buttes. Ceux-ci semblaient toujours rester en lisière, sur le rivage de la rivière Bousculée. Mais rien n'aurait empêché l'un d'entre eux de suivre le commerçant dans la forêt pour l'assassiner.

Tous les visages s'étaient éclairés. Heureusement, il existait une possibilité pour que le meurtrier ne soit ni un Nomade ni un Pêcheur, et que les deux peuples puissent continuer à cohabiter. Cette idée rassurait tout le monde.

— Si le coupable est un Cultivateur, nous nous allierons contre ces gens, annonça Bassan. Nous nous organiserons pour qu'ils ne puissent jamais revenir dans la Forêt-des-Buttes !

Personne ne savait comment mettre cette résolution en pratique, mais peu importait pour l'instant. L'homme riche fut acclamé. Content de lui, il parvint enfin à prononcer les paroles apaisantes que tous attendaient :

— Je me suis trompé en cherchant à venger mon ami sans savoir qui l'avait tué. Je n'aurais jamais dû attaquer votre camp. C'est une bonne chose que ces trois femmes se soient interposées.

Les Nomades acceptèrent ses excuses avec dignité.

— Pour me faire pardonner, poursuivit-il, je veux tous vous inviter chez moi. Notre fête de la nouvelle année a été gâchée par la nouvelle de la mort de mon ami. Nous n'avons pas célébré à sa juste mesure l'initiation de mon fils Sizerin qui a pourtant fait preuve d'un courage exceptionnel. Je veux donc organiser une nouvelle fête.

Les sept chefs échangèrent des regards surpris. L'homme riche de Pointe-sous-le-Vent leur paraissait trop désinvolte.

— Bassan, nous ne pourrons pas accepter ton invitation tant que l'enquête n'aura pas abouti, rétorqua Renard.

— Nous avons besoin du bon coupable. De certitudes… De preuves… De pouvoir te faire confiance, insistèrent les autres chefs.

Dans son désir de réconciliation, l'homme riche avait oublié un peu vite la possibilité que le meurtrier soit un Nomade ou un Pêcheur. Dans ce cas, selon leur accord, l'un des deux peuples quitterait pour toujours la Forêt-des-Buttes.

— La fête peut attendre quelques jours, admit Bassan.

— D'ici là, tu laisseras Lynx, Paruline et la Cultivatrice mener leur enquête à Pointe-sous-le-Vent comme elles le souhaitent ? l'interrogea Renard.

— Tout à fait. Et vous dans le camp de Grand-Chaos ?

— Évidemment.

Consciente que les tensions pouvaient renaître d'un instant à l'autre, Lynx se hâta d'expliquer que les enquêtrices devaient être libres de leurs mouvements. Elle demanda une tente et des sacs avec des outils, des fourrures et de la nourriture.

— Donnez-leur ce qu'elles demandent, dit Bassan aux Nomades avec un air de supériorité dont il ne semblait pas avoir conscience. Je vous rendrai tout très largement quand vous viendrez célébrer l'initiation de mon fils.

Bien que très agacés, les sept chefs s'inclinèrent. Lynx et Paruline rassemblèrent ce dont elles avaient besoin et firent signe à la Cultivatrice de les suivre. Malgré leur curiosité, elles préféraient attendre d'être seules pour tenter d'en savoir plus.

***

Quand elle avait aperçu les Pêcheurs armés qui visiblement ne partaient pas pour la chasse, La Vivace avait rebroussé chemin vers le camp des Nomades pour les avertir. Mais les Pêcheurs devaient connaître un autre chemin, plus rapide ; à son arrivée, ils lançaient déjà leurs flèches sur les Grand-Chaos désarmés. En voyant la femme se dresser devant les archers – une Pêcheuse, ronde et nerveuse, au chapeau à large rebord et aux yeux couleur de mer – La Vivace avait couru près d'elle sans hésiter. Celle-ci avait crié le nom du Géant et la Cultivatrice avait tenté d'expliquer qu'elle savait où se trouvaient les restes du commerçant. Hélas, personne n'avait fait l'effort de chercher à la comprendre.

Une jeune Nomade – belle, élancée, brune, avec des plumes de geai et de perdrix mêlées à ses nattes – avait rejoint les deux femmes et, enfin, les combattants avaient baissé leurs arcs. Ils avaient accepté de s'asseoir. Les personnes influentes, tous des hommes, avaient longuement discuté en répétant le nom du Géant, sans que La Vivace puisse suivre autre chose que l'alternance des émotions sur les visages : la haine, la stupeur, la colère, le soulagement, le dégoût, l'angoisse. Lorsqu'ils s'étaient tournés vers elle d'un air accusateur, elle avait pris la main des deux femmes pour montrer qu'elle partageait leur désir de paix. Les personnes influentes avaient continué à parler en la regardant, mais elles ne semblaient plus la menacer.

Des sacs avaient été apportés et La Vivace avait pris sa part du chargement. Le destin des trois femmes avait été mystérieusement lié, et c'était tant mieux, car elle avait des informations à transmettre. Elle réalisait avec surprise qu'emportée dans un tourbillon d'événements elle n'avait pas senti son cœur cogner dans sa poitrine comme s'il voulait s'enfuir.

Maintenant, sur le sentier, elle se retrouvait face aux deux autres qui la regardaient, l'air interrogateur. Elle se présenta en répétant son nom et ses compagnes firent de même. La Nomade s'appelait

Lynx, la Pêcheuse, Paruline. Puis La Vivace raconta avec des gestes qu'elle avait découvert par hasard le cadavre du Géant et qu'elle voulait les conduire jusqu'à lui. Les deux femmes la comprirent-elles ? En tout cas, elles acceptèrent de la suivre. En chemin, l'une et l'autre tentèrent de communiquer avec elle, mais leurs messages étaient trop compliqués. La Vivace leur adressa un signe d'impuissance.

***

Les trois femmes contemplèrent les vêtements vides, les restes du foyer, le sac ouvert. Quelques objets étaient dispersés parmi les petites fleurs blanches : un couteau, une outre, une couverture, un gilet de fourrure, une ceinture… De toutes les matières laissées derrière lui par le commerçant, pierre, os, bois, charbon de bois, cendre, cuir, laine, c'étaient ses propres viscères, sa chair et ses ossements qui avaient disparu en premier. Lynx expliqua à Paruline qu'il suffisait de trois jours pour que la forêt absorbe un cadavre. Elle montra dans la terre les empreintes d'animaux qui étaient venus se servir : des renards et des sangliers. Maintenant, même les fourmis et les mouches étaient parties chercher leur pitance ailleurs.

Paruline décrivit avec précision la tête du commerçant quand Sizerin l'avait ramenée à Pointe-sous-le-Vent ; Lynx estima que la mort datait du matin de la découverte, ou bien de la veille. Elles réfléchissaient à voix haute sous le regard interrogateur de La Vivace qui tentait de les comprendre, sans succès.

La jeune Nomade examina le foyer. Malgré l'exubérance du printemps, la végétation n'avait pas encore commencé à recouvrir les cendres.

— Je pense que Le Géant a été assassiné il y a quatre jours, la veille de la nouvelle année, annonça-t-elle à Paruline.

— Pendant son voyage vers Pointe-sous-le-Vent. Juste avant d'arriver, fit remarquer son interlocutrice en frissonnant.

Lynx s'agenouilla pour fouiller les cendres. Elle trouva un morceau d'os plat et légèrement incurvé, de la taille d'une paume d'enfant. Ses bordures étaient marquées par des traces de cisailles. Sur le côté convexe subsistaient quelques fibres calcinées.

— Voilà le morceau de crâne qui a été découpé pour en retirer l'âme.

— Tu as raison. Là, ce sont les cheveux du Géant. Il était presque chauve, mais il lui restait comme un croissant de lune entre les oreilles.

Curieuse, La Vivace s'approcha. Montrant l'os, les cheveux, son propre crâne, et mimant le fait de se nourrir, Paruline lui expliqua que l'âme du commerçant avait été mangée. À sa réaction horrifiée, les autres virent que, cette fois, elle avait compris. Chez les Cultivateurs, les morts étaient brûlés. Les cendres étaient jetées dans les rivières. D'après les prêtres, les âmes justes étaient emportées jusqu'à l'Océan où elles rejoignaient le dieu-Soleil. Les âmes injustes tombaient au fond de l'eau et se mêlaient à la boue, prisonnières pour toujours du dieu-Ténèbres. Que devenaient les âmes mangées ? La Vivace n'en avait aucune idée.

En regardant l'ensemble de la scène, les trois femmes supposèrent que Le Géant s'était installé à côté du feu qu'il avait allumé. Quand il avait été agressé, il avait tenté de s'enfuir. Il n'était pas allé bien loin avant d'être achevé. L'assassin s'était assis à son tour près du feu avec la tête et il avait mis la cervelle à cuire avant de la dévorer.

Dans cet ensemble, il manquait un élément : les marchandises destinées aux Pêcheurs. Il ne restait qu'une statuette brisée. Où étaient passés les autres objets précieux ? Avaient-ils été repoussés sous les fougères par les charognards ? Ou bien l'assassin les avait-il volés ?

Paruline indiqua à Lynx ce qu'il fallait chercher. Les gens de son peuple aimaient surtout les bijoux en pierres rares : bracelets ou perles. Le Géant leur proposait aussi des haches de prestige, que seuls les individus les plus riches pouvaient acquérir. Il ne transportait qu'une ou deux statuettes en terre cuite, guère appréciées des Pêcheurs qui les trouvaient trop étranges.

Pendant que Paruline fouillait la végétation en un cercle de plus en plus vaste, bientôt imitée par La Vivace, Lynx leva le nez vers les arbres. Elle repéra dans un chêne un nid imposant et haut perché, qui devait être celui d'une pie. Elle grimpa jusqu'à lui.

— J'ai trouvé !

De retour au sol, elle présenta à ses compagnes, dans le creux de sa paume, une petite pendeloque en variscite, allongée comme une goutte d'eau. La pierre était percée à son extrémité, prête à être portée autour du cou. Grâce à un long polissage, elle était d'un vert bleuté, lumineux. On ne trouvait pas cette roche dans la région. La pie l'avait sûrement dérobée dans le sac du Géant.

Les trois femmes ne firent pas d'autres découvertes. Aucun animal n'aurait pu emporter un bracelet ou une statuette. Les marchandises avaient donc été volées. Était-ce le motif du crime ? Le voleur était-il l'assassin ? Ou bien celui qui avait mangé l'âme ? Ou encore une troisième personne ?

La Vivace se rendit compte qu'elle écarquillait désespérément les yeux dans la pénombre. Concentrées, les enquêtrices n'avaient pas remarqué la nuit qui tombait. Paruline ne semblait pas plus à l'aise dans la forêt que la Cultivatrice – surtout à l'heure où les animaux les plus dangereux se déplaçaient en quête de nourriture. Lynx prit donc la tête de leur trio. Son arc à la main, prête à réagir au danger, elle retrouva la piste que le commerçant puis La Vivace avaient empruntée depuis Dernier-Mont.

Quand elles eurent laissé derrière elles l'odeur de charogne, elles s'installèrent dans une petite clairière. La répartition des tâches s'effectua comme si elles avaient toujours vécu ensemble. La Vivace trouva du bois mort et alluma le feu, Paruline fit cuire des tubercules et griller un morceau de viande, Lynx planta leur tente et prépara leurs couches. Bientôt, elles purent savourer leur repas.

C'était la première fois que la Cultivatrice allait dormir dehors. Elle découvrait que le feu ne protégeait pas du froid aussi efficacement que quatre murs et un toit. Elle qui aimait les crépitements du bois qui brûle apprenait qu'ils pouvaient aussi dissimuler l'approche d'un danger. Même les flammes qui maintenaient la nuit à distance peuplaient la nuit d'ombres inquiétantes. Tout cela alors qu'un assassin rôdait !

Cependant elle ne regrettait nullement le cours inattendu de son voyage. Elle avait pris des décisions personnelles. Elle partageait le quotidien de femmes très différentes d'elle, dont elle ne savait rien hier encore ; c'était intéressant de les regarder s'activer. Et puis, elle semblait faire partie d'une petite équipe de personnes influentes, chargées d'enquêter sur le meurtre du Géant. À elle, qui n'avait jamais été aimée et s'était toujours sentie quantité négligeable, cette nouveauté extraordinaire montait à la tête comme une boisson enivrante.

Comment résoudre le crime sans une confiance absolue entre elles trois ? Dans un élan d'euphorie, La Vivace aurait aimé raconter tout ce qu'elle savait du commerçant. Son arrivée à Dernier-Mont cinq jours plus tôt. La réunion où l'on avait décidé de créer un nouveau village dans la forêt. Le message de paix qu'il devait remettre aux habitants de Pointe-sous-le-Vent. La promesse de son retour rapide, qui n'avait pas été tenue, ce qui avait déclenché son départ à elle. Et la manière dont, en suivant ses traces, elle était tombée sur le lieu du crime. Hélas, ses interlocutrices ne la comprendraient pas.

Et si elle tentait de leur transmettre quelques informations en dessinant ? Elle jouait parfois à ce jeu avec les enfants. Attirant l'attention de Lynx et Paruline, elle dégagea le sol devant elle, l'aplatit soigneusement et attrapa un bâtonnet. Elle dessina un arbre et une hache, avant d'imiter le mouvement ample des bûcherons.

La Nomade et la Pêcheuse se regardèrent, effarées, se demandant si elles se trompaient. Elles interrogèrent leur compagne jusqu'à ce qu'il n'y eût plus de doute à ce sujet. Les Cultivateurs voulaient abattre la Forêt-des-Buttes !

Dans ce cas, pas besoin d'être chamane pour savoir à qui profitait le meurtre du Géant ! Les Cultivateurs savaient que les Nomades seraient accusés par les Pêcheurs, qui lanceraient des représailles contre eux. La spirale de la vengeance affaiblirait les deux peuples, facilitant d'autant l'installation des Cultivateurs.

Ce plan aurait fonctionné si les trois femmes ne s'étaient pas interposées. Elles le feraient définitivement échouer en allant chercher le coupable parmi les habitants de Dernier-Mont. Contrairement à ce qu'avaient prévu les Cultivateurs, Lynx et Paruline allaient renforcer l'alliance entre leurs peuples !

La Vivace avait-elle conscience qu'elle agissait au détriment du sien en leur révélant ses projets ? Elles jugèrent que non. L'accord que venaient de conclure les Nomades et les Pêcheurs lui avait probablement échappé. Lynx et Paruline n'avaient pas l'intention de le lui révéler pour l'instant. Elles avaient pourtant besoin de son aide pour enquêter à Dernier-Mont.

Prenant le bâtonnet, Lynx fit un schéma de la forêt entre Pointe-sous-le-Vent et Dernier-Mont. Elle symbolisa les lieux par des arbres, des vagues et des haches. Attentive, La Vivace fit signe qu'elle avait compris. Complétant son message avec des gestes, Lynx expliqua qu'elles devaient se rendre ensemble dans le village de La Vivace. Celle-ci acquiesça sans hésiter. Les deux autres femmes échangèrent un regard intrigué. Était-elle simplement naïve ? À moins qu'elle ne veuille les attirer dans un piège ?

6

Elles partirent dès l'aube le lendemain, sans prendre la peine de rallumer le feu. Après une longue marche, elles parvinrent au châtaignier foudroyé qui marquait la fin de la Forêt-des-Buttes. Elles cachèrent leurs sacs entre les racines de l'arbre et les recouvrirent de feuilles mortes.

Longeant la rivière Bousculée, elles rejoignirent le petit embarcadère. Lynx et Paruline contemplèrent avec curiosité les longues maisons qui se reflétaient dans la rivière et les fumées qui s'échappaient des toits de chaume. Un garçonnet qui s'aventurait sur la berge finit par remarquer les grands signes de La Vivace. Il courut prévenir Gros-Bras qui mit sa pirogue à l'eau et rama avec énergie jusqu'à elles.

— Je suis content de te revoir, La Vivace !

— Allons, Gros-Bras, je ne suis partie que depuis hier.

— Peut-être, mais je n'étais pas sûr que tu reviendrais vivante.

Il aida les trois femmes à s'installer dans l'embarcation.

— Tu as parlé aux Pêcheurs ? Ce sont des messagères ? Elles comprennent ce que je dis ? ajouta-t-il en lorgnant du côté de Lynx.

— Non.

— Tant mieux. Comme ça, je peux te dire que la jeune serait tout à fait à mon goût. Malgré sa tenue bizarre. C'est une Nomade ?

La Vivace acquiesça, sans donner de détails.

— Les gens ont commencé à parier sur ton retour. Beaucoup pensaient qu'il allait t'arriver malheur, comme au Géant.

— Eh bien, tu vois, Gros-Bras, ils se sont trompés. Du coup, j'ai encore besoin de toi pour traverser la rivière !

— Ne t'inquiète pas. Tu n'es pas la seule.

Concentré, il se tut pendant le reste de la traversée. Quel plaisir de parler la même langue, s'émerveillait La Vivace. De leur côté, Lynx et Paruline suivaient avec inquiétude les tourbillons de l'eau opaque. Elles avaient le sentiment de se jeter dans la gueule du loup. Nul besoin de les retenir prisonnières pour les empêcher de quitter Dernier-Mont. Il suffisait d'interdire à Gros-Bras de les transporter sur l'autre rive. Même si elles s'emparaient de la pirogue par surprise, elles doutaient de pouvoir la diriger. Ce tronc d'arbre évidé semblait beaucoup plus lourd et difficile à manier que les canots dont Paruline avait l'habitude.

Lorsqu'elles débarquèrent, La Vivace reprit ses questions.

— Beaucoup de monde se rend dans la forêt en ce moment, Gros-Bras ?

— Beaucoup, je ne dirais pas ça. On a tous peur des Nomades. Mais c'est la période où il y a le plus de traversées. On a besoin de bois pour restaurer les constructions abîmées par l'hiver… La Douce doit renouveler ses stocks de plantes…

— Les gens te disent toujours pourquoi ils vont sur l'autre rive ?

— Bien sûr ! Ils ont intérêt à me donner une bonne raison ! Ces traversées sont vraiment très fatigantes. La rivière est tellement capricieuse, avec un courant puissant et des tourbillons. Je dois parfois résister de toutes mes forces pour que la pirogue ne soit pas entraînée en aval vers le marécage.

— Le jour où tu as emmené Le Géant, tu te souviens de tes autres passagers ?

Il chercha dans ses souvenirs. Il avait effectué deux allers-retours. Une fois pour quatre bûcherons, dont L'Entêté. Une autre fois pour L'Orateur et L'Ingénieux qui avaient besoin de branches de noisetiers.

Les enfants se pressaient autour de Lynx et Paruline, s'amusant de leurs pantalons, des tatouages et des plumes de l'une, du chapeau de roseau de l'autre. Ils apprirent à La Vivace que La Flamboyante se trouvait chez elle.

En chemin, La Nomade et la Pêcheuse allèrent de surprise en surprise. Les six maisons n'étaient pas des abris modestes mais des bâtiments incroyablement vastes. Parcourir le village signifiait patauger dans la boue. Des oiseaux inconnus y semblaient très à l'aise ; ils passaient en se dandinant au lieu de voler. Des clôtures emprisonnaient de gros animaux roses, dépourvus de fourrure. Plus loin, la terre était mise à nu et remuée sur de vastes étendues ; aucune végétation n'y poussait.

Lynx et Paruline avaient entendu parler de l'élevage des poules et des cochons, des champs cultivés ; mais en les voyant de leurs propres yeux, elles furent scandalisées. Comment les Esprits pouvaient-ils tolérer l'arrogance des Cultivateurs ? Les Nomades laissaient peu de traces de leur passage. Les barrages de pierres des Pêcheurs étaient détruits chaque hiver. Les deux peuples comprenaient que les Esprits manifestent régulièrement leur supériorité. Les humains ne devaient pas oublier de les honorer.

Alors, la tempête faisait-elle parfois s'envoler ces toits de chaume ? L'incendie dévorait-il de temps en temps ces murs de bois et de torchis ? Elles en furent persuadées : un jour, les Esprits vengeraient ces bêtes emprisonnées de l'humiliation subie. D'ailleurs, ne s'étaient-ils pas déjà en partie vengés en enracinant les habitants de Dernier-Mont dans cet endroit triste, coincé entre les méandres de la rivière et les marécages ?

Elles entrèrent dans l'une des maisons. Leurs narines se dilatèrent en humant une odeur inconnue, stupéfiante, subtile, qui leur rappelait qu'elles n'avaient pas mangé grand-chose depuis ce matin. Une femme à l'abondante chevelure rousse fouillait la cendre d'un foyer avec des ustensiles en bois. Elle en sortait des mottes grises qu'elle secouait et essuyait avant de les déposer dans des paniers.

La Vivace attendit patiemment qu'elle ait fini. Lynx et Paruline s'approchèrent du panier. Se méprenant sur leur curiosité, une autre femme attrapa une motte, la rompit sans couteau et leur tendit les morceaux. Le parfum qui en émanait était si impérieux qu'elles les mirent à la bouche. Comme c'était bon ! Elles en furent interloquées. Pourquoi les Esprits récompensaient-ils ces humains arrogants avec de telles gourmandises ?

— Te voilà de retour, La Vivace ! s'exclama

La Flamboyante après avoir rangé le dernier pain. Tu as déjà eu le temps d'aller jusqu'au village des Pêcheurs et de revenir ? Qui sont les femmes qui t'accompagnent ?

Confrontée à ce ton autoritaire, la petite femme fluette retrouva sa timidité. Elle raconta comment elle s'était retrouvée au milieu d'une bataille entre Nomades et Pêcheurs qui s'accusaient mutuellement du meurtre du Géant. Son cadavre avait été retrouvé dans la forêt, pas très loin de sa destination.

Stupéfaite, La Flamboyante la fixa de ses petits yeux rapprochés.

— Qui sont les vainqueurs ?

— Il n'y en a pas eu. Ils ont cessé le combat pour discuter. J'imagine que chaque groupe clamait son innocence. Certains ont peut-être suggéré que le meurtrier venait de chez nous. En tout cas, ils ont désigné trois femmes pour enquêter ensemble, cette Pêcheuse, cette Nomade et moi.

— Vraiment ! s'exclama la femme influente avec autant d'intérêt que d'inquiétude.

— J'ai accepté de participer à l'enquête pour prouver que nous n'étions pour rien dans la mort du Géant.

— Tu as bien fait, dit prudemment La Flamboyante.

Elle semblait réfléchir très vite.

— Comment comptes-tu les convaincre ?

— Je vais vraiment chercher à savoir si le coupable aurait pu venir de Dernier-Mont. Je ne trouverai rien, évidemment. J'irai alors informer les Nomades et les Pêcheurs. Ces deux femmes se porteront garantes du sérieux de mon enquête.

Au fur et à mesure qu'elle parlait, La Vivace reprenait confiance en elle. Elle sentait que La Flamboyante la considérait d'un œil tout à fait nouveau, avec du respect, et même une certaine crainte.

— Tu as raison. C'est comme ça qu'il faut procéder, assura cette dernière. Tu pourras dire à tous ceux que tu interrogeras que tu viens de notre part, à L'Orateur et moi. Je vais le prévenir. C'est notre intérêt qu'on soit tous sincères avec toi.

La femme influente hésita.

— Bien sûr, si un détail... euh... t'intrigue... Si tu trouves quelque chose de... suspect... je compte sur toi pour venir me le dire.

— D'accord. Si tu veux bien, La Flamboyante, nous allons commencer par toi. Qu'as-tu fait le jour où Le Géant est parti de Dernier-Mont ?

— Tu connais mes journées, elles se ressemblent toutes. Je répartis le travail des femmes, j'aide celles qui en ont besoin, je distribue le pain, je règle quelques querelles... Sans oublier de m'occuper de mes enfants.

— Quel genre de querelles ?

— Oh, tu sais bien... Ce sont toujours les mêmes qui ont l'impression de travailler plus que les autres... Il y a aussi celles qui accusent les autres d'aguicher leurs maris...

Régulièrement sollicitée par des femmes jalouses, La Flamboyante répétait que les regards flatteurs et les taquineries coquines n'avaient pas d'importance et qu'il ne fallait pas s'en offusquer. Les autres femmes l'écoutaient parce qu'elle savait de quoi elle parlait, L'Orateur étant très sensible au charme féminin. La plupart du temps, cela n'allait pas plus loin. Les jeunes filles préféraient les garçons de leur âge, pleins de vigueur et de passion. Quant aux femmes mariées, qui se retrouvaient très vite avec des enfants à charge, elles n'avaient pas le temps dc s'éloigner du village pour vivre discrètement une histoire d'amour avec un autre homme. La Douce était la seule femme à disparaître des journées entières à la recherche de plantes. Heureusement pour la tranquillité de tous, elle semblait très éprise de son époux, Le Hardi.

— Tu veux dire, La Flamboyante, que si le jour du meurtre une femme avait quitté le village assez longtemps pour suivre Le Géant et l'assassiner, tu l'aurais su ?

— Oui. Il y aurait eu quelqu'un pour m'avertir. Quelqu'un qui se serait amusé à me voir chercher L'Orateur partout… Pour vérifier qu'il n'avait pas rejoint la femme en question, précisa-t-elle avec amertume.

— Et ça ne s'est pas produit ?

— Pas ce jour-là, répondit-elle sans la moindre hésitation.

Cette affirmation était capitale ; cela excluait d'emblée toutes les femmes de la liste des coupables potentiels – à l'exception cependant de La Douce.

— Et maintenant, La Vivace, si tu n'as plus de questions, je dois m'occuper des ancêtres.

— Bien sûr. Merci pour ton aide.

La femme influente détacha de grosses miettes de pain pour les déposer devant une douzaine de statuettes d'argile, masculines et féminines, qui représentaient les premiers habitants de la maison. Il était bon de leur rendre hommage chaque jour. À leur protection quotidienne s'ajoutait celle des dieux, que l'on honorait plusieurs fois par an lors de grandes cérémonies.

Entraînant Lynx et Paruline à l'écart, La Vivace désigna La Flamboyante de loin, d'un air interrogateur.

Les deux femmes comprirent qu'elle leur demandait ce qu'elles pensaient d'elle. Le fait qu'elles ne comprennent pas la langue des Cultivateurs devenait un avantage si elles consacraient toute leur attention aux expressions fugaces du visage. Lynx et Paruline posèrent leurs mains au niveau de leur cœur. Cela rejoignait sa propre impression : La Flamboyante avait été tout à fait franche avec elle. Elle n'avait même pas dissimulé sa souffrance de voir son mari s'intéresser à d'autres femmes.

Suivie par Lynx et Paruline, La Vivace trouva La Douce dans la maison voisine, accroupie près du foyer. Elle lui demanda ce qu'elle faisait le jour du départ du Géant. La jolie jeune femme à la queue-de-cheval secoua tristement la tête.

— Tu n'es pas au courant, La Vivace ? C'est le jour où La Geignarde est morte en accouchant !

On l'avait appelée dans la matinée. Elle avait fait de son mieux pour aider la pauvre femme, mais le bébé refusait de sortir. Quand La Geignarde avait cessé de respirer, La Douce avait ouvert son ventre. Hélas, le bébé était mort lui aussi. Son aînée, une petite fille de vingt mois, avait été confiée à une autre femme. Le père disait qu'il ne saurait s'en occuper.

Pendant que La Vivace intégrait ces tristes nouvelles, La Douce s'adressa directement à Lynx et à Paruline. Celles-ci lui répondirent avec animation.

— Tu parles leur langue ! s'exclama La Vivace.

— Assez bien, répondit la guérisseuse en riant. Je croise parfois des Nomades quand je me rends dans la forêt. Je leur explique de quelles plantes j'ai besoin et ils m'indiquent où j'ai une chance d'en trouver.

— Quelle chance ! Tu vas pouvoir m'aider. Peux-tu

demander à Lynx et Paruline ce qui se passera si nous découvrons qui a tué Le Géant ?

La Douce s'exécuta et traduisit la réponse.

— Elles disent que le peuple du meurtrier devra quitter pour toujours la Forêt-des-Buttes.

— Quoi ? s'effraya La Vivace. Je dois absolument les convaincre que les Cultivateurs n'y sont pour rien !

— En effet, renchérit la guérisseuse. Sinon, les Nomades et les Pêcheurs s'allieront contre nous.

À son tour, Paruline interrogea La Douce. Pourquoi La Flamboyante distribuait-elle le pain ? Pourquoi donnait-elle des miettes aux statuettes ? Pourquoi les autres femmes acceptaient-elles son autorité ? Est-ce que La Flamboyante était riche ? Avait-elle des réserves de nourriture ? Des bijoux ? Des objets précieux à échanger ? Avait-elle des parents et des obligés qui travaillaient à son service ?

Ni réserves, ni bijoux, ni obligés, lui répondit La Douce. Chez les Cultivateurs, personne n'était plus ou moins riche. Les maisons étaient toutes identiques, sans différence de taille ou de confort. La nourriture était partagée en fonction des besoins de chacun, à condition que chaque famille ait pris sa part du travail commun. Les décisions étaient prises par les villageois au cours de grandes réunions.

Elle traduisit l'échange pour La Vivace. En y réfléchissant pour la première fois, celle-ci comprit comment La Flamboyante et L'Orateur avaient gagné en importance. La première s'exprimait avec intelligence ; le second avait beaucoup de charisme et une belle voix grave. En se mariant, ils avaient renforcé leur influence mutuelle. Si toutes les familles acceptaient que La Flamboyante distribue le pain, c'était qu'elles l'avaient décidé ensemble. Le jour où elles considéreraient que la femme influente devenait injuste, elles choisiraient quelqu'un d'autre.

La Douce désigna le récipient qui attendait près du foyer.

— Je dois vous laisser maintenant… J'ai un remède en préparation et je dois me concentrer.

— Attends ! la retint La Vivace. Peux-tu demander à Lynx et Paruline une dernière chose de ma part ?

— Je t'écoute.

La Vivace voulait que ses compagnes observent avec attention les villageois qu'elle allait interroger. Si elles pensaient que la personne disait la vérité, qu'elles tapotent discrètement son bras gauche ; c'était le côté du cœur. Si elle mentait, son bras droit, qui était en général celui de l'habileté. La Nomade et la Pêcheuse acceptèrent de jouer ce rôle.

En quittant la maison de La Douce, La Vivace aperçut L'Entêté qui transportait des outils. Elle en profita pour vérifier les dires du Passeur.

— Où étais-tu quand Le Géant a quitté Dernier-Mont ?

Le jeune homme haussa les épaules. Il poursuivait sa cour à La Pinson et rien d'autre ne l'intéressait.

— Ces derniers jours, on a reconstitué les réserves de bûches. Il faut qu'elles sèchent avant l'hiver prochain. J'étais sur l'autre rive.

— Dans la Forêt-des-Buttes ?

— Oui. Enfin, en lisière…

Il cita les noms de ceux avec qui il travaillait et affirma que le petit groupe ne se séparait jamais, tant était grande leur crainte des Nomades. Ses propos, que Lynx et Paruline jugèrent honnêtes, furent confirmés par les trois autres bûcherons.

Puis La Vivace repéra l'époux de La Geignarde en compagnie de L'Orateur. L'Ingénieux, aux épaules creuses et à l'expression toujours anxieuse, contrastait fortement avec le bel homme influent qui se tenait bien droit, visiblement content de lui. Ils réfléchissaient ensemble à l'emplacement d'un nouveau silo à blé, qui devait être proche du village pour des raisons de sécurité, mais le plus loin possible de la rivière à cause de l'humidité.

Déjà au courant de leur enquête, L'Orateur accueillit les trois femmes sans réticence, contrairement à L'Ingénieux, dont les traits se durcirent comme de l'argile au soleil.

— Après le départ du Géant, raconta L'Orateur, L'Ingénieux et moi sommes allés couper des branches de noisetiers. Il fallait réparer toutes les clôtures autour des prés. Ce souvenir bouleverse mon ami parce qu'il m'a accompagné sur l'autre rive une grande partie de la journée malgré les supplications de son épouse. Le soir, quand nous sommes rentrés, elle était morte. Je comprends son chagrin, mais je pense qu'il ne devrait pas s'en vouloir. Cette pauvre femme se plaignait beaucoup. Il ne pouvait pas rester tout le temps à lui tenir la main ! Il ne pouvait pas prévoir non plus que la naissance aurait lieu ce jour-là. Ni que cela se passerait mal, puisqu'elle avait déjà mis au monde un enfant.

— Vous êtes restés ensemble toute la journée ?

Il hocha la tête. La Vivace sentit sur son épaule droite la pression discrète de Paruline. Elle-même n'avait pas eu l'impression que L'Orateur mentait. Mais, contrairement à elle, la Pêcheuse n'était pas influencée par le triste récit de la mort de

La Geignarde. Elle sentit que Lynx lui tapotait à son tour le bras droit.

La Vivace tressaillit profondément, soudain très mal à l'aise. Quelle catastrophe si un habitant de Dernier-Mont était le coupable qu'elles recherchaient ! Les Nomades et les Pêcheurs s'en prendraient aux Cultivateurs, ils leur interdiraient l'accès à la Forêt-des-Buttes et ce serait impossible de fonder un nouveau village !

Elle se tourna vers L'Ingénieux, qui gardait la tête baissée ; lui aussi, par son attitude, semblait indiquer que L'Orateur mentait. Elle tenta de prendre du recul : le fait que l'homme influent ait des secrets ne suffisait pas à le désigner comme assassin.

— C'est beaucoup de malchance, murmura-t-elle. Tout cela est très triste pour L'Ingénieux… Nous vous laissons travailler. Merci pour ta réponse, L'Orateur.

Sous son regard séducteur, elle se sentait encore plus âgée, petite, maigre, sans aucun charme féminin. Il s'était tourné vers Lynx, dont il caressait des yeux la belle silhouette. Au lieu de détourner la tête, celle-ci sourit, appréciant tranquillement d'être admirée. Puis elle eut un geste incroyable, que ne comprit pas La Vivace. Elle retira de ses nattes une plume de geai d'un bleu magnifique, et l'offrit à L'Orateur, qui sembla beaucoup apprécier cette attention. Il suivit Lynx des yeux en souriant pendant que les trois femmes s'éloignaient.

Quand, un peu plus loin, elles croisèrent de nouveau La Douce, Paruline lui demanda quelles explications L'Orateur avait données à La Vivace. De son côté, par l'intermédiaire de la guérisseuse, cette dernière interrogea Lynx sur son geste. La jeune Nomade répondit qu'elle avait eu envie de laisser ce présent à L'Orateur, que c'était un petit plaisir comme ça, sans aucune importance. La Vivace ne put que s'étonner une fois de plus de leurs différences de coutumes.

7

La Vivace devait finir d'interroger les habitants de Dernier-Mont. À l'exception de La Pinson qui ce jour-là avait pris en charge la petite fille de La Geignarde, les autres ne semblaient pas être sortis de leur routine habituelle. Cela signifiait qu'ils ne s'étaient pas approchés de la Forêt-des-Buttes, sinon ils s'en souviendraient. Leur récit confirmait celui du passeur. À chaque fois, Lynx et Paruline estimèrent qu'ils disaient la vérité.

Quand elles eurent terminé, La Flamboyante vint leur proposer de rester dîner et de dormir au chaud. La Vivace déclina l'invitation. Les enquêtrices devaient rendre compte rapidement aux Nomades et aux Pêcheurs pour qu'ils ne s'allient pas contre Dernier-Mont.

Les petits yeux rapprochés semblèrent vouloir fouiller l'âme de La Vivace.

— Vos questions ont donné quelque chose ?

— Pas vraiment… Tout le monde avait fort à faire avec l'arrivée du printemps. Peu de gens ont traversé la rivière, et toujours en petits groupes, avec un objectif précis. Personne n'est resté seul sur l'autre rive assez longtemps pour suivre le commerçant et l'assassiner.

La Flamboyante parut très soulagée.

— Parfait. Eh bien, si ça se trouve, les Nomades et les Pêcheurs se trompent. Il n'y a pas eu de crime. Le Géant a été tué par un ours qu'il dérangeait !

La Vivace détourna la tête pour que la femme influente ne puisse pas deviner ses pensées. Pourquoi un ours aurait-il découpé un crâne avec un outil de silex ? Il l'aurait fracassé s'il avait eu l'intention de manger l'âme.

La femme influente les accompagna jusqu'à l'embarcadère.

— J'ai remarqué aujourd'hui plusieurs jeunes gens inconnus, lui dit La Vivace en chemin.

— Ça ne m'étonne pas. Toute la région[1] a appris que nous allions fonder un nouveau village. Tu n'imagines pas le nombre de jeunes qui arrivent chez nous pour y participer ! J'ai hâte qu'on défriche la Forêt-des-Buttes ! Sinon, je ne sais pas du tout comment on va nourrir tout le monde.

— Mes jolies dames, enfin ! s'écria Gros-Bras en les voyant arriver. Je regrette que vous nous quittiez, bien sûr, mais c'est un tel plaisir de vous transporter ! J'espère que vous n'hésiterez pas à revenir.

Il s'adressait d'abord à Lynx qui, sans comprendre ses paroles, riait des compliments qu'elle lisait dans ses yeux. Dès qu'elles furent montées dans la pirogue et que La Flamboyante se fut éloignée, La Vivace posa au passeur les questions qui la tracassaient.

— Le jour où tu as emmené Le Géant sur l'autre

1. Les communes actuelles de Crac'h, Saint-Philibert et Auray.

rive, tu te souviens si les bûcherons ont coupé beaucoup de bois ?

— Et comment ! J'ai dû effectuer cinq allers et retours pour rapporter les bûches au village !

— Et combien d'allers et retours pour les branches de noisetiers de L'Orateur et L'Ingénieux ?

— Un seul.

— En une journée entière ? Ça ne semble pas un très bon résultat.

— Il semblerait qu'il n'y ait plus beaucoup de noisetiers en lisière. Et tu sais que tout le monde a peur d'entrer dans la forêt. Mais ce n'était pas là-dessus qu'ils se disputaient.

— Ils se disputaient ?

— Au retour.

— À propos de quoi ?

— L'Ingénieux disait qu'il avait promis de rentrer voir sa femme plus tôt dans la journée. Mais L'Orateur n'avait pas voulu qu'il reparte avant d'avoir achevé le travail.

— Que répondait L'Orateur ?

— Que L'Ingénieux n'avait pas à prêter trop d'attention aux plaintes de sa femme, qui n'avait pas reçu ce nom par hasard… Plus il refusait de l'écouter, plus L'Ingénieux insistait. Évidemment, ensuite, L'Orateur fut très embarrassé : La Geignarde était morte. L'Ingénieux était bouleversé d'avoir été absent. Il disait qu'elle avait sûrement eu un pressentiment et qu'il aurait mieux fait de l'écouter.

— Tu veux dire que tu les as transportés de nouveau le lendemain ?

— C'est ça. Après l'enterrement. Ils avaient besoin d'autres branches.

— Ils ont été plus efficaces ce jour-là ?

— Maintenant que tu le dis, en effet. En un après-midi, ils en ont coupé deux fois plus que la veille en une journée. Peut-être parce qu'ils savaient où les trouver, cette fois.

La Vivace retint sa moue. La pirogue entra dans le courant et la traversée s'effectua en silence. À l'arrivée, Lynx grimpa avec agilité sur l'embarcadère et tendit la main à ses compagnes pour les aider. Mais La Vivace ne semblait pas pressée de quitter Gros-Bras.

— Une dernière question, dit-elle. Est-ce qu'on peut traverser la rivière sans ton aide ?

— Oui, sûrement, à condition d'avoir une embarcation. Mais je ne te conseille pas d'essayer. La rivière Bousculée est parcourue de courants imprévisibles. Chaque jour, à un moment différent, la rivière remonte vers sa source. À un autre moment, l'eau est aspirée vers l'aval. Si tu ne maîtrises pas ta pirogue, tu seras emportée et tu te retrouveras coincée au milieu du marécage. Une fois dedans, tu risques d'être engloutie par la vase avant de rejoindre la rive.

— Imaginons quelqu'un de fort et d'expérimenté qui saurait lutter contre les caprices de la rivière, insista-t-elle. C'est compliqué d'avoir une pirogue comme la tienne ?

— C'est surtout beaucoup de travail. Il faut d'abord trouver un chêne âgé, au tronc épais et bien droit. Tu le fends sur la longueur, puis tantôt tu creuses à l'herminette, et tantôt tu fais brûler un feu à l'intérieur. Jusqu'à ce que tu obtiennes une coque régulière et fine.

— J'imagine que ça ne s'improvise pas.

— Exactement.

— Tu crois qu'on peut traverser la rivière avec un simple radeau de rondins ?

— Pas la rivière Bousculée. Les radeaux sont trop difficiles à diriger. Pourquoi ?

— Je te le dirai à mon retour. Tu seras le premier informé.

Le jeune homme éclata de rire.

— Je suis *toujours* le premier informé quand des gens reviennent de cette rive ! Tu seras seule, ou bien en aussi charmante compagnie qu'aujourd'hui ?

— Je ne le sais pas encore.

— Alors, dis de ma part à cette jolie brune que je serai ravi de faire plus ample connaissance avec elle la prochaine fois.

— J'ai l'impression qu'elle a très bien compris comme ça !

À cet instant, Lynx faisait au Passeur un petit geste d'au revoir de la main. Ses yeux brillaient de plaisir. La Vivace se demanda si elle allait lui offrir une plume, mais ce ne fut pas le cas.

Les trois femmes partirent en direction de la forêt. Très malheureuse, La Vivace tentait de réfléchir. Mais tout semblait accuser l'homme influent de Dernier-Mont. Il paraissait évident que, le jour du meurtre, il avait laissé L'Ingénieux couper seul les branches de noisetiers. Pour aller où ? Faire quoi ? Pas nécessairement pour aller assassiner Le Géant !

Jusqu'à présent, La Vivace n'avait pas sérieusement envisagé qu'un Cultivateur soit coupable du crime. À cette idée, elle était prise de panique.

Et si elles retrouvaient les traces du passage de L'Orateur ? Il n'avait peut-être pas pris la même direction que le commerçant… Sans comprendre sa quête, Lynx et Paruline acceptèrent pourtant de la suivre. Elles récupérèrent d'abord leurs sacs dans les racines du châtaignier. En remontant la berge, La Vivace repéra deux ouvertures qui se terminaient aussitôt en culs-de-sac. Des souches fraîches montraient que les bûcherons de Dernier-Mont venaient y prélever des arbres. Un autre sentier semblait plus prometteur parce qu'il s'enfonçait dans la forêt. Il partait plein ouest, ce qui l'éloignait rapidement de l'autre chemin, celui qui se dirigeait vers Pointe-sous-le-Vent.

La Vivace insista pour qu'elles l'empruntent afin de savoir où il conduisait. Lynx et Paruline ne s'y opposèrent pas. Autour d'elles, la forêt craquait et frissonnait. La lumière déclinait rapidement. Elles risquaient de nouveau de croiser un animal dangereux. La Cultivatrice ne se sentait pas rassurée de marcher en tête.

À un moment, Lynx s'arrêta pour leur montrer un arbre très vieux aux craquelures verticales. Les ours devaient aimer y faire leurs griffes. En brandissant trois doigts, Lynx sembla annoncer que trois autres arbres blessés se trouvaient un peu plus loin. Elle les retrouva sans hésiter. La Vivace comprit alors que Lynx connaissait ce sentier. Peut-être avait-il été créé par les Nomades. L'Orateur pouvait quand même être passé par là… Pour l'instant, elles n'avaient trouvé aucun indice qui pouvait le confirmer ou l'infirmer.

La pénombre grandissante rendait inutile la poursuite de leur recherche. Les trois femmes installèrent la tente dans une trouée de la forêt, allumèrent un feu et se partagèrent les dernières provisions. Paruline s'était lancée dans un long monologue à destination de Lynx. La Vivace ne saisissait que son propre nom, régulièrement prononcé. Mais elle percevait la colère qui animait la Pêcheuse. Lynx ne semblait pas la contredire. Elle évitait, elle aussi, de regarder la Cultivatrice.

C'était insupportable pour La Vivace. En repensant aux événements de la journée et de la veille, elle se sentait de plus en plus misérable. Elle avait fait de son mieux, elle avait tenté de partager avec ses compagnes ce qu'elle savait malgré la barrière de la langue, elle avait recoupé les témoignages des gens de Dernier-Mont… Tous ses efforts n'allaient rien changer.

Demain, les Nomades et les Pêcheurs décideraient probablement que L'Orateur était coupable, parce que cela les arrangeait. Ils se ligueraient contre les Cultivateurs pour leur interdire l'accès à la Forêt-des-Buttes. Les jeunes gens qui affluaient des environs n'auraient pas de nouvelles terres à cultiver. Que deviendrait le village surpeuplé ? Et comment elle-même surmonterait-elle cet échec cuisant ?

Quand elle alla se coucher, elle se sentait désespérée. Enroulée dans ses fourrures, elle sombra dans le seul refuge qui lui avait toujours été accessible : le sommeil. Elle rêva que l'âme du Géant venait lui rendre visite. Il la remerciait avec beaucoup de chaleur pour son dévouement. Lui avait bien noté l'honnêteté et la rigueur de son enquête. Il était sûr qu'elle finirait par découvrir le meurtrier. Voilà comment La Vivace survivait aux malheurs qui la frappaient : même quand sa vie ressemblait à un cauchemar, ses nuits étaient peuplées de songes réconfortants.

***

Elle se réveilla parce qu'elle avait froid. Ses yeux fouillèrent l'obscurité de la tente. Elle était seule ;

Lynx et Paruline avaient disparu. Leurs sacs également. Se levant d'un bond, elle souleva la peau de l'entrée. Ses compagnes n'étaient pas à côté du feu. Le foyer cerné de pierres ne contenait plus que des braises. La clairière n'était plus éclairée que par la lune – un croissant mangé par les nuages. Malgré la nuit, la végétation bruissait d'activités mystérieuses. Des chouettes devaient y chasser, mais aussi des chauves-souris, des serpents et des loups.

Effrayée, La Vivace ne céda pourtant pas à la panique. Puisqu'elle n'était pas capable de marcher seule dans la forêt la nuit, elle devait attendre l'aube. En soufflant sur les braises, elle réussit à ranimer le feu qui, au moins, éloignerait les bêtes sauvages. Devant les flammes qui la réconfortaient, elle aurait aimé pleurer mais n'y parvint pas. Comme les braises qu'elle venait d'attiser, elle sentait flamber de nouveau en elle le sentiment d'injustice de son enfance. Ses parents avaient abandonné leurs enfants en mourant. Les autres adultes l'avaient abandonnée également en la laissant prendre en charge ses frères et sœurs. Et voilà qu'en partant sans prévenir, Lynx et Paruline l'abandonnaient à leur tour.

C'était la première fois qu'elle avait des amies – ou croyait en avoir. Elle était toujours restée étrangère aux liens qui se nouaient entre les autres femmes, parce qu'on la trouvait trop sérieuse et trop effacée. Quand elles s'étaient interposées pour arrêter la bataille, La Vivace avait partagé avec Lynx et Paruline une émotion intense, qui lui avait paru inoubliable. Comment avaient-elles pu la trahir ?

Et maintenant, qu'allait-elle devenir ? Elle ne pourrait jamais revenir vivre à Dernier-Mont. Ni habiter seule dans la forêt. Ni rejoindre les Nomades ou les Pêcheurs en qui elle n'avait plus confiance. Consciente qu'elle aurait une décision à prendre aux premières lueurs du jour, elle n'avait aucune idée de ce qu'elle allait faire. L'élan qu'elle avait ressenti, le désir d'une existence différente, avait été interrompu par l'assassinat du commerçant. Pourquoi ? Par qui ? Est-ce que cela importait encore ?

La lune avait disparu depuis longtemps quand le ciel se teinta de gris. Le cœur serré, La Vivace se leva et rangea ses quelques biens dans son sac. C'est alors seulement qu'elle remarqua, posé près de sa couche, deux bols en bois. L'un contenait des feuilles de tilleul, l'autre une poignée de noisettes. Étonnée, La Vivace comprit qu'il s'agissait d'une attention de Lynx et Paruline. Elles se souciaient quand même un peu d'elle ; elles voulaient lui manifester une certaine affection… Elle croqua les noisettes, mit de l'eau à chauffer pour une tisane et pleura. Peut-être restaient-elles ses amies, malgré tout. Peut-être devaient-elles partir pour aider leurs peuples. Peut-être n'avaient-elles pas eu le choix.

Son esprit travaillait maintenant de manière plus efficace. Elle fit le point. Elle se trouvait sur un sentier qui, dans un sens, la ramenait vers la rivière Bousculée, de l'autre, la conduisait à l'intérieur de la Forêt-des-Buttes. Le problème ainsi posé, elle ne pouvait plus hésiter.

***

Un bâton à la main, son sac sur le dos, La Vivace marchait le long du chemin étroit dont la trace se perdait sous les fougères. La disparition de ses compagnes indiquait qu'à leurs yeux l'enquête était achevée. En ce moment, l'alliance devait se conclure entre leurs deux peuples contre les Cultivateurs. La Vivace aurait pu avertir les siens, mais elle arriverait trop tard. Alors, à quoi bon ? Sa présence ne changerait rien au destin de Dernier-Mont, tandis qu'elle, elle serait contrainte de retrouver sa triste routine d'avant, sans la perspective de la fondation, avec en plus la honte d'avoir conduit son peuple au désastre. C'était le pire qui pouvait lui arriver.

Elle avait donc choisi l'inconnu. L'euphorie de son premier voyage dans la forêt, deux jours plus tôt, avait entièrement disparu. Aujourd'hui, elle n'imaginait plus que sa petite taille et sa maigreur détourneraient d'elle les prédateurs affamés. Que ferait-elle si elle en rencontrait un ? Elle n'avait à sa disposition que le couteau accroché à sa ceinture. Devait-elle apprendre à tirer à l'arc ? Il faudrait d'abord qu'elle sache comment en fabriquer un…

Comment allait-elle se nourrir ? Contrairement à Lynx et à Paruline, elle ne savait ni chasser ni reconnaître les plantes sauvages comestibles. Chez elle, toute la nourriture, le pain, la viande, les végétaux, étaient produits par des travaux successifs effectués par différentes personnes qui s'associaient.

Mais pourquoi se tracasser ? Le plus probable était qu'elle ne survivrait que quelques jours seule dans la forêt… Peut-être vivait-elle les derniers instants où, ni blessée ni accablée par la faim, elle pouvait encore savourer… la musique des arbres. Elle venait de remarquer que les petites feuilles printanières du châtaignier chuchotaient. Celles du bouleau émettaient un soupir. Celles du chêne semblaient doucement applaudir. Quant à celles du houx, elles grinçaient sous les coups de vent…

Elle sourit, amusée de noter ces différences. Le chant d'un loriot lui meurtrit les oreilles. Son plumage couleur de soleil illuminait les feuillages sombres d'un roncier tout proche. Il plongea vers un ruisseau qu'elle n'avait pas remarqué. En le suivant, elle se désaltéra longuement – l'eau était délicieuse – et remplit son outre. La rencontre avec l'oiseau lui avait donné une idée. Elle leva le nez jusqu'à ce qu'elle repère un nid. Posant son sac, elle entreprit de grimper sur les branches comme Lynx l'avait fait sous ses yeux – ce n'était pas aussi difficile qu'elle le croyait. L'occupant s'envola à son approche et elle put recueillir quatre œufs qu'elle mit dans sa poche. Elle les rapporta à terre sans les briser, malgré une descente plus périlleuse que la montée. Pour fêter sa réussite, elle les goba, ce qui lui fit du bien.

Le sol devenait plus rocheux. Les arbres étaient plus clairsemés, les sous-bois baignés de lumière. Brusquement, un serpent se dressa devant elle, à une main de distance de son genou. Sa tête se balança d'avant en arrière, prête à la mordre ! Ne sachant comment le frapper, elle accéléra le pas. Et ne vit pas le second serpent qui se chauffait au soleil un peu plus loin et dont elle marcha sur la queue. Elle sentit une douleur très vive à la cheville. En voyant le reptile filer, elle comprit qu'il l'avait mordue.

Elle savait qu'elle bénéficiait d'un court répit avant d'être terrassée par la souffrance et de mourir. Si elle avait été à proximité de Dernier-Mont, quelqu'un aurait pu entendre ses appels, La Douce aurait été prévenue et elle aurait eu une chance de s'en sortir. Hélas, elle se trouvait seule au milieu d'une forêt inconnue.

Son moment de liberté n'avait pas duré longtemps.

***

Pendant la nuit, Lynx ct Paruline avaient attendu d'être certaines que La Vivace dormait. La première s'était glissée dans la tente pour y déposer les feuilles de tilleul et leurs dernières noisettes. La seconde avait remis du bois dans le feu pour qu'il tienne plus longtemps. Elles n'avaient aucune raison d'en vouloir à la Cultivatrice qui avait mené l'enquête dans son village avec une intégrité incroyable. Mais lorsqu'elles imaginaient les événements à venir, elles pensaient qu'il serait cruel de lui demander encore son aide.

Sans bruit, chacune enduisit une bûche de graisse avant de l'enflammer. Ainsi éclairées par les torches, elles refirent en sens inverse le chemin parcouru la veille au soir. À l'orée de la forêt, elles les éteignirent et se cachèrent dans les buissons face à Dernier-Mont. Elles attendirent l'aube. Le premier à apparaître sur la berge d'en face fut L'Orateur. D'un pas pressé, il alla chercher Gros-Bras. Le jeune homme tira sa pirogue dans la rivière et l'homme influent s'assit à l'intérieur. L'embarcation traversa lentement le courant tumultueux.

Sur l'autre rive, L'Orateur salua rapidement Gros-Bras, vérifia l'état de son chignon – impeccable – et s'avança vers la forêt. Tout en scrutant la végétation en face de lui, il sortit de sa poche la plume de geai qu'il embrassa.

Lynx patienta jusqu'à ce que Gros-Bras soit occupé par la traversée du retour. Elle fit alors quelques pas hors de la forêt pour faire signe à L'Orateur, tandis que Paruline restait cachée dans les buissons. Le visage de l'homme influent s'illumina. Il se dirigea avec impatience vers Lynx, qui recula en souriant sous le couvert des arbres. Aussi grande que lui, elle déposa un baiser sur sa bouche et recula encore. Émerveillé, il dit quelque chose, mais elle posa un doigt sur ses lèvres pour lui demander de se taire, puis sur chacune de ses paupières. Il accepta qu'elle les lui ferme doucement.

L'Orateur sentit qu'elle lui posait un bandeau sur les yeux. Ce nouveau jeu amoureux l'excita violemment. Quand elle lui lia le poignet droit, il fut traversé par une brève inquiétude ; il la chassa de son esprit. Ces femmes étrangères avaient de merveilleuses inventions qui étaient les bienvenues. Son quotidien manquait vraiment de fantaisie amoureuse. Le léger sentiment de danger qu'il ressentait contribuait à son plaisir.

Quand elle entoura de ses doigts son poignet gauche, il protesta par jeu. Elle l'embrassa et il se laissa faire malgré le lien qui avait remplacé les doigts. Il crut ensuite qu'elle dénouait le bandeau de ses yeux mais, en réalité, elle le fit glisser jusqu'à sa bouche et, d'un coup, le serra. Il découvrit l'autre femme à ses côtés, la Pêcheuse ronde dont il avait oublié le nom. Celle-ci tira sur les cordes des deux poignets et les accrocha ensemble derrière son dos.

Ses cris furent étouffés par le bandeau. Horrifié, il comprit qu'il avait été trompé. Il était le prisonnier des deux enquêtrices.

8

Ça y est, je suis en train de mourir, se disait La Vivace. Sa jambe piquée par le serpent avait gonflé, gonflé… au point de lui paraître aussi épaisse et lourde qu'un tronc d'arbre. Le reste de son corps avait au contraire rétréci. Il était devenu si léger qu'un coup de vent avait fini par l'emporter jusqu'à un trou humide.

Autour d'elle, on préparait ce qui restait de son cadavre. Sa jambe était frottée avec un onguent pour supprimer l'odeur du venin. Un feu avait été allumé. Est-ce qu'on allait l'incinérer ? Non, on avait décidé de l'enterrer. Ses poumons étaient déjà remplis de terre humide.

Il ne fallait pas l'ensevelir avant qu'elle ne soit vraiment morte ! Affolée, elle se débattit, mais la Mort en personne se pencha sur elle et lui dit de se tenir tranquille. Tout en se révoltant de perdre la vie maintenant, La Vivace trouvait intéressant de savoir à quoi la Mort ressemblait : ses yeux démesurés étaient pleins de gravité, elle n'avait ni nez ni bouche, et elle était coiffée d'une ramure de cerf.

À force de volonté, La Vivace réussit à ouvrir les yeux un peu plus longtemps. Elle ne fixait pas un visage mais un masque suspendu à une paroi rocheuse. La voix ne provenait pas de là, elle arrivait sur le côté. Elle était amicale.

— Tu as moins mal ?

La Vivace fut agréablement surprise de découvrir que la Mort parlait sa langue – avant de réaliser que son interlocutrice était vivante. Il était encore plus surprenant que quelqu'un parle la langue des Cultivateurs dans la Forêt-des-Buttes ! Luttant contre la lassitude, elle parvint à tourner la tête.

Elle était soignée par une femme aux yeux d'un noir profond. Son beau visage aux pommettes hautes et au menton décidé était plein de caractère. Ses longs cheveux bouclés étaient maintenus en arrière par un bijou de cuir. D'après le tatouage des mains, c'était une Nomade.

— C'est bizarre, je comprends ce que tu dis, murmura La Vivace.

La femme lui sourit avec bienveillance.

— Je t'expliquerai plus tard. Ta fièvre est tombée. Tu es sauvée. Maintenant, tu dois dormir.

***

Lynx et Paruline encadraient L'Orateur en marchant, la Nomade devant, la Pêcheuse derrière. Elles suivaient le sentier qui menait directement à Pointe-sous-le-Vent, celui que Le Géant avait emprunté six jours plus tôt.

Paruline ressentait une immense satisfaction, comme cela lui était rarement arrivé depuis l'enfance. Elle avait bénéficié d'une grande liberté en grandissant sur l'île de Lointain-et-Proche où ne vivaient pas d'animaux dangereux et où l'on apprenait tôt à nager. Petite fille, elle avait pagayé, escaladé les rochers, fabriqué des couteaux, tiré à l'arc… des activités réservées aux garçons dans d'autres villages de Pêcheurs. À huit ans, elle avait étonné Bassan par son audace, lui qui en avait seize. C'était alors un jeune homme pauvre, fiancé à Circaète ; pour obtenir sa main, il avait l'obligation de servir son futur beau-père pendant trois ans. Quand il repartit enfin à Pointe-sous-le-Vent avec sa femme, la jeune Paruline fut dévastée par un chagrin d'amour. Les années suivantes, elle s'était cachée de Bassan lors des fêtes qui réunissaient les Pêcheurs de la côte. Rien n'avait donc préparé le jeune homme à ses retrouvailles avec une splendide jeune fille aux formes généreuses, à la peau brune et lisse, aux yeux d'une couleur extraordinaire. Frappé par la foudre, il l'avait courtisée avec d'autant plus de pugnacité qu'elle lui résistait. Elle n'avait pas oublié sa tristesse d'enfant.

Entre-temps, non seulement il avait eu deux filles, mais il était devenu un homme riche. Il avait inventé d'ingénieux barrages de pierres qui permettaient d'attraper facilement de nombreux poissons. Dorénavant, il n'avait plus besoin de servir un père pour obtenir une femme – il pouvait l'échanger contre ses réserves de poissons séchés. Paruline avait fini par céder. Ils avaient été follement heureux, sous l'œil résigné de Circaète. Puis le couple avait semblé trouver son équilibre entre les satisfactions et les irritations réciproques… jusqu'à ce que Bassan choisisse une troisième épouse, deux ans plus tôt.

Paruline considérait qu'elle avait eu sa part de bonheur. Elle acceptait de ne plus être aimée comme autrefois. Elle plaignait même Harelde qui devait dorloter un homme déjà âgé, ventru et exigeant. Elle ne regrettait qu'une chose : l'estime que Bassan lui avait portée. Aujourd'hui, elle avait une chance de le reconquérir ! Lynx et elle avaient excellé dans leur mission. Grâce à elles, ni les Pêcheurs ni les Nomades ne devraient renoncer à la Forêt-des-Buttes.

***

L'Orateur tentait à la fois de regarder où il posait les pieds et de fixer la jeune Nomade devant lui. Malgré le piège dans lequel il était tombé, il n'avait pas renoncé à l'espoir de la séduire. Il mettait dans son regard toute l'adoration qu'il ressentait pour sa beauté et il espérait qu'elle le sentirait. Quand elle se tourna enfin vers lui et le contempla avec la froideur d'une pluie d'hiver, il fut choqué que son charme n'opère pas. Mais si elle ressentait du désir pour lui, elle savait drôlement bien cacher son jeu !

Déçu, il changea de tactique et se tourna vers la femme ronde au grand chapeau. Elle avait sûrement des enfants. Comptant sur sa pitié maternelle, il prit un air triste, désespéré, lamentable. Cela n'eut aucun effet. Furieux, il mit du temps à se calmer et à imaginer d'autres moyens de s'échapper. Il crut que le moment favorable ne se produirait jamais. Soudain, un louveteau traversa la piste devant eux. La louve ne devait pas être loin et risquait de les attaquer ; la Nomade lâcha la corde pour bander son arc. La Pêcheuse, qui tenait toujours l'autre extrémité, n'était armée que d'un couteau. L'Orateur la frappa d'un violent coup d'épaule. Surprise, elle lâcha la corde. Il s'élança en sens inverse.

Bientôt, il entendit qu'on courait derrière lui. Gêné par ses mains attachées et son dos cambré, il ne pouvait pas accélérer le rythme. Il quitta le sentier pour rendre la poursuite plus malaisée. Il s'attendait à ce qu'une flèche lui déchire la cuisse. Mais la Nomade le talonnait sans tirer. Il comprit qu'il allait finir par trébucher sur les rochers qui pointaient ici et là. Il préféra s'arrêter, penaud. La traîtresse le ramena sur le chemin et il se laissa ensuite conduire comme du bétail. Son dernier espoir était de rejoindre un lieu où d'autres femmes seraient moins insensibles à son charme. Son dos le tiraillait. Ses cheveux épars sur ses épaules l'agaçaient. Il était fatigué.

Ils ne firent aucune halte. Lorsqu'ils sortirent enfin de la forêt, L'Orateur fut ébloui par la lumière qui semblait jaillir des braises de mille foyers. Ils marchaient maintenant sur une lande où poussaient de petits buissons épineux. La pente s'accentua. Il jeta un coup d'œil au-dessus de ses pieds et fut stupéfait. Ce n'était pas la terre qui brillait devant eux aussi fort que le ciel, mais une eau qui s'étalait jusqu'à l'horizon. Le Cultivateur savait que l'Océan se trouvait de l'autre côté de la Forêt-des-Buttes. Mais c'était la première fois qu'il le voyait.

Plus loin dans la pente se trouvaient d'étranges maisons rondes. L'air était différent, empli d'un parfum humide qui n'était pas désagréable. Surpris, il ralentit et, devant lui, la Nomade tira sur la corde pour l'obliger à avancer plus vite. Elle le menait vraiment comme un animal. Il se sentait humilié d'apparaître ainsi pour la première fois devant des inconnus : vaincu, attaché, le chignon défait.

***

Les premiers à remarquer le trio furent les enfants qui jouaient sur la lande. Les uns coururent examiner l’homme tenu au bout d’une corde, les autres allèrent prévenir leurs parents. Bassan eut le temps de s’installer avec solennité sur son siège plus haut que les autres, Sizerin placé à sa droite. Il proposa aux enquêtrices de s’asseoir et leur fit apporter à boire et à manger. Mais il n’eut pas la patience d’attendre qu’elles soient rassasiées. D’autant plus que le prisonnier, attaché sur la terrasse, refusait de répondre à ses questions.

— Il ne connaît pas notre langue, expliqua Paruline.

— C’est lui qui a tué Le Géant ?

— Exactement, répondit fièrement sa deuxième épouse.

Affamée, elle aurait bien aimé se nourrir, mais elle comprit que ce serait peine perdue d’essayer. Elle raconta comment la petite femme cultivatrice, La Vivace, avait interrogé tous les adultes de son village, Dernier-Mont, le plus proche de la Forêt-des-Buttes. Cet homme, qui s’appelait L’Orateur, avait menti sur ce qu’il avait fait le jour du meurtre du commerçant. D’après lui, il coupait du bois avec un autre homme à côté de la rivière Bousculée, alors qu’en réalité il était parti seul dans la forêt. Certainement pour suivre le commerçant et l’assassiner. L’Orateur était l’un des chefs de Dernier-Mont. Il voulait fonder un nouveau village dans la Forêt-des-Buttes. Pour se débarrasser des Pêcheurs et des Nomades, il avait tenté de provoquer entre eux une spirale de vengeances successives.

— Cette tactique a bien failli fonctionner, reconnut Bassan.

Il buvait les paroles de Paruline avec l’admiration qu’elle avait espérée, celle qu’il lui manifestait quand elle n'était qu'une petite fille intrépide et lui un jeune homme travailleur. Quel bonheur !

— Le Géant va être vengé et ce sera juste, annonça-t-il aux gens de Pointe-sous-le-Vent réunis devant lui. Les Pêcheurs et les Nomades pourront continuer de se côtoyer dans la Forêt-des-Buttes, déclara-t-il en se tournant vers Lynx.

Celle-ci acquiesça au nom de son peuple.

— Ces Cultivateurs sont des gens très dangereux, poursuivit l'homme riche. Ils sont prêts à détruire tout ce que nous connaissons : les arbres, les plantes, les animaux, et même les habitants de la forêt. Nous devons bâtir contre eux une alliance durable. Je suis content d'avoir invité les Nomades en l'honneur de l'initiation de Sizerin. Je décide que cette fête aura lieu demain. Tous les Pêcheurs des environs seront présents. Ce sera le moment de conclure cette alliance.

— Tu peux compter sur nous, l'approuva Lynx. Je vais prévenir les sept chefs.

Des obligés furent envoyés transmettre l'invitation aux Pêcheurs des autres villages de la côte et des îles. On libéra les poignets de L'Orateur et on le nourrit : il devait rester en bonne santé jusqu'à sa condamnation.

***

Plusieurs fois, La Vivace émergea du sommeil. Elle sentait la couche de fougères sous elle et les fourrures qui la recouvraient. Elle contemplait le feu dans le foyer et le masque de bois. De temps en temps, elle entendait des pas se rapprocher et elle voyait le visage féminin qui se penchait vers elle. Il lui sembla remarquer quelque chose de très important.

Elle devait en tenir compte. Il fallait agir et il y avait urgence. Sinon, la guerre allait reprendre !

Mais son corps lui imposa le repos dont elle avait besoin. Elle se rendormit. Pendant ce temps, les nuages filaient dans le ciel au-dessus de la forêt et le soleil déclinait.

***

Le temps radieux avait laissé place à un ciel couvert, parcouru de nuages rapides. La mer des Va-et-Vient était grise et agitée, bousculée par le vent, mais qu'importe ! Aucun Pêcheur n'aurait voulu manquer la nouvelle fête chez Bassan. L'homme le plus riche de la côte avait osé inviter les Nomades ! Cette nouvelle faisait frémir – de curiosité. Pendant la matinée, les canots affluèrent, conduisant les invités sur la grande plage devant Pointe-sous-le-Vent. Tous les villages étaient représentés, depuis l'entrée du Très-Grand-Marécage jusqu'à Pointe-de-Tempêtes, les îles de Lointain-et-Proche, Seuil-de-Mer, Terre-d'Océan, et tous les îlots habités.

Les Nomades surgirent peu après sur la lande, les sept chefs en tête. Femmes, enfants, chasseurs, ils étaient tous minces, grands, la tête haute. Ils avaient de l'allure avec leurs chevelures tressées autour de plumes bleues, noires ou jaune vif. Des traits à l'ocre et à la craie complétaient les tatouages de leurs visages et de leurs mains. De longs colliers mêlant canines de cerf ou de renard, bigorneaux et coquillages, cliquetaient à chacun de leurs pas. Bien que familiers de la forêt et non de la côte, ils avançaient avec détermination vers le village de Pointe-sous-le-Vent. Ils emportaient avec eux leurs tentes et tous leurs bagages, ainsi que des sangliers prêts à rôtir.

Parmi eux, un jeune homme était particulièrement impatient : Aspic, avec qui Lynx avait découvert l'amour deux ans plus tôt. Il n'avait cessé de l'observer depuis le début du rassemblement nomade. Il ne pouvait nier qu'elle lui plaisait terriblement. Mais chaque fois qu'il s'était préparé à lui parler, elle avait agi d'une manière qui l'avait perturbé. À la moindre contrariété, elle allait chasser toute seule. Quand les Pêcheurs avaient attaqué les Nomades, elle avait rejoint les deux femmes qui s'étaient opposées à la bataille. Elle était même partie enquêter chez les Cultivateurs, ramenant un prisonnier !

Si elle devenait sa compagne, pourrait-elle prendre soin de lui et de leurs enfants ? Il en doutait. Il était presque décidé à choisir une femme plus tranquille. Mais il voulait vérifier une dernière fois qu'il n'aurait pas de regrets… De toute façon, les sept familles se disperseraient de nouveau le lendemain, pour un an. Il devrait alors avoir fait son choix.

***

Bassan se précipita pour accueillir les Nomades. Il les remercia de l'honneur qu'ils lui faisaient, de la confiance qu'ils lui témoignaient, du gibier magnifique qu'ils leur offraient et qui allait combler les Pêcheurs. Il leur proposa d'installer leurs tentes sur la lande, entre le village et la forêt. Il désigna le prisonnier qui, sur la terrasse, attendait de connaître son sort. Puis il leur expliqua les rituels que les Pêcheurs allaient respecter.

Pendant que les sept chefs organisaient le campement, Sizerin fut envoyé auprès des obligés qui s'affairaient. Il prit le temps d'admirer le travail des hommes qui lissaient deux troncs d'arbres ou qui sculptaient des pièces de bois. Il alla ensuite encourager le groupe qui agrandissait la terrasse de pierre et bâtissait devant une sixième hutte. De longues perches, appuyées les unes contre les autres, formaient une structure qui ressemblait aux tentes des Nomades. Mais au lieu de peaux tannées, c'était des branchages entrelacés qui formaient les parois. Les interstices étaient bouchés par de la terre limoneuse qui durcissait en séchant.

Quand ils furent installés, les Nomades vinrent visiter le chantier.

— Voici la demeure de Sizerin, leur expliqua fièrement Bassan. Il pourra y loger l'épouse qu'il aura choisie et les enfants qu'ils auront.

— Pardonne-moi si je manque de politesse, mais pourquoi toutes ces complications ? lui demanda Renard. Nos tentes nous abritent aussi bien et nous les installons en quelques instants !

— Vous n'êtes pas exposés autant que nous à la pluie, au vent et au soleil.

— C'est vrai que la forêt nous protège. Malheureusement, elle nous maintient aussi dans l'humidité. Nous devons entretenir de grands feux à l'entrée de nos tentes. Et ce n'est pas toujours facile de trouver du bois sec. Mais nos parois en peaux sèchent sûrement plus vite que vos murs de terre !

— Voilà pourquoi les Pêcheurs et les Nomades ont des habitudes différentes. Leurs ancêtres avaient la même sagesse, mais leurs problèmes n'étaient pas les mêmes, suggéra Bassan avec diplomatie.

Les sept chefs acquiescèrent. L'orgueil, qui les avait poussés à accepter un enjeu radical à la résolution du meurtre, n'aurait pas de conséquence. Ni les Nomades ni les Pêcheurs n'auraient à quitter la Forêt-des-Buttes – puisque le coupable était un Cultivateur. Tous partageaient le même soulagement.

Satisfaite de leur entente, Lynx alla observer de plus près la construction de la hutte. Quelque chose l'étonnait. Personne ne donnait d'ordres. Sizerin se contentait de répondre à quelques questions qu'on lui posait sur la demeure qu'il souhaitait. Certains des bâtisseurs en profitaient pour bavarder, d'autres semblaient prendre plaisir à s'activer.

Sizerin remarqua que Lynx le regardait. La beauté de la jeune Nomade le troublait et il se contenta de lui sourire. Mais elle lui sourit en retour et, comme ils échangeaient un nouveau sourire, elle s'approcha de lui et le salua.

— On raconte que tu as fait preuve d'un grand courage. Tu as découvert le crâne à demi dévoré du Géant, tu l'as mis dans ton sac, et ensuite tu as repris ta chasse au loup comme si de rien n'était !

— Tu ne manques pas de courage non plus. Je n'ai pas oublié la manière dont tu es intervenue en pleine bataille ! En ce qui me concerne, j'ai juste respecté la coutume. Pas question de ne pas devenir adulte ce jour-là.

— Je comprends ça, dit Lynx en riant. J'aurais réagi comme toi, il y a deux ans.

Il la regarda avec curiosité.

— C'est vrai que, chez toi, les filles sont initiées comme les garçons…

— Bien sûr. Je trouve bizarre que ce ne soit pas le cas chez les Pêcheurs !

— Pour moi, c'est l'inverse qui est vraiment étrange !

— Tant de traditions différencient nos deux peuples, poursuivit Lynx. Peut-être la menace des Cultivateurs va-t-elle nous rapprocher…

— Peut-être.

Ils restèrent pensifs un instant, savourant la beauté de cette journée de réconciliation.

— Je me demandais pourquoi tu ne donnes pas d'ordres aux bâtisseurs de ta hutte, reprit Lynx.

— Je n'ai pas à en donner. Les Pêcheurs qui m'aident n'ont aucune obligation. Ils le font parce qu'ils sont heureux de construire quelque chose ensemble. Et aussi parce que mon père va offrir à tous un énorme banquet.

— Il n'y a pas de chefs chez vous ?

— Non. Juste des gens riches qui possèdent de grandes réserves de poissons séchés. Comme mon père. Il peut nourrir du monde. Du coup, les gens ont envie de travailler pour lui. Ce sont ses obligés.

— Nous, on a des chefs de famille, choisis par les chasseurs. Le chef dirige la chasse. C'est lui qui décide de nos déplacements en fonction du gibier. La compagne du chef a autant d'importance que lui parce qu'elle organise la vie du camp. C'est juste moins prestigieux. On ne raconte jamais ses exploits pendant les veillées d'hiver !

Pendant qu'ils s'amusaient à comparer les habitudes de leurs peuples, Bassan les observait de loin. Ils formaient un très beau couple : Sizerin costaud et blond, Lynx élancée et brune. Leur plaisir à être ensemble était évident. Et si, pour sceller l'alliance entre Pêcheurs et Nomades, son propre fils choisissait une épouse chez eux ? Ravi de son idée, il prépara aussitôt le terrain en donnant quelques précisions utiles aux sept chefs.

— J'ai dû travailler plusieurs années chez mon futur beau-père pour obtenir ma première femme. Mais mon fils n'aura pas besoin de faire comme moi. Je lui donnerai tellement de poissons séchés qu'il pourra les échanger dès qu'il aura fait son choix.

Les sept chefs échangèrent des regards perplexes ; ils n'avaient rien compris à ces explications.

— Qui échange la femme ?

— Son père, évidemment.

— Contre du poisson ?

— Contre des réserves de nourriture ou, si le fiancé n'en a pas, contre des années de service.

— Elle est toujours d'accord ?

— Elle résiste parfois, convint Bassan qui se rappelait la longue cour qu'il avait dû faire à Paruline. Mais elle finit toujours par obéir à son père. C'est parfois lui qui se montre exigeant.

Les sept chefs méditèrent ces informations surprenantes. Renard soupirait en pensant à sa nièce. Si seulement elle pouvait lui obéir plus souvent ! Il était content d'avoir rempli son devoir en élevant les enfants de son frère défunt. Mais depuis que Lynx était devenue adulte, il ne supportait plus son caractère indépendant. Il serait temps qu'elle quitte leur famille en choisissant un compagnon. Pourquoi pas, en effet, le fils de Bassan ? En ces temps assombris par la proximité des Cultivateurs, cela renforcerait les liens entre leurs deux peuples. Mais c'était perdu d'avance. Jamais sa nièce ne pourrait s'intéresser à un garçon aussi docile.

9

Les invités se rassemblèrent devant la hutte de Sizerin qui venait d'être achevée. Un poteau était couché à côté, un trou préparé à son pied. Une sculpture complexe avait été fixée au sommet : les quatre faces honoraient les Esprits de l'Eau, du Vent, du Feu et de la Terre. Au-dessous, une figure de cachalot, la plus puissante des bêtes de l'Océan, représentait le peuple des Pêcheurs. En face d'elle, la tête de loup prouvait le passage à l'âge adulte de Sizerin.

Sous les yeux curieux des Nomades, des Pêcheurs commencèrent à redresser le poteau. Des hommes le soulevaient à la base, pendant que d'autres tiraient sur la corde attachée au sommet. Il se leva de travers et manqua de tomber, avant qu'on ne se précipite pour le retenir.

— Quelle pagaille ! murmuraient entre eux les sept chefs.

Il finit malgré tout par être solidement planté. Au son des tambours et des flûtes, Hibou-le-Puissant dansa autour, pour appeler la protection des Esprits sur la nouvelle demeure.

Quand il eut terminé, les invités offrirent à Sizerin des fourrures pour sa couche, des vertèbres de cachalot à suspendre à un collier, des coquillages rares, une pagaie sculptée… Chacun rivalisait de présents somptueux car, en cas de coup dur, son père pourrait venir à leur secours. Mais l'homme riche feignait d'ignorer leur motivation. Il remercia solennellement les Pêcheurs de l'amour qu'ils portaient à son fils. Il fut applaudi.

— À ton tour de prendre la parole, Sizerin ! réclamèrent les convives.

Le jeune homme se lança avec une certaine timidité.

— J'ai beaucoup de chance. Vous m'offrez une hutte solide, de quoi la meubler et l'orner. Je n'ai encore rien fait pour mériter votre bienveillance. Je sais que c'est à mon père que vous manifestez votre reconnaissance à l'occasion de mon initiation. Mais sachez que vous pourrez également compter sur moi dans les difficultés. Je n'oublierai jamais votre générosité. Je vous aiderai toujours autant que je le pourrai.

Sa sincérité fut appréciée et il fut applaudi avec un enthousiasme qui le fit rougir de bonheur. Lynx regarda différemment ce garçon blond comme un loriot. Il n'était pas seulement courageux. Sa modestie et son intelligence la touchaient. Bassan nota avec satisfaction qu'elle ne le quittait plus des yeux. Chez les Nomades, Renard tomba des nues. Sa nièce semblait être amoureuse… C'était inespéré ! S'il pouvait à la fois se débarrasser d'elle et lier sa famille avec le chef le plus puissant des Pêcheurs, il ferait d'une pierre deux coups !

Aspic remarqua également la manière dont Lynx souriait à Sizerin. Aussitôt, l'idée qu'elle puisse devenir la compagne d'un autre lui parut insupportable !

Au fond, il adorait son intrépidité, son habileté à l'arc, autant que sa beauté et sa joie de vivre. Pourquoi dissocier ces traits de caractère ? Ils formaient une personne unique et fascinante dont il ne voulait pas être séparé. À force de tergiverser, il risquait de la perdre. Il devait au plus vite lui déclarer ses sentiments, l'embrasser, s'unir à elle et, dans le moment magique qui suivrait, lui demander d'être sa compagne.

Après le discours de son fils, l'hôte des lieux annonça qu'on allait très bientôt manger et boire – ce qui suscita de nouveaux applaudissements et des commentaires joyeux. Mais auparavant, un dernier rite devait encore être accompli. Bassan et Hibou-le-Puissant conduisirent l'assemblée près du second poteau couché, qui attendait à l'entrée du village. Aucun décor en bois sculpté n'avait été préparé, seulement le crâne du commerçant, que les fourmis avaient fini de nettoyer. À cette vision, le silence se fit.

— Chers amis, commença Bassan d'une voix émue. Comme vous le savez, Le Géant aurait dû être parmi nous. C'était mon ami, lui aussi. Il avait accepté de revenir plus tôt que prévu pour fêter l'initiation de mon fils, mais il a été tué et son âme a été mangée.

Bien que tous soient déjà au courant, les visages exprimèrent la tristesse et l'horreur de la situation.

— Je suis heureux de vous annoncer qu'aujourd'hui son âme va être libérée, déclara Bassan.

Il désigna Paruline et Lynx.

— Ma deuxième épouse, qui est la mère de Sizerin, et cette charmante jeune Nomade se sont rendues ensemble chez les Cultivateurs, rappela-t-il. Elles y ont trouvé l'assassin, elles l'ont capturé et elles ont réussi à le ramener jusqu'ici.

L'assistance fut parcourue de murmures flatteurs. Bassan poursuivit :

— Nous allons mettre à mort cet Orateur. C'est au moment où il expirera que l'âme de mon ami pourra s'échapper. Ne vous inquiétez pas ! Elle retournera aussitôt habiter son crâne. Nous l'avons fixé à ce poteau pour qu'elle le repère facilement.

Bassan se tourna vers Hibou-le-Puissant, qui ajouta d'un ton solennel :

— Dès que j'aurai la certitude qu'il sera présent, je lui rendrai les derniers hommages.

Pêcheurs et Nomades, tous approuvèrent le chamane avec conviction. Bien que les deux peuples aient développé des modes de vie différents en vivant dans des lieux très dissemblables, ils avaient eu les mêmes ancêtres. Ils honoraient les mêmes puissances mystérieuses et ils avaient de nombreuses croyances en commun. Ils voulaient absolument éviter que l'âme libérée se promène n'importe où dans le village. C'était connu : les âmes errantes pouvaient provoquer de nombreux dégâts.

Le poteau fut redressé et planté, puis des obligés amenèrent L'Orateur, les mains liées dans le dos. Fatigué, sale, échevelé, le prisonnier cherchait pourtant à garder bonne contenance. Il fit halte devant Bassan et les sept chefs. À force d'entendre le nom du Géant associé au sien, il avait fini par comprendre de quoi on l'accusait.

— Je ne suis pour rien dans la mort du commerçant, affirma-t-il de sa belle voix puissante. C'était aussi mon ami. Je l'avais même chargé d'un message de paix pour vous !

Sans traduction, les gens comprirent seulement qu'il proclamait son innocence. On lui répondit par des quolibets. Le soulagement était si grand d'avoir évité la guerre entre Pêcheurs et Nomades ! Pendant que le prisonnier était conduit jusqu'à la plage, les invités se regroupaient sur la terrasse pour assister à l'exécution.

La traversée de l'étendue de sable parut interminable, car c'était marée basse. Les deux Pêcheurs firent monter l'assassin dans un canot qu'ils poussèrent dans les vagues. Ils grimpèrent dedans et ramèrent vigoureusement. Les Nomades admirèrent leur courage. Ils écarquillaient les yeux chaque fois que la frêle embarcation escaladait un rocher liquide, retenaient leur souffle quand elle disparaissait, et poussaient des soupirs de soulagement quand elle émergeait intacte.

Comme Bassan l'expliqua à ses invités, L'Orateur allait être déposé sur un rocher dans la mer des Va-et-Vient. La marée montante allait le submerger progressivement. En luttant pour respirer, il allait ouvrir grand la bouche. Ce qui permettrait à l'âme du Géant de s'échapper. Aussitôt, l'Esprit du Vent l'emporterait vers le village. Si les Pêcheurs s'étaient contentés de noyer L'Orateur, l'âme aurait été engloutie avec lui et elle n'aurait jamais trouvé la paix.

***

La Vivace repoussa les fourrures qui la recouvraient, enfila ses chaussures, traversa le sol inégal ; elle fut surprise de constater qu'elle tenait sur ses jambes. Quand elle souleva l'impressionnante peau d'ours qui fermait l'abri, une bourrasque fit entrer les feuilles mortes de l'automne précédent. Au loin, les feuillages semblaient protester sous les rafales qui les secouaient. Elle se trouvait au seuil d'un couloir, dont les parois et le plafond étaient constitués de hauts blocs de granit. Elle le suivit, intriguée, et déboucha dans une clairière.

Les chênes anciens qui l'entouraient étendaient leurs branches épaisses comme des bras protecteurs. Le ciel gris était adouci par le vert tendre des bourgeons en train d'éclore. Çà et là, des buissons agitaient leurs rameaux roses et rouges. Traversé par un ruisseau à l'eau très claire, le sol était tapissé de petites fleurs bleues. Il faisait frais, les nuages jouaient à cache-cache avec le soleil et le vent soufflait fort. Malgré la tempête qui s'annonçait, la clairière était pleine de charme, de douceur et de gaieté.

La Vivace alla se soulager plus loin, dans la forêt. En rebroussant chemin, elle se retrouva face à quatre biches gravides et un jeune cerf. Ils la contemplèrent paisiblement avant de s'éloigner. Bien qu'impressionnée, elle n'avait pas eu le temps d'avoir peur. À son retour, elle vit une Nomade arriver, un panier au bras. Elle reconnut le menton volontaire, les pommettes hautes et les yeux très noirs de la femme qui l'avait soignée. Avait-elle rêvé qu'elle lui parlait dans sa langue ?

— Bonjour, dit la femme d'une voix joyeuse. Viens, je dois préparer le repas. Si tu me disais ton nom ? Je m'appelle Ourse-la-Puissante.

La Vivace bredouilla le sien. Elle n'avait pas rêvé ! Elles revinrent à l'intérieur de l'abri et Ourse-la-Puissante ranima le feu. Les flammes éclairèrent plus vivement les parois. Face à la couche était suspendu le masque qui avait impressionné la Cultivatrice : un panneau de bois légèrement incurvé, avec de grands trous pour les yeux et, au-dessus, une ramure de cerf solidement fixée. Sur l'autre paroi, des anneaux avaient été creusés dans la roche, ce qui permettait d'y suspendre des paniers. Nombreux, de toutes les tailles, ils exhalaient une légère odeur de décomposition.

Sur une étagère se trouvait un fragment de terre cuite. Étonnée qu'on puisse garder des débris de vaisselle, La Vivace se rapprocha pour l'examiner. Elle n'en avait jamais vu de cette couleur orangée. La finition était parfaite et le décor très sophistiqué. À Dernier-Mont, on se contentait d'orner les pots d'une bordure de petits points serrés faits au poinçon. Là, des empreintes de coquillages minuscules formaient une large bande verticale. Qui fabriquait ce genre d'objet ? Les Pêcheurs ? La Vivace se rappelait avoir vu de nombreux paniers dans le camp des Nomades, mais aucun pot.

— Tu es bien une Nomade ? demanda-t-elle, surprise.

Ourse-la-Puissante la regarda avec un intérêt nouveau, comme si sa perspicacité lui plaisait. Elle lui fit signe de s'asseoir en face d'elle devant le feu. Elle posa sur ses genoux un plateau de bois, mit à ses pieds un panier terreux rempli de glands noircis et lui tendit un percuteur en silex.

— Rends-toi utile si tu veux que je te nourrisse, dit-elle d'un ton léger.

— Oui, bien sûr !

— Il faut casser les coquilles, puis écraser l'intérieur. Cette farine épaissira notre bouillon.

Les Cultivateurs ne mangeaient pas de glands, qu'ils réservaient aux cochons.

— Tu es sûre que ce n'est pas dangereux ?

— Certaine. Je les ai enfouis dans la terre pendant plusieurs lunes pour qu'ils deviennent comestibles.

Curieuse recette, pensa La Vivace en se mettant au travail.

— Tu es une guérisseuse ?

— Une chamane.

— Quelle est la différence ?

— Il y en a beaucoup. Je prends soin des âmes autant que des corps malades. Et je rentre en contact avec les Esprits.

— Vraiment ? Chez nous, chacun demande à ses ancêtres de le protéger des accidents et des maladies. Mais seuls les prêtres peuvent s'adresser aux dieux qui peuplent le ciel, les champs, les prés, la forêt, les cours d'eau et même les maisons. Les prêtres sont tous des hommes. Aucun n'habite Dernier-Mont.

Les prêtres vivaient dans un village plus important, à une demi-journée de marche vers l'est. Ils rassemblaient les Cultivateurs des alentours plusieurs fois par an, pour de grandes cérémonies. Ils célébraient le jour le plus long de l'année et le jour le plus court. Ils demandaient la bénédiction des dieux sur les récoltes à venir et les nouvelles unions. Mais ils ne s'intéressaient ni aux malades ni aux femmes en couches, qui étaient du ressort des guérisseuses, comme La Douce.

— Je suis la chamane du clan de Grand-Chaos, précisa Ourse-la-Puissante. Le clan auquel Lynx appartient.

— Comment sais-tu que je la connais ?

— Tu es la Cultivatrice qui, avec Lynx et Paruline, a mis un terme à la bataille. Et qui les a conduites à Dernier-Mont pour enquêter sur la mort du Géant.

La Vivace baissa la tête, gênée.

— Oui, c'est moi. Je ne t'ai pas vue dans le camp des Nomades quand je l'ai traversé…

— Je n'accompagne jamais les familles du clan dans leurs déplacements. Ils savent où me trouver lorsqu'ils ont besoin de moi. Ils m'ont parlé d'une femme de la taille d'un enfant, mince, avec une jupe. Courageuse.

— Et naïve, ajouta tristement La Vivace.

Elle aurait bien aimé oublier cette histoire où elle avait joué un rôle catastrophique. Elle se sentait coupable. Elle avait cru faire preuve de bonne volonté mais, pour les siens, il aurait été préférable qu'elle laisse ces inconnus régler leurs comptes entre eux. Elle avait fait confiance à Lynx et Paruline, qui l'avaient bel et bien trahie dès que leur conviction avait été faite. Que s'était-il passé ensuite ? Une coalition de Nomades et de Pêcheurs était-elle venue attaquer Dernier-Mont ? Les nouveaux alliés s'étaient-ils simplement postés le long de la rivière Bousculée pour empêcher les Cultivateurs de la franchir ?

— Tu as suivi la voix de ton cœur, murmura Ourse-la-Puissante comme si elle avait deviné ses pensées.

La chamane avait fini de trier, couper et laver des plantes et des racines que la Cultivatrice ne connaissait pas. Elle les jeta dans un récipient rempli d'eau, suspendu près du feu. Pendant ce temps, La Vivace réfléchissait. Elle tentait de se souvenir de ce qui lui avait paru si important quand elle avait de la fièvre. L'Orateur avait menti sur son absence le jour du meurtre et les enquêtrices y avaient vu la preuve de sa culpabilité. Elles avaient pourtant découvert un second chemin. Il avait pu l'emprunter, au lieu d'emboîter le pas du commerçant… En suivant la piste à son tour, La Vivace était arrivée ici…

Son regard tomba sur le dos de la chamane, penchée au-dessus du feu. Brusquement, elle se souvint du détail qui l'avait frappée pendant qu'Ourse-la-Puissante la soignait. Le bijou qui retenait ses cheveux était en cuir ; ce ne pouvait donc pas être une fabrication nomade. Or la forme ovale et le motif étaient prisés à Dernier-Mont.

— C'est toi que L'Orateur venait voir, le jour de l'assassinat du Géant ! s'écria-t-elle.

Ourse-la-Puissante se retourna.

— En effet.

Stupéfaite, la Cultivatrice oublia complètement sa timidité. Elle se souvenait des paroles de La Flamboyante qui souffrait du tempérament séducteur de son époux.

— Il est amoureux de toi !

La chamane éclata de rire.

— Si c'était le cas, je ne pourrais pas grand-chose pour lui. L'amour nous est interdit à nous autres, chamanes. Sinon, nous perdrions nos pouvoirs sacrés.

— Mais alors, que faisait-il chez toi ? C'est bien lui qui t'a offert ce bijou ?

— Oui. Il voulait me remercier d'un remède que j'avais préparé pour lui.

La Vivace allait de surprise en surprise.

— L'Orateur est malade ? J'avais l'impression qu'il était en pleine forme.

Les yeux de la chamane pétillaient de malice.

— Je n'ai pas le droit de te révéler son secret.

Elle semblait l'encourager à le découvrir par elle-même. La Cultivatrice pensa à L'Orateur, sa silhouette charpentée, sa voix puissante, ses traits virils, son chignon élégant…

— Il perd ses cheveux !

Dans le regard amusé de la chamane, elle vit qu'elle avait touché juste. Pour un homme séducteur, si sensible à son apparence, ce signe précoce de vieillissement devait être un drame. La Vivace savait que La Douce n'avait rien à proposer pour y remédier ; les hommes en plaisantaient parfois entre eux. L'Orateur avait donc cherché ailleurs de quoi stopper la chute de sa chevelure. Et il avait trouvé de l'aide chez les Nomades, dans la Forêt-des-Buttes.

— Comment a-t-il entendu parler de toi ? s'étonna La Vivace.

— Nous nous sommes rencontrés par hasard, l'automne dernier. Je cherchais des plantes qui ne poussent pas dans la forêt. J'étais près de la rivière Bousculée. Il coupait du bois dans une clairière. Il était seul. La manière inquiète dont il a rectifié son chignon en me voyant approcher m'a révélé son problème. Je lui ai proposé un remède, qu'il est venu chercher ici un peu plus tard. Mais il l'a entièrement utilisé pendant l'hiver. Il est donc revenu me voir.

— Tu te souviens quand ?

— Le dernier jour de la dernière lune.

C'était bien le jour où Le Géant avait été assassiné.

— Il est resté longtemps chez toi ?

— Assez. Nous avons discuté d'un grand nombre de sujets. Il est vrai qu'il a essayé de me séduire. Il n'a pas tenté de me forcer, sinon je l'aurais jeté dehors. Mais il a fait son possible pour me charmer. Je t'avoue que ça m'a amusée.

La piste empruntée par Le Géant allait droit vers le sud et la côte, en direction de Pointe-sous-le-Vent. Celle qui menait au chaos rocheux s'enfonçait dans la forêt vers le sud-ouest. Elles étaient trop éloignées l'une de l'autre pour que L'Orateur ait eu le temps d'aller de la seconde à la première avant de rejoindre L'Ingénieux. La Vivace en avait maintenant la preuve : les enquêtrices s'étaient trompées. L'homme influent de Dernier-Mont était innocent.

10

Le canot qui emportait L'Orateur s'éloignait de la côte. Comme le savaient les Pêcheurs, bons connaisseurs des rythmes de l'Océan, la mer des Va-et-Vient allait bientôt cesser de reculer. Le temps que les pagayeurs atteignent le banc de sable, elle effectuerait une pause. Ensuite, elle se mettrait à grossir. Elle noierait le meurtrier du Géant, tout en aidant le canot à revenir vers Pointe-sous-le-Vent.

Au fur et à mesure qu'ils s'écartaient du fond de la baie, le vent s'intensifiait. Soulevée par une butte liquide, la mince embarcation retombait brutalement de l'autre côté, giflée par les vagues. Assis au fond, L'Orateur était terrorisé. Même quand, dans sa jeunesse, il était monté sur le dos d'un taureau en tentant de le maîtriser, il n'avait pas été aussi secoué.

Le Pêcheur qui était derrière lui interpella celui qui lui faisait face. Ils se mirent à discuter âprement en lançant des regards inquiets autour d'eux. Depuis qu'ils avaient quitté la plage, l'horizon avait viré au noir bleuté, annonciateur d'orage. C'était sûrement des marins expérimentés qui ne voulaient pas prendre le risque d'affronter une tempête. Pourquoi ne me jettent-ils pas à l'eau maintenant ? se demandait le prisonnier. Il ignorait que sa noyade devait être progressive pour laisser échapper l'âme du commerçant.

Malgré sa frayeur, L'Orateur décida de profiter de la distraction de ses geôliers. Jetant ses jambes par-dessus les bords du canot, il cambra le dos, saisit les montants du banc derrière lui en dépit de ses liens, et bascula tout le corps vers la droite. Déséquilibrée, l'embarcation roula sur le côté. Surpris, les deux Pêcheurs tombèrent à l'eau.

Le canot se redressa, L'Orateur seul à l'intérieur. Il aurait aimé ranger ses jambes pour soulager son dos, mais une pluie dure comme de la poussière de silex s'abattit sur la mer. Yeux fermés, visage crispé à l'extrême, il sentit l'embarcation livrée à elle-même rouler d'un côté et de l'autre, être aspirée en haut des vagues et s'écraser dans les creux. Il s'agrippait à elle de toute la force de ses jambes et de ses doigts. Sans elle, il n'avait aucune chance de survie. Il ne savait pas nager.

***

Sur la terrasse, les invités affamés et assoiffés avaient perdu de vue le canot. Ils se servirent en boissons. Les Nomades grignotèrent avec curiosité des petits poissons grillés trempés dans des sauces diverses – une spécialité de Pêcheurs qui les laissait sur leur faim. Ces derniers se régalèrent d'énormes morceaux de sangliers rôtis – une spécialité nomade qui avait le défaut de les rassasier trop vite.

La nouvelle considération dont jouissait Paruline ne la dispensait pas de ses devoirs féminins. En raison du nombre de convives, Circaète et elle s'affairaient à un rythme plus soutenu que jamais pour renouveler les plats. Les Pêcheuses étaient nombreuses à les aider ; dans ce peuple, il était mal vu pour une femme de rester assise quand on s'activait autour d'elle. Elles chuchotaient d'ailleurs avec réprobation, parce que Harelde, épuisée, s'était réfugiée à l'intérieur de la hutte. La tendance des riches à multiplier les unions était largement critiquée à cette occasion. Personne n'osant le dire devant Bassan, on s'adressait à ses épouses.

Les Nomades, au contraire, appréciaient la fête sans arrière-pensées, y compris les femmes. Chez eux, chacun était libre, une fois sa part de travail accomplie. Lynx se réjouissait particulièrement. Ces deux peuples qui avaient voulu s'entre-tuer devisaient aujourd'hui avec plaisir. Ils s'expliquaient leurs coutumes et échangeaient des recettes de cuisine ! Elle-même aurait aimé poursuivre sa discussion avec Sizerin, mais il était accaparé par son père qui voulait le garder à ses côtés. Elle espérait qu'il finirait par s'échapper. En attendant, elle était très occupée à fuir Aspic. Elle avait bien remarqué qu'il cherchait maintenant à attirer son attention. Mais c'était trop tard. Elle qui, depuis le début du rassemblement, avait attendu un signal de sa part, regrettait qu'il ait fini par se manifester.

Soudain, une bourrasque emporta l'auvent et renversa les plats. Une averse balaya la terrasse, noya la nourriture et les boissons, trempa les coussins, chassa les invités qui se bousculèrent pour entrer dans les huttes. En un instant, Harelde qui somnolait fut cernée par des gens trempés qui criaient et s'asseyaient sur sa couche. Ceux qui ne trouvaient pas de place dans le village coururent se réfugier dans les tentes des Nomades, y compris les Pêcheurs qui jusque-là avaient craint de les approcher.

Dans les tentes comme dans les huttes, l'affluence ne permettait pas d'allumer les feux qui auraient permis de sécher. On tendit l'oreille pour suivre l'évolution des intempéries, les Pêcheurs s'inquiétant de la fragilité des tentes, les Nomades se disant que ces huttes ne pouvaient vraiment pas être plus mal placées, ainsi perchées sur l'Océan. On éternua ensemble, on maudit le mauvais temps, on rit aussi, et finalement on entonna des chants qui furent repris en chœur avec un peu d'improvisation, car la moitié de l'assistance ne les connaissait pas.

Quand la pluie cessa, on mit dehors ceux qui avaient abusé du banquet. Qu'ils aillent plus loin se soulager ou vider leur ventre ! Qu'ils laissent l'Esprit du Vent les soigner ! Le ciel se dégageait rapidement et les étoiles faisaient leur apparition. Ceux qui avaient sommeil s'allongèrent dans un coin de tente ou de hutte, Nomades et Pêcheurs serrés les uns contre les autres, au hasard. La tempête avait achevé ce qu'avaient si bien commencé la fête, l'ivresse, le succès de l'enquête et la punition du coupable. Entre les ennemis d'hier, non seulement la confiance s'était établie, mais des liens d'amitiés s'étaient noués.

***

La mer des Va-et-Vient s'apaisa. Le canot avait tenu bon, retrouvant son équilibre après chaque vague. Exténué, L'Orateur rangea ses jambes, ce qui soulagea son dos. En lâchant le banc derrière lui, il remarqua que les liens autour de ses poignets s'étaient distendus. L'eau qui baignait le fond du canot avait commencé à les effilocher. Glissant deux doigts sous la corde, il réussit à en attraper un bout, puis, luttant contre l'impatience, à défaire le nœud. Il put enfin se redresser, détendre ses épaules, frotter ses poignets meurtris. Ses geôliers avaient disparu. Il se sentait soulagé, très fier de son exploit ; et, en même temps, il était trempé, transi, épuisé, assoiffé. Il but un peu d'eau de pluie dans le canot. Puis il se cala le mieux possible pour reprendre des forces.

Le ciel nuageux se déchira, laissant apparaître les premières étoiles. Les yeux de L'Orateur s'accoutumèrent à cette lumière éparse, qui brillait en miroir sur l'écume des vagues. Il fut glacé d'effroi ; aussi loin que portait son regard, il ne voyait aucune terre. Seul l'Océan s'étendait autour de lui. Comme tous les Cultivateurs, L'Orateur savait que l'eau emportait l'âme des morts vers le monde d'où personne ne revenait jamais. En filant à la surface, lui se tenait à la frontière, dans une position instable et dangereuse.

C'était le canot qui le rattachait encore au lieu d'où il venait. Une pirogue creusée dans un chêne l'aurait rassuré plus que ces peaux tendues sur des branches tordues. Le tronc épais, d'une résistance à toute épreuve, lui aurait rappelé la terre ferme où lui aussi avait ses racines. Ses sentiments, la nostalgie, la peur de ce qu'il allait découvrir prouvaient qu'il n'était pas encore tout à fait mort. Pourtant, emporté par l'Océan vers une destination inconnue, peut-être n'était-il déjà plus tout à fait vivant.

***

— Ourse-la-Puissante, tu prédis l'avenir ? demanda La Vivace en contemplant d'un air sombre les flammes qui dansaient dans le foyer.

Elles venaient de terminer leur repas. Les bruits

de la tempête parvenaient jusqu'à elles, assourdis. Même quand la pluie tombait à verse au-dehors, comme c'était le cas à l'instant, le refuge de la chamane restait sec et paisible grâce au chaos rocheux qui le protégeait. L'espace n'était pas grand, mais son occupante n'avait pas à le partager avec d'autres familles, comme les Cultivateurs dans leurs maisons communes. La Vivace s'y sentait bien malgré la peau d'ours et la ramure de cerf qui l'impressionnaient.

Ou plutôt, elle s'y serait sentie bien si elle n'avait pas été accablée par le sentiment d'avoir fait le malheur de son propre peuple. Par sa faute, les habitants de Dernier-Mont allaient payer pour un crime qu'ils n'avaient pas commis. Cette fois, personne ne pourrait arrêter le conflit.

— Que veux-tu savoir exactement, La Vivace ?

— Chez nous, on demande l'avis des prêtres quand le blé est presque mûr et qu'il y a un risque d'orage ; faut-il se dépêcher de moissonner ? Des femmes les sollicitent aussi quand elles ne parviennent pas à avoir d'enfants, pour savoir si elles peuvent garder espoir. Et toi, tu réponds à ce genre de questions ?

— Ça dépend. Je vois certaines possibilités… et aussi ce qui ne peut pas arriver. J'ai parfois une certitude absolue mais c'est assez rare. Je peux également demander aux Esprits de nous épargner et de nous protéger. En général, ils m'écoutent. Ils n'y sont pas obligés. Je ne prétends pas savoir à l'avance s'ils vont être attentifs, ou distraits, à propos de telle personne ou de tel événement.

La Vivace n'osa pas avouer la pensée qui lui traversa l'esprit : les prêtres étaient donc plus puissants que les chamanes.

— Vos prêtres ne sont pas plus puissants que

nos chamanes, dit Ourse-la-Puissante. Ils sont juste plus orgueilleux. Ils ne veulent pas reconnaître leurs limites. Alors, ils trichent. Ils affirment ce qu'ils ne savent pas.

— En tout cas, je suis frappée par un autre de tes pouvoirs. Tu devines souvent mes pensées !

— Seulement les plus puissantes, celles qui émanent de ton corps sans que tu t'en aperçoives.

— C'est quand même très impressionnant. C'est aussi grâce à tes pouvoirs que tu parles ma langue ?

La chamane se mit à rire.

— Ç'aurait été plus simple ! Mais non. Je l'ai apprise. Ourse-la-Puissante l'ancienne me l'a enseignée.

— Vraiment ! Et pourquoi ça ?

Elle soupira, plus sombre.

— Depuis quelques générations, tous les chamanes nomades et pêcheurs apprennent la langue des Cultivateurs. De grands bouleversements se préparent, ajouta-t-elle mystérieusement. Nous cherchons comment protéger nos peuples.

— Je ne comprends pas. Je croyais que tu n'avais pas de certitude sur l'avenir !

— J'ai dit qu'elles étaient rares. Certaines possibilités deviennent si probables qu'elles finissent par se produire. Quand tu regardes un arbre changer de couleur à l'automne, tu sais qu'un jour ses feuilles tomberont.

— Oui.

— Sans savoir quand exactement.

— C'est vrai.

— Eh bien, La Vivace, ce lieu est la matrice du peuple de Grand-Chaos. J'y habite pour bénéficier de sa puissance de vie. Ici, les Esprits me sont très attentifs. Hélas, je sais qu'un jour, proche ou lointain, cet espace sacré ne ressemblera plus à ce que nous connaissons. Il restera sacré mais d'une façon très différente, pour un peuple qui aura complètement changé.

— Tu veux dire que la forêt brûlera ? demanda La Vivace, mal à l'aise. Que le sol sera cultivé ?

— Très probablement. Mais d'autres bouleversements se préparent aussi. Pendant que les humains se disputent des territoires, les Esprits se livrent d'autres batailles, moins visibles et encore plus féroces.

La Cultivatrice la regarda avec stupéfaction.

— Des batailles encore plus féroces ? Ici, dans la Forêt-des-Buttes ?

— Elles ont commencé il y a très longtemps. Je ne peux pas tout te raconter. Il me faut déjà une soirée entière pour transmettre notre Grand Récit des origines. Mais sache qu'un jour l'Esprit de la Terre a obtenu une grande victoire sur l'Esprit de l'Eau. Depuis, ce dernier cherche à se venger.

Tandis que La Vivace méditait ces paroles surprenantes, la chamane ajouta d'un ton plus léger :

— Si tu veux, je peux te dire comment le fragment de pot que tu as remarqué est arrivé chez moi.

La Cultivatrice fit contre mauvaise fortune bon cœur et cacha sa déception.

— Hum… Cette terre cuite m'intrigue, en effet.

Ourse-la-Puissante lui lança un regard malicieux – une fois de plus, elle avait deviné ses pensées – avant de retrouver toute sa gravité.

— Ne t'inquiète pas, La Vivace. Tu ne vas pas t'ennuyer. Ce récit va t'apprendre tout ce que tu as besoin de savoir, sur ce qui te tracasse en ce moment.

***

« Autrefois, loin d'ici, commença-t-elle, des gens vivaient sur la rive sud d'un grand fleuve, près de son embouchure. Ils habitaient dans des tentes, ils chassaient dans la forêt, et pourtant ce n'étaient pas des Nomades ; leurs demeures étaient toujours installées au même endroit. Bons navigateurs, ils mangeaient souvent du poisson, et pourtant ce n'étaient pas des Pêcheurs ; ils ne savaient même pas nager. Ils cultivaient un peu de blé, ils élevaient des brebis, des chèvres et des poules, et pourtant, ils n'étaient pas vraiment des Cultivateurs. Ils formaient avant tout un peuple de guerriers.

« Leurs chefs n'étaient pas d'excellents chasseurs choisis par les autres chasseurs, ni des hommes riches capables d'offrir des banquets magnifiques, ni même de bons orateurs pouvant influencer les assemblées. Ceux qui prenaient la tête du groupe étaient ceux qui osaient se ruer en premier sur l'ennemi, qui faisaient mouche à chaque flèche et qui n'hésitaient jamais à tuer. Nourris des meilleurs morceaux, ils possédaient un certain nombre d'esclaves, et plusieurs épouses sur lesquelles ils avaient droit de vie et de mort. Leur domination était pleine de colère, de haine, de jalousie, de vengeance. Elle ne durait jamais longtemps. Elle s'arrêtait brutalement le jour où ils étaient défiés avec succès par un homme plus jeune et plus cruel.

« Ce peuple répandant le malheur autour de lui, ses voisins s'étaient alliés contre lui. Il fallut de nombreuses guerres pour qu'ils apprennent à voler au secours de celui d'entre eux qui était attaqué. Mais enfin, c'était chose faite. Ces limites à sa puissance rendaient furieux le nouveau chef des Guerriers, un jeune homme audacieux, excellent archer et avide de gloire. Il lança à ses compagnons un défi : se rendre sur la rive opposée du fleuve pour attaquer les peuples inconnus qui y vivaient. Ils ne se méfieraient pas puisqu'ils n'avaient jamais entendu parler d'eux. Cela promettait un beau butin en femmes, en esclaves, en provisions, en trésors !

« Jusque-là, personne n'avait osé tenter cette aventure. Les prêtres lançaient souvent un avertissement : ceux qui franchiraient le fleuve ne reviendraient pas. Quand ils s'approchaient de l'embouchure en allant à la pêche, les Guerriers étaient impressionnés par le flot large et tumultueux qui se poursuivait loin dans l'Océan ; il semblait leur barrer la route. Dès les premiers remous qui menaçaient de renverser leurs canots, les navigateurs s'écartaient et revenaient vers la côte.

« Cependant, la perspective d'un butin fabuleux – et du prestige qui y serait associé – commença à convaincre certains Guerriers ambitieux. Pour contourner la prédiction des prêtres, il suffisait que leurs familles et leurs biens soient de l'aventure. Au lieu de chercher à revenir, ils allaient s'installer au-delà du fleuve. L'idée chemina peu à peu dans les esprits.

« Un matin particulièrement paisible, sans vent, sans vagues, à marée basse, pendant l'été pour que le fleuve ait moins de débit, une flotte d'une dizaine de canots quitta la côte, remplis de guerriers, de femmes, d'enfants, de chèvres, de moutons et de provisions. On entonna des chants rythmés pour se donner du courage, puis on se concentra sur les remous qui menaçaient de tout engloutir.

« Dirigeant l'embarcation de tête, le jeune chef ne

se retourna pas une seule fois avant d'avoir atteint l'autre rive. Il n'eut à déplorer que la perte de trois canots : deux qui avaient été renversés au milieu du fleuve et un qui s'était fracassé sur des rochers. Il fut content. Ses meilleurs guerriers avaient été épargnés, et tant pis pour la perte de deux épouses, qu'il pourrait bientôt remplacer. En revanche, l'endroit où ils étaient arrivés était trop difficile d'accès pour un camp de base. Les canots reprirent la mer. Ils longèrent la côte pendant plusieurs jours, hésitèrent plusieurs fois, choisirent de poursuivre… Et finalement, ils découvrirent le refuge idéal : une île ni trop petite ni trop grande, située à l'entrée d'une baie immense où devaient vivre de nombreuses proies[1].

« Ils en firent le tour. Sa côte était rocheuse, avec de rares accès vers de petites criques abritées. L'île serait facile à défendre en cas d'attaque. Il ne semblait pas y avoir de champs ni de prés, mais des landes et des bois qu'ils pourraient défricher. Des fumées regroupées indiquaient la présence d'un village. Aux yeux du jeune chef, c'était l'occasion de tester la résistance des gens de la région.

« Elle fut très faible, presque nulle. Les habitants de l'île furent tous tués, à l'exception des garçons les plus robustes, qu'on garda comme esclaves, des femmes les plus belles, qui devinrent des épouses – aussi soumises que les esclaves – et de quelques personnes qui s'enfuirent à la nage. Il n'y eut aucune perte chez les Guerriers. Leurs adversaires semblaient avoir été sidérés par l'offensive. Ils ne visaient que les jambes et les bras de leurs assaillants !

« Cela fit beaucoup rire le jeune chef. Des sau-

1. L'île d'Hoëdic.

vages ignorants, stupides et ridicules, conclut-il en contemplant les vestiges de leur village. Ces gens ne savaient ni cultiver la terre, ni élever des animaux, ni même fabriquer des pots en terre cuite. Les survivants avaient de la chance, ils allaient découvrir la civilisation.

« Une fois installés sur l'île, les Guerriers multiplièrent les raids dans les villages de la côte. Ils détruisirent les huttes et les pièges à poissons. Ils brisèrent les parures de bois de cerfs et les colliers de coquillages qui n'avaient aucun intérêt pour eux. Ils accaparèrent les réserves de poissons séchés. Mais ils ne massacrèrent personne et ne ramenèrent pas de nouveaux esclaves. Avertis par les quelques survivants de l'île, les habitants fuyaient dans la forêt à l'approche des canots.

« Ces demi-victoires irritaient beaucoup le jeune chef. Frustré, il fut bientôt obsédé par une nouvelle pensée. Qui savait que l'aventure de l'autre côté du fleuve avait réussi ? Personne. C'était insupportable ! Il fallait pourtant que son nom fût connu de l'ensemble de son peuple ! Que tous les Guerriers l'admirent et le respectent pendant plusieurs générations !

« Au début de l'automne, il confia l'île à son bras droit. Il savait de toute façon que personne n'oserait attaquer leur refuge. Il partit à la tête de deux canots seulement, l'un piloté par lui, l'autre par le meilleur navigateur du groupe. Ce dernier était chargé de raconter ses exploits s'il lui arrivait malheur.

« En son absence, les jours raccourcirent. Autour de la baie, les forêts prirent leurs couleurs d'automne. Puis ce fut le froid de l'hiver. Il tomba un peu de neige, vite fondue. Les Guerriers s'habituaient à une existence étrange, sans combats, auprès de leurs femmes et de leurs enfants. Ils pêchaient, trayaient leurs chèvres et leurs moutons, allaient chercher du bois pour le feu, ramassaient des huîtres et des coquillages. Parfois, ils n'avaient rien d'autre à faire qu'à contempler l'Océan, tantôt tranquille comme un lac, tantôt étrangement tourmenté. Ils avaient tout le temps de s'interroger sur l'avertissement des prêtres. Ils avaient réussi à traverser le fleuve une fois. Mais si la prédiction était juste, leur chef ne parviendrait pas à répéter cet exploit. À moins que les prêtres se soient trompés ? Et que les dieux soient particulièrement indulgents envers lui ?

« Or, quand les premières fleurs s'ouvrirent sur la lande, le jeune chef était de retour. Si quelques-uns eurent des regrets, personne n'osa les manifester. Signe de la confiance qu'il avait inspirée de l'autre côté de l'embouchure, le chef revenait à la tête d'une flotte de trois cents canots. Pendant son voyage, il avait mis au point un plan ambitieux, simple et génial. Au cours du printemps, les Guerriers allaient s'installer tout autour de la baie. Les femmes restaureraient les pièges à poissons. Elles pourraient ainsi nourrir leurs familles pendant les longues absences des hommes. Qui pendant l'été seraient très occupés à lancer des raids plus loin sur la côte, là où personne n'avait entendu parler d'eux.

« Le jour même de son retour, une grande cérémonie fut organisée, au cours de laquelle on sacrifia tout le bétail ; ainsi les Guerriers n'auraient pas d'autre choix que de réussir. Clamant à la face du monde que la baie lui appartenait, le jeune chef fit mettre à mort sa dernière épouse et leur enfant unique. Sa hutte personnelle serait bâtie sur leurs dépouilles. Pleins d'effroi, tous l'acclamèrent comme un grand chef visionnaire. Il prit un nouveau nom : Puissance-du-Rocher. »

***

Horrifiée par ce récit, La Vivace ne quittait plus des yeux Ourse-la-Puissante. En quoi cette histoire épouvantable pouvait-elle l'aider à surmonter ses propres tourments ?

11

« Quand le jeune chef sacrifia sa famille, c'en fut trop pour les Esprits, poursuivit la chamane. Ils s'offusquèrent de l'arrogance de cet homme. De quel droit osait-il s'en prendre à d'autres humains ? Ce privilège leur était réservé ! Puissance-du-Rocher terrorisait tellement son propre peuple que les puissances mystérieuses en étaient négligées. Qu'elles déclenchent des orages, des tempêtes, de la grêle, cela paraissait maintenant anecdotique à ceux qui vivaient sous le joug de ce criminel.

« Au cours de la nuit qui suivit la cérémonie, l'Esprit de la Terre fut le premier à manifester sa colère ; il secoua violemment le fond de l'Océan. L'Esprit de l'Eau prit la relève, dressant des vagues comme personne n'en avait jamais vu. Enfin l'Esprit du Vent souffla si fort que tout s'envola : les canots, les huttes, les arbres, les animaux, les enfants. L'île fut disloquée, brûlée, noyée, balayée. Et avec elle, tous ceux qui s'y trouvaient.

« Tous, sauf une jeune esclave nomade et son bébé. Raflée l'été précédent sur la côte, la jeune femme avait mis au monde une petite fille. La pensée que son enfant pourrait un jour avoir le même destin qu'elle la torturait. Assistant à la cérémonie, elle avait vu le peuple des Guerriers sombrer dans l'ivresse à force de trinquer en l'honneur du jeune chef. Elle en avait profité pour s'enfuir. Elle s'était glissée dans l'eau glacée à la lumière des étoiles, le bébé accroché dans son dos. En se cachant le plus longtemps possible derrière les rochers, elle avait nagé jusqu'au premier canot. Son contenu n'avait pas encore été débarqué. Elle avait tout jeté par-dessus bord, sauf un grand plat en terre cuite rempli de blé, dans lequel elle avait creusé un trou pour y déposer son enfant. Après avoir détaché la corde qui retenait le canot, elle l'avait poussé devant elle tout en nageant. Elle avait grimpé à l'intérieur une fois dépassée l'entrée de la plage. Soucieuse de s'éloigner au plus vite, elle avait pagayé de toutes ses forces.

« Elle avait traversé une partie de la baie quand une vague monstrueuse balaya l'Océan. Elle n'eut que le temps de se coucher sur le grand pot pour retenir son enfant. Le canot fut projeté à toute vitesse vers la côte. Il s'écrasa sur la lande, à l'orée de la forêt.

« Le lendemain, à l'aube, la chamane des Nomades trouva le corps sans vie de la jeune femme. Un peu plus loin, lové dans un tas de blé au milieu d'un pot brisé, le bébé hurlait pour qu'on le nourrisse. La chamane le prit dans ses bras et le ramena chez elle. Elle avait ramassé l'un des morceaux de terre cuite. En grandissant, l'enfant aurait besoin de savoir combien sa mère l'avait aimé, avec quelle tendresse elle avait tenté de le protéger.

« Il ne resta rien d'autre du peuple des Guerriers. »

***

— Les Esprits ont agi à temps ! s'exclama La Vivace en frissonnant. Heureusement qu'ils ont arrêté la progression de ces meurtriers le long de la côte !

— Ils se sont arrangés aussi pour qu'aucun Nomade ni aucun Pêcheur ne soient touchés par la vague monstrueuse. Après un hiver calme où une partie des habitants était revenue autour de la baie, tout le monde avait fui dans la forêt en voyant surgir l'armée de canots. Quand l'île a été ravagée, et leurs ennemis emportés, les gens sont revenus.

— Les Esprits ont été très malins !

— Oui. Je regrette qu'ils n'aient pas réussi à préserver la jeune mère…

— Ils ne pouvaient sans doute pas faire autrement. Et le bébé ? Il a survécu ?

— Jusqu'à aujourd'hui en tout cas, dit Ourse-la-Puissante en retrouvant sa malice habituelle. La chamane l'a élevé, tout en lui transmettant son savoir. Cette petite fille avait été préservée miraculeusement, signe que les Esprits l'avaient choisie comme interlocutrice.

— C'était toi, le bébé ?

— Exactement.

Avec une petite enfance aussi dramatique, se dit La Vivace, pas étonnant qu'Ourse-la-Puissante ait été marquée par la force des Esprits. Et qu'elle ait accepté de leur vouer son existence.

— Le peuple des Pêcheurs n'a jamais oublié cette agression, fit remarquer la chamane. Il est plus prompt à réagir avec violence quand il se sent menacé.

— Voilà pourquoi des Pêcheurs ont failli tuer des Nomades en croyant venger Le Géant.

— Oui. C'est d'ailleurs surprenant qu'une bataille entre eux ne se soit pas déclenchée plus tôt. Hibou-le-Puissant, leur chamane, et moi, nous y sommes pour beaucoup. Nous intervenons sans cesse auprès des Esprits pour obtenir leur aide à ce sujet.

La Cultivatrice prit un instant pour réfléchir.

— Ourse-la-Puissante, dis-moi. Après cette tempête exceptionnelle, l'eau est bien redescendue à son niveau normal ?

— Pas du tout. Au contraire, la mer a continué de monter peu à peu, comme si elle grignotait la terre.

— Vraiment ? Tu en es sûre ?

— Oui. Cela préoccupait beaucoup Ourse-la-Puissante l'ancienne. Elle avait choisi un gros rocher sur la plage de Pointe-sous-le-Vent. Après chaque tempête, elle allait graver un trait à l'endroit atteint par la marée haute. Elle a constaté que la mer des Va-et-Vient progressait d'un doigt ou deux chaque année. Depuis cette tempête spectaculaire qui a submergé une île et fait reculer la côte, l'Océan a continué de grignoter la terre.

— Mais pourquoi ? Que veut l'Esprit de l'Eau ?

— Peut-être prendre sa revanche sur l'Esprit de la Terre… Va-t-il finir par se lasser ? L'Esprit de la Terre va-t-il réagir ? Je ne sais pas.

— Que vont devenir les Pêcheurs, si ça continue ? Et même les Cultivateurs, si les champs sont engloutis, et que l'Océan vient saler l'eau des rivières ! Les Nomades peuvent toujours aller plus loin… Ce sera moins grave pour eux.

— Mais leur territoire ne cesse de se restreindre avec la progression des Cultivateurs. Cela explique qu'eux aussi soient de plus en plus nerveux. Je dois t'avouer, La Vivace, qu'Ourse-la-Puissante l'ancienne avait de ces événements une vision différente de la mienne et très audacieuse. Elle ne croyait pas à une bataille de plus entre l'Esprit de l'Eau et celui de la Terre. Elle était persuadée que les Esprits s'étaient ligués contre les humains dont ils ne supportaient plus l'orgueil. Il y a une trentaine d'années, ils se sont débarrassés du peuple des Guerriers. Aujourd'hui, ce sont les Cultivateurs qui les défient.

— Que veux-tu dire ?

— Ton peuple emprisonne les animaux et les plantes pour les mettre à son service.

— Les Nomades se nourrissent aussi de plantes et d'animaux !

— Ça n'a rien à voir. Nous prenons seulement ce dont nous avons besoin. Nous ne prétendons pas mettre en esclavage tous les êtres vivants.

C'était un choc pour La Vivace d'imaginer les sentiments d'Esprits dont elle n'avait jamais entendu parler auparavant ; elle avait toujours cru que c'était les dieux qui dirigeaient les destins des humains. Or, contrairement aux Esprits, les dieux s'intéressaient aux faits et gestes de chacun, qu'ils punissaient ou récompensaient ensuite dans le monde des morts. Les prêtres le rappelaient à chaque cérémonie sacrée, ce qui encourageait les villageois à respecter les règles communes. Mais jamais on ne les avertissait des dangers d'un asservissement des plantes et des animaux. À l'inverse, les Cultivateurs étaient fiers de leurs idées nouvelles et de leurs réussites.

— Nos ancêtres ont toujours fait ainsi, protesta-t-elle. Nous ne pouvons pas revenir en arrière ! Tu crois que notre peuple réussirait à se nourrir s'il renonçait au pain ?

— Je sais juste que les Cultivateurs devraient respecter certaines limites. Les Esprits ont déjà tenté de les avertir. De temps en temps, ils les frappent de maladies nouvelles et catastrophiques. N'oublie pas l'épidémie qui, quand tu étais enfant, a tué en quelques jours la moitié de Dernier-Mont, dont tes deux parents, et plusieurs de tes frères et sœurs.

La Vivace la regarda avec surprise. Non seulement Ourse-la-Puissante avait un destin hors du commun, mais elle était informée de manière remarquable. Si même elle ignorait l'ampleur de la menace que l'Esprit de l'Eau faisait peser sur les environs, nul doute que personne d'autre ne le saurait, y compris les prêtres des Cultivateurs.

— Je vais aller voir ce rocher à Pointe-sous-le-Vent, annonça La Vivace. Celui où Ourse-la-Puissante l'ancienne a marqué la montée du niveau de la mer.

La chamane eut son sourire malicieux.

— Mais comme tu l'as deviné, s'empressa d'ajouter la Cultivatrice, je ne me rends pas là-bas pour ça ! J'ai décidé de reprendre l'enquête sur la mort du Géant. L'Orateur n'est pour rien dans ce crime puisque au même moment il se trouvait ici, avec toi. J'ai peur d'avoir déclenché un conflit entre nos peuples. Si je trouve le véritable meurtrier, j'ai peut-être une chance de ramener la paix.

La chamane la regarda avec beaucoup de tendresse.

— Tu es une personne honnête qui a soif de justice, La Vivace. Mais je dois te dire la vérité. Je doute que les Esprits t'aideront.

Ourse-la-Puissante se tourna vers le feu, comme pour cacher sa tristesse. Une grande fatigue s'abattit sur la petite femme âgée qui préféra aller se coucher. La nuit était tombée pendant ce long récit. Demain, elle aurait besoin de toutes ses forces.

***

Lorsque la tempête s'était abattue sur Pointe-sous-le-Vent, Lynx avait renoncé à retrouver Sizerin, toujours accaparé par son père. C'était déjà assez compliqué de semer Aspic, avec qui elle ne voulait pas se retrouver en tête à tête. Voyant qu'il se réfugiait dans une tente, elle décida d'aller s'abriter dans une hutte. Mais elle sentit qu'on lui tapotait l'épaule.

— Tu m'accompagnes ? criait Sizerin, le visage dégoulinant sous l'averse.

Elle n'hésita pas et courut derrière lui à travers la lande. Arrivé au bord de la falaise, il se retourna et lui tendit la main.

— Fais attention, c'est très glissant.

Ils progressèrent ensemble pas à pas dans un repli de la falaise qui rejoignait une faille. Enfin protégés de la pluie, ils s'ébrouèrent. Juste au-dessous d'eux, la mer des Va-et-Vient projetait ses vagues puissantes contre la roche. Lynx ne se serait pas aventurée seule dans un endroit pareil en pleine tempête, mais son compagnon était en terrain familier.

Au bout de la faille, un éboulement ancien avait créé à mi-hauteur de la falaise un espace abrité, parfaitement sec. Une petite ouverture donnait sur la mer. Sizerin posa son sac sur l'épaisse couche de sable et présenta le lieu d'un geste de la main.

— Voilà notre perchoir ! Je ne suis pas le seul à le fréquenter. Mais je suis sûr que personne ne viendra nous déranger cette nuit !

Il rougit lui-même de ses paroles. Lynx, qui avait préparé toutes sortes de nouvelles questions sur les Pêcheurs, n'y pensait plus du tout. Ils s'embrassèrent avec passion.

— J'ai cru que je n'arriverais jamais à te rejoindre, murmura Sizerin quand ils reprirent leur souffle.

— Moi aussi, avoua Lynx en riant.

Toutes leurs réserves s'étaient évanouies. Le présent était suffisamment intense pour les accaparer. De temps en temps, une vague plus forte déferlait au pied de l'abri. Des gerbes d'écume se dressaient devant eux, menaçantes, rendant plus précieux encore le nid de sable dans lequel ils s'étaient enfouis. Ils ne parlaient plus, leurs corps dialoguant à leur place. L'initiation de Sizerin l'autorisait enfin à faire l'amour. Cette première fois aurait pu constituer pour lui une nouvelle épreuve s'il n'avait été guidé par Lynx, et s'ils n'avaient eu toute la nuit. Aux premières lueurs de l'aube, ils se couvrirent de fourrures tirées du sac de Sizerin et s'endormirent profondément.

Dormez, les amoureux, savourez votre bonheur, nous vous laissons autant de répit qu'il est possible de le faire dans cette période tourmentée, se dirent probablement les Esprits, qui laissèrent un vent puissant souffler toute la matinée, dissuadant quiconque de s'approcher des falaises.

***

Après la tempête, le courant avait continué d'emporter le canot vers l'inconnu. L'Orateur s'était demandé si l'eau n'avait pas changé de direction. Secoué par les vagues, il se sentait aussi désorienté qu'un enfant qu'on lance en l'air et qu'on fait tournoyer. La lune avait surgi dans une déchirure du ciel noir. Elle semblait fuir les nuages à vive allure, à moins que ce ne soient les nuages qui la fuient. Quoi qu'il en soit, ils disparurent, révélant un firmament presque entièrement couvert d'étoiles. Mais leur lumière froide ne perçait pas le mystère des profondeurs de l'Océan. Le Cultivateur ne savait toujours pas ce qui se cachait sous la surface miroitante.

À l'horizon émergeait une masse opaque, plus large que haute, qui contrastait avec le ciel piqueté de lumière. Serait-ce le monstre marin dont tous les Cultivateurs avaient entendu parler ? Agrippant les bords du canot, L'Orateur se prépara à ce qu'il fouette l'Océan avec sa queue, renverse l'embarcation et entraîne son passager dans les profondeurs. Pour se battre, il n'avait que ses poings et ses dents. Il se demanda si les crocs de la bête contenaient un poison foudroyant, car il avait surtout peur de souffrir.

Le canot poussé par le courant se dirigeait droit sur le monstre. Vus de plus près, les poils hérissés ressemblaient à des buissons sur une crête. C'était bien une terre ! Hélas, il ne s'agissait pas de la plage de Pointe-sous-le-Vent, constata L'Orateur. Au lieu d'une anse accueillante, il découvrait un cap. Était-il isolé, ou relié à la côte ?

Île ou presqu'île, il avait hâte d'y débarquer. Quel soulagement que les grands espaces liquides ne conduisent pas forcément au monde des morts ! Cette terre inconnue abritait-elle des prés, des champs, des villages ?... Non, ce désir était trop ambitieux. Il voulait bien se contenter de n'importe quelle plante comestible, d'œufs à gober, de lapins à attraper au collet... Du moment qu'il pouvait poser ses pieds sur un sol dur.

Le canot avait cessé de s'approcher des rochers ; il se contentait de les longer. Et s'il passait à côté de l'île sans jamais l'aborder ? Ce serait une catastrophe ! L'Orateur regarda ce qu'il avait à sa disposition pour orienter son destin. Rien, sinon ce qu'il portait sur lui. Il retira ses chaussures et les plongea ensemble du même côté, chassant l'eau d'avant en arrière. Il obtint un léger changement de direction. Mais dès qu'il diminuait ses efforts, le canot se replaçait dans le flux en s'éloignant de la terre ferme. Perdant son sang-froid, le Cultivateur s'acharna à frapper l'eau ; il devait absolument sortir de ce courant maudit !

Une chaussure lui échappa des mains. Et coula avant qu'il puisse la rattraper. L'Orateur jura et finit par admettre qu'il s'épuisait en vain. Pendant ce temps, la masse rocheuse se précisait, se complexifiait, se morcelait. Dans la clarté nocturne, il pouvait maintenant distinguer une succession d'îlots aux berges balayées par les vagues. Même s'ils n'abritaient que des oiseaux, il saurait s'en débrouiller. Ce serait toujours mieux que de flotter au-dessus de profondeurs inconnues.

Cette terre salvatrice ne devait pas lui échapper ! Il hésita à se jeter à l'eau mais il ne savait pas nager. Il n'avait même jamais essayé. Les remous de la rivière Bousculée décourageaient quiconque d'y tremper plus que les chevilles. Seuls les chiens de Dernier-Mont s'y baignaient parfois. Ils en ressortaient indemnes… L'Orateur se pencha par-dessus bord pour scruter l'Océan. Si seulement il pouvait apercevoir ce qu'il cachait ! Il aurait alors le courage d'affronter ses dangers. Quelle pouvait être sa profondeur ? S'il entrait là-dedans, garderait-il la tête hors de l'eau ?

Il hésitait toujours quand le canot vira de bord.

Le courant l'écartait rapidement de l'archipel. À force d'hésiter, il avait laissé passer sa chance ! Il fut furieux contre lui-même. Pourquoi ne s'était-il pas jeté à l'eau en imitant les mouvements des chiens ?

Pendant que les îlots rapetissaient, toutes sortes de souvenirs le submergèrent, depuis la première fois qu'adolescent il avait senti qu'il pouvait influer sur les décisions communes, jusqu'aux questions pertinentes sur le nouveau village, posées la veille par son fils aîné, âgé de dix ans. L'Orateur évoqua avec nostalgie le corps tiède et doux de La Flamboyante et la splendide chevelure rousse dans laquelle il aimait plonger ses mains… Il réalisa à quel point sa fille de quatre ans allait lui manquer, et même sa dernière-née, qui n'avait que quelques mois. Il revit les traits de deux autres enfants, décédés, qu'il croyait avoir oubliés…

Le canot se dirigeait vers le nord-est. L'Orateur le savait avec certitude, maintenant qu'il pouvait se repérer à la lueur qui naissait à l'est. Soudain, des feux orange, roses, violets semblèrent s'allumer partout sur l'Océan ; ils annonçaient l'astre du jour. Toute sa vie, le Cultivateur avait vu le soleil se lever derrière une colline. Parfois, brumes et nuages s'en mêlaient, étalant les couleurs chaudes. Mais jamais il n'avait contemplé un tel incendie. C'était terrifiant et magnifique. Il fut persuadé d'avoir tout compris : les dieux lui avaient fait longer la terre avant de l'en éloigner. Ils voulaient qu'il voie défiler sa vie, qu'il regrette amèrement ce qu'il allait perdre.

La lumière qui enflammait le ciel éclairait enfin les profondeurs de l'Océan. L'eau très claire dévoilait de longs bancs de sable dans lesquels pointaient des rochers noirs. Des poissons nageaient en groupes serrés, virevoltant avec grâce. Ils brillaient comme s'ils étaient nés des rayons de soleil. Malgré quelques barbiches et des paupières ridées, ils n'étaient pas plus effrayants que des chats-huants, des souris ou des couleuvres ; ils l'étaient moins que des rats. L'Orateur trempa sa main, prêt à la retirer immédiatement s'ils se jetaient sur elle. Ils semblèrent indifférents à sa présence. Quelle bêtise de ne pas avoir osé se jeter à l'eau tout à l'heure !

L'Océan n'était pas peuplé de monstres marins comme on le croyait chez les Cultivateurs. Il servait de berceau à l'astre du jour. C'était dans cette immensité liquide que le soleil émergeait après la longue éclipse de la nuit. Tandis que L'Orateur s'imprégnait de ces découvertes, le canot continuait de l'entraîner vers l'inconnu. Puisqu'il allait mourir, les dieux avaient accepté qu'il accède aux secrets de l'univers.

12

Quand l'aube blanchit l'horizon, Aspic parcourut seul le village et le camp endormis, entrant à pas de loup dans chaque hutte et dans chaque tente. Il cherchait Lynx. Où avait-elle bien pu s'abriter ? Elle n'avait pas pu dormir dehors avec ce vent violent et glacial.

***

Dans l'abri de Grand-Chaos, La Vivace fut réveillée par la bonne odeur de plantes inconnues. Ourse-la-Puissante lui tendit un bol empli d'un liquide parfumé.

— Puisque tu es déterminée à poursuivre ton enquête, je t'ai préparé une boisson fortifiante.

En buvant, la Cultivatrice eut l'impression de sentir circuler en elle l'énergie de sa jeunesse. Tout ce qu'elle avait appris sur le meurtre du Géant lui revint en mémoire avec une clarté nouvelle.

— Les Nomades mangent-ils souvent l'âme des morts, Ourse-la-Puissante ? Ou bien les Pêcheurs ?

— Non. C'est très rare.

— Très rare, mais ça arrive… Personne n'aurait l'idée de faire ça chez nous !

— Détrompe-toi. Cela s'est déjà produit dans des villages cultivateurs.

— Ce n'est pas possible, Ourse-la-Puissante ! Tu dois faire erreur. Et d'abord, comment pourrais-tu le savoir ?

— Le Géant me l'avait raconté.

— Comment peux-tu être sûre qu'il disait la vérité ? Tu le connaissais bien ?

— Il s'arrêtait chez moi de temps en temps, et nous échangions des nouvelles. C'était un homme charmant, qui s'intéressait à tous ceux qu'il rencontrait. Tu sais qu'il voyageait sur de longues distances. Il m'a parlé d'un grand sacrifice qui a eu lieu dans une plaine très loin d'ici, vers l'est. Des Cultivateurs ont mangé l'âme de leurs esclaves nomades. Ils pensaient s'approprier leur force intérieure.

— Le Géant a inventé cette histoire pour t'intéresser !

— Non. Je sais quand les gens mentent, La Vivace. Leurs corps me le disent.

La Cultivatrice rumina ces révélations avant de reprendre le fil de ses questions.

— Cette coutume répugnante existe donc aussi chez les Nomades et les Pêcheurs ?

— Le seul cas que je connaisse remonte à une quinzaine d'années. Va voir de ma part Hibou-le-Puissant, le chamane pêcheur de la mer des Va-et-Vient. Il t'en parlera mieux que moi.

Guérie de la morsure de vipère et plus en forme qu'elle ne l'avait jamais été, La Vivace était prête à repartir. Lorsqu'elle eut rangé ses affaires dans son sac, Ourse-la-Puissante l'accompagna jusqu'au sentier qui traversait la clairière.

— Suis-le jusqu'au bout dans cette direction. Tu arriveras sur la côte. Le refuge de Hibou-le-Puissant sera juste en face, dans la falaise qui surplombe la mer. Tu verras Pointe-sous-le-Vent sur ta gauche, à l'autre extrémité de la grande plage. Tu as de quoi méditer pendant le trajet... Que tes dieux te protègent ! Et surtout, que nos Esprits ne s'intéressent pas trop à toi !

***

Pendant une partie de la matinée, le canot où se trouvait L'Orateur fut emporté sur l'Océan sans rien d'autre en vue que l'immensité liquide qui reflétait le soleil. Quand l'astre du jour fut à son zénith, le passager, dont le ventre réclamait âprement du pain, aperçut une nouvelle terre. Il se redressa, plein d'espoir. Elle était vaste, avec une ligne de côte continue et complexe. Cette fois, ce n'était pas une île – ou alors, immense, plus vaste que les champs et les prés de Dernier-Mont. Il ne regrettait plus de ne pas avoir sauté à l'eau ce matin pour rejoindre un bout de rocher peuplé d'oiseaux. Devant lui se trouvaient des falaises, des criques, des plages. Il pouvait même distinguer les forêts sombres qui se dressaient à l'arrière.

Là, à sa gauche, c'était une fumée ! Deux ! Quatre ! À moins que la faim et la lumière trop vive ne lui donnent des hallucinations ? Non, ces colonnes gris-bleu qui s'élevaient dans l'azur sans nuage devaient provenir d'un village. Cette terre était donc habitable. Mais amis ? Ennemis ? Des Pêcheurs, des Nomades ou bien des Cultivateurs ?

L'Orateur ne connaissait aucun Cultivateur vivant près de l'Océan. Les habitants de ces rivages étaient forcément des ennemis. Il vaudrait mieux qu'ils ne voient pas passer un étranger. S'ils maîtrisaient la navigation comme les habitants de Pointe-sous-le-Vent, ils pourraient le capturer à leur tour.

Vite, il s'allongea au fond du canot. L'embarcation vide n'attirerait pas l'attention ; elle passerait pour un morceau de végétation emportée par le courant. Il s'allongea et ne vit plus que le ciel gorgé de soleil. Ébloui, il se protégea d'un bras tout en fermant les yeux. Bercé par le roulis et le tangage légers, il sentait à peine sa progression. Il attendait avec impatience l'instant où l'embarcation échouerait sur une plage – en espérant qu'elle ne se fracasserait pas sur un rocher. Bien qu'il tentât de réfléchir à ce qu'il ferait s'il arrivait en terre ennemie, il était tellement fatigué qu'il s'endormit.

***

— Mon père doit me chercher partout, fut la première phrase prononcée par Sizerin à son réveil dans le perchoir rocheux, tard dans la matinée.

Il se rhabilla à toute vitesse. Lynx le regardait faire, étonnée. Malgré son initiation, le jeune homme ardent semblait redevenu un petit garçon.

— Tu remontes avec moi ? lui demanda-t-il.

— Je retrouverai le chemin. Je n'ai pas envie de me presser.

Il revint s'accroupir près d'elle et l'entoura de ses bras.

— Je regrette de te quitter comme ça. Mais mon père a beau être généreux et accueillant, il ne supporte pas les contrariétés. La tempête m'a donné un bon prétexte pour disparaître… et j'imagine qu'il a dormi longtemps ce matin après la fête… mais il vaut mieux que je sois là quand il me cherchera.

Elle se dégagea et s'étira.

— Eh bien, dépêche-toi, alors.

Il ramassa son sac et le lança sur son épaule. Quelque chose en tomba, que Lynx ramassa : une flèche.

— Tiens, tu oublies ça.

Il l'attrapa. Du sang brun en colorait encore la pointe. La hampe était une branche de noisetier parfaitement droite, écorcée et polie, sans signe distinctif.

— Elle n'est pas à moi. Il n'y a pas ma signature.

Tous les chasseurs, pêcheurs et nomades, gravaient sur la hampe le symbole qui les représentait. Ils pouvaient ainsi récupérer leurs flèches, dont la fabrication minutieuse demandait du temps. En cas de doute, elle permettait aussi de prouver l'identité de celui qui avait abattu un animal.

— Elle vient de tomber de ton sac !

— Tu es sûre ?

— Certaine.

Le jeune homme blêmit.

— Elle a dû se décrocher du crâne du Géant quand je l'ai transporté.

— Mais, Sizerin, ce n'est pas une flèche de Cultivateur !

— Tu les connais ?

— J'en ai vu à Dernier-Mont. Leurs pointes sont très différentes des nôtres, ça m'a frappée. Elles sont plus grosses, sans barbelures. L'un des côtés est plus aiguisé que l'autre, je me suis demandé pourquoi.

— Celle-ci pourrait être une flèche de Pêcheur, confirma alors Sizerin.

— Ou de Nomade, reconnut Lynx. Dans ce domaine, il n'y a pas de différence entre nos peuples.

— Cette absence de signature est vraiment curieuse…

— Le meurtrier ne voulait pas qu'on le reconnaisse. Ça veut dire que son geste était prémédité.

Elle poussa une exclamation.

— Nous nous sommes trompées, Paruline et moi ! L'assassin n'est pas un Cultivateur, Sizerin. L'Orateur n'a pas tué Le Géant.

— Sauf s'il a utilisé une de nos flèches.

— Tu crois qu'il en aurait trouvé une par hasard dans la forêt ?

— Ce n'est pas totalement impossible.

— Dans ce cas, il aurait tué le commerçant du premier coup. Il y avait d'autres flèches sur le cadavre ?

— Je ne m'en souviens pas, Lynx. Tu sais, c'était le jour de mon initiation. J'étais choqué par ma découverte. En plus, j'étais sur la piste d'un loup dont je voulais ramener la tête…

— Nous devons aller vérifier.

Sizerin s'affola.

— Tu ne peux pas enquêter de nouveau ! Mon père ne le supporterait pas ! Un coupable a été condamné. L'alliance entre Pêcheurs et Nomades vient d'être célébrée. La découverte du coupable pourrait détruire tout ça. Et que le meurtrier soit un Pêcheur ou un Nomade, la guerre pourrait reprendre !

Lynx n'avait pas oublié l'effroi qui l'avait saisie quand elle avait vu un chasseur tourner son arc vers un autre chasseur. Elle-même avait tiré sur lui en visant son bras. Elle ne le regrettait pas, car elle avait protégé l'un des siens. Mais l'idée d'avoir transpercé la chair d'un autre humain continuait à l'horrifier.

Elle imaginait si bien sa propre chair déchirée par une flèche… Elle imaginait la souffrance physique, mais aussi la douleur de l'âme, celle d'avoir été traitée non en humain, mais en animal.

— J'ai besoin d'avoir une certitude, Sizerin. Si L'Orateur a été condamné injustement, son âme doit être remplie de colère. Elle risque de revenir se venger des Nomades et des Pêcheurs ! Et n'oublie pas l'âme du Géant qui, pendant ce temps, reste prisonnière du meurtrier ! Le jour où celui-ci mourra, elle aussi voudra se venger… Tu fais ce que tu veux, mais moi, je vais retourner voir ce cadavre. Je n'en parlerai à personne. Du moins tant que je n'aurai rien trouvé.

— Je viens avec toi ! Mais s'il te plaît, laisse-moi d'abord passer un moment auprès de mon père. On pourra s'éclipser dans l'après-midi, quand il fera la sieste.

***

À son réveil, L'Orateur crut d'abord que la nuit était revenue tant il faisait sombre. Il s'assit dans le canot. Mais non : très loin au-dessus de sa tête, subsistaient des lambeaux d'azur éclatant. Entre eux et lui se dressait une voûte pleine d'ombres, de creux, de ramifications, dans laquelle il croyait voir des yeux et des griffes par milliers. Une puissante odeur de pourriture lui emplissait les narines. En même temps éclataient à ses oreilles des ricanements, rauques, cristallins, grinçants… Des dizaines de personnes – ou de monstres – ou plutôt de dieux ? – se moquaient de lui à l'instant. Terrorisé, il eut le réflexe de se recroqueviller dans le canot. Les dieux dressaient-ils le compte de ses petites manipulations et de ses grandes lâchetés ? Hésitaient-ils à l'envoyer dans le monde des morts ? Il préféra tout avouer :

— C'est vrai, j'ai menti à La Flamboyante et à L'Ingénieux le jour où Le Géant a été tué. Je voulais aller chez Ourse-la-Puissante sans que personne le sache. Comment reconnaître que je souffrais de la perte de mes cheveux au point d'aller chercher un remède chez une chamane nomade ? Une ennemie de notre peuple ?

Les rires cruels se poursuivirent. Les dieux ne se laissaient pas abuser aussi facilement que les humains. Il se résolut à admettre un autre petit arrangement avec la vérité :

— J'ai soutenu qu'il fallait créer un nouveau village pour cultiver de nouvelles terres. Ce n'était pas faux… Mais j'ai largement exagéré le risque de famine. J'avais besoin de cette décision pour une autre raison. Je voulais absolument rester un homme influent. Avec la fondation, je me serais débarrassé des jeunes adultes les plus vaillants de Dernier-Mont, ceux qui auraient bientôt contesté mes opinions.

Ils lui en auraient même été reconnaissants ! Lors des cérémonies du solstice d'été qui regroupaient plusieurs villages, ils auraient vu en lui un grand frère qui les avait soutenus dans leur entreprise. Ils l'auraient applaudi pendant les grands débats où il aimait briller. Sa parole aurait été de celles qui comptent dans la région.

Les ricanements des dieux ne faiblissaient pas. Qu'attendaient-ils de plus ? L'Orateur avait également à se reprocher une certaine suffisance, beaucoup de mépris pour les autres, mais rien de vraiment grave.

— Je n'ai pas tué Le Géant ! s'écria-t-il. J'étais

chez Ourse-la-Puissante quand il est mort ! La jolie Nomade et la Pêcheuse potelée se sont trompées !

À bout d'aveux et de justifications, L'Orateur se tut. Mais les ricanements continuaient de l'assourdir. Il fit enfin le rapprochement avec l'odeur de pourriture qui emplissait ses narines. Les dieux ne prononçaient pas de sentences, parce qu'il était déjà mort. Pendant qu'il dormait, il avait passé la frontière de l'autre monde. Pour l'éternité, il allait respirer cet air infect, entendre ces rires cruels, voir cette pénombre menaçante. Sans compter la faim qui lui torturait le ventre.

Quelque chose tomba sur sa jambe, le faisant sursauter. Allait-il être roué de coups ? La chose se retira, sans l'avoir blessé. Elle fut suivie d'une autre, puis d'une autre, d'une ribambelle d'autres… Il aperçut de gros yeux globuleux et des gorges blanches qui se gonflaient avant d'éclater comme des bulles. Des grenouilles ! C'était elles qui produisaient ces bruits pareils à des ricanements !

Mortifié, L'Orateur reprit pourtant courage. Aucun prêtre n'avait raconté que le monde des morts était peuplé de grenouilles. Ses yeux habitués à la pénombre décryptaient maintenant la voûte trouée qui le séparait du ciel : un entrelacs serré de branches, de lianes, de plantes grimpantes et de petites fleurs jaunes ou violettes. Autour du canot, l'eau disparaissait sous les trèfles, le millepertuis, les lentilles. Le vent avait cessé. Ce n'était pas lui qui remuait les longs feuillages fins des saules qui trempaient dans l'eau, mais le courant qui poursuivait sa progression, entraînant l'embarcation.

Brusquement, L'Orateur comprit où il se trouvait : dans le Très-Grand-Marécage. Sans s'y être jamais rendu, il avait entendu parler de cet espace gigantesque au sud-est de Dernier-Mont, que la mer envahissait chaque jour avant de se retirer. Seules ses marges étaient connues des Cultivateurs. Ceux qui avaient tenté de s'aventurer à l'intérieur n'étaient jamais revenus. Le sol mouvant avalait tout ce qui prenait appui sur lui : les objets et les gens.

La rage envahit L'Orateur. Il était encore vivant, certes, mais plus pour longtemps ! Comment s'échapper de cette prison d'eau pourrissante et de terre gluante ? Maudits Nomades ! Maudits Pêcheurs ! S'il survivait à ce terrible voyage, il convaincrait tous les villages cultivateurs des environs de s'unir contre eux. Ils brûleraient la Forêt-des-Buttes, mais aussi le village de Pointe-sous-le-Vent. Ses habitants seraient massacrés sans pitié.

***

En quittant le perchoir dans la falaise, Lynx eut une surprise : les Nomades avaient plié leurs tentes. Leurs sacs sur le dos, les jeunes enfants tenus fermement par la main, ils faisaient leurs adieux aux Pêcheurs. Mais oui, c'était prévu ! Les sept familles devaient se séparer après la fête chez Bassan. Elle l'avait oublié. Comment poursuivre son enquête si, pendant un an, elle ne voyait plus que la famille de Renard ?

Les chefs se succédaient pour remercier l'homme riche ; les autres s'embrassaient, se tapaient sur l'épaule, échangeaient des vœux et des compliments. Lynx était partagée. Dorénavant, il était difficile d'imaginer les deux peuples se combattre un jour et cette pensée était réconfortante. D'un autre côté, l'une de ces personnes était l'assassin du Géant. Elle ne pouvait pas renoncer à le trouver. Sinon, la vengeance de deux âmes allait s'abattre sur les Nomades et les Pêcheurs.

— Ah, Lynx, enfin ! Je t'ai cherchée partout.

C'était Aspic. Il semblait triste et désemparé.

— Je me promenais dans les rochers.

— Ne me raconte pas d'histoires, s'il te plaît.

— D'accord. Eh bien… je n'étais pas seule.

— Tu étais avec ce garçon pêcheur ? Le blond, le fils de Bassan ?

— Qu'est-ce que cela change pour toi ?

— Je suis jaloux, j'ai mal ! Lynx, j'ai été stupide d'hésiter si longtemps. J'ai enfin compris à quel point tu étais unique pour moi. Je veux que tu sois ma compagne !

Elle fut touchée par l'émotion qui se lisait sur son visage.

— Je crois que je ne suis pas prête à être la compagne de quelqu'un. Je suis désolée, Aspic. J'ai du désir pour Sizerin. J'ai envie d'être avec lui et je ne pense pas aux jours suivants.

— Il faudra pourtant que tu y penses ! Tu crois que tu peux vivre encore longtemps chez ton oncle ? Ou alors que tu peux t'installer toute seule ? Et si tu attends un enfant ?

Il a raison, pensa Lynx avec inquiétude. La jeunesse devait-elle être si courte ? Serait-elle mère déjà dans quelques lunes, à se préoccuper d'abord de sa famille ? Ce destin lui paraissait étrange, décalé, incompatible avec son besoin de liberté.

— À moins que tu n'espères devenir la compagne du fils de Bassan ? demanda Aspic.

Cette question la troubla encore plus. Malgré son

attirance pour Sizerin, l'avenir à ses côtés était difficile à envisager.

— Est-ce que tu t'imagines être la compagne d'un Pêcheur ? insista-t-il. Leurs femmes ne chassent pas. Elles font la cuisine presque toute la journée. Elles voient rarement d'autres paysages que la plage au pied du village. Si leur compagnon est riche, comme le sera le fils de Bassan, elles doivent s'accommoder d'une ou deux autres épouses avec qui elles doivent tout partager, y compris sa couche.

Aspic a raison, se répétait Lynx. Je serais moins malheureuse à vivre chez les Nomades. Plus libre. Je ne m'ennuierais pas. Et je serai à peu près l'égale de mon compagnon.

Vexée qu'il la comprenne si bien, elle haussa les épaules.

— C'est trop tôt pour réfléchir à ça, Aspic.

— Vraiment ! Quand vas-tu y penser ?

— Je ne sais pas. Bientôt.

— D'ici la prochaine lune ?

Cela faisait encore vingt et un jours et autant de nuits, avant que la lune finisse de croître, trouve sa rondeur parfaite, recommence à décroître, disparaisse tout à fait, puis renaisse. À ce moment-là, elle saurait ce qui l'emportait de ces deux sentiments incompatibles : l'envie de rester une Nomade et son attirance pour Sizerin.

— Très bien. D'ici la prochaine lune, j'aurai décidé si j'accepte ou non d'être ta compagne.

— Quel que soit ton choix, viens me l'annoncer toi-même. Donnons-nous rendez-vous à Grand-Chaos, devant le refuge d'Ourse-la-Puissante.

— D'accord. J'y serai.

Les adieux étaient finis. Les sept chefs donnèrent le

signal du départ et les Nomades s'ébranlèrent. Lynx prit sa place dans la famille de Renard, et Loup lui tendit son sac, qu'il avait préparé pour elle. Elle le remercia, son cœur serré à l'idée qu'un jour, peut-être, elle vivrait loin de son petit frère, selon des coutumes si différentes qu'ils ne se comprendraient plus. Mais pour l'instant, il lui fallait réfléchir de toute urgence : devait-elle quitter sa famille le temps de poursuivre l'enquête ? Si oui, sur quel prétexte ?

— Lynx !

C'était son oncle Renard.

— Viens près de moi. J'ai quelque chose à te demander.

Elle obtempéra en soupirant discrètement. Il ne manquait plus que lui…

— Que penses-tu du jeune Sizerin ?

— Il semble avoir beaucoup de qualités.

— Il est très séduisant, tu ne trouves pas ?

— Hum… Certainement.

— Tu as remarqué sa maison d'une grande solidité ?

— Oui.

— Son père possède des pièges à poissons d'une efficacité incroyable. Il a promis de nous les montrer lors d'une prochaine visite.

— C'est très aimable à lui.

— Tu aimerais les voir avec nous ? Peut-être ne connais-tu pas leur importance. Les habitants de Pointe-sous-le-Vent sont sûrs de ne jamais avoir faim ! Quand ils ont trop de poissons, ils les font sécher en les fumant et ils peuvent les conserver très longtemps.

Confronté au silence de sa nièce, Renard perdit son calme.

— Tu as une chance inouïe, tu comprends ? Tu intéresses son fils ! Et Bassan voit ça d'un très bon œil !

— Il préfère être notre allié que notre ennemi.

— Et pas toi ? Tu ne préfères pas la paix à la guerre ?

— Mais si, Renard ! Simplement, j'espère que la paix ne repose pas sur mon choix d'un compagnon. Je viens de faire la connaissance de Sizerin. Je ne vais pas décider aujourd'hui si je dois vivre avec lui ou pas !

Le chef de famille s'apaisa, satisfait d'apprendre qu'au moins sa nièce n'écartait pas cette idée.

— Bien sûr. Alors, voilà. Bassan vient de proposer que tu vives quelque temps à Pointe-sous-le-Vent. Chez lui, sous la protection de ses femmes. Pas sous leur surveillance ! se hâta-t-il d'ajouter en voyant son regard noir. Tu seras libre d'aller et venir. Mais ça te donnera l'occasion de mieux connaître ce garçon. S'il te convient, tu pourras devenir son épouse.

— Et si finalement il ne me convient pas ?

— Tu t'en iras quand tu voudras et tu nous rejoindras.

— Où serez-vous ? Comment vous retrouverai-je ?

— On fera notre tour habituel dans la Forêt-des-Buttes. Mais j'enverrai Loup de temps en temps chez Ourse-la-Puissante. Si tu ne veux pas t'unir avec Sizerin, tu iras t'installer chez elle et Loup t'y récupérera.

Renard semblait avoir tout prévu. Mécontente que son destin ait été débattu sans elle, Lynx était tentée de refuser. Elle maîtrisa son esprit de contradiction.

En réalité, cette offre tombait à pic ! Elle lui offrait l'opportunité de poursuivre l'enquête en toute discrétion.

— C'est d'accord, dit-elle, au grand soulagement de Renard.

13

Le canot cessa d'avancer. En se penchant, L'Orateur constata qu'il n'y avait plus de courant. Il tenta de se souvenir de ce qu'on lui avait raconté à propos du Très-Grand-Marécage. Le flux reprendrait plus tard, en sens inverse. Soit il restait dans le canot et il serait ramené au milieu de l'Océan, soit il tentait de rejoindre la terre ferme à pied.

La première hypothèse réveillant sa panique, il écarta avec répugnance la pellicule verte qui recouvrait l'eau. Elle était trouble et de petites mottes de terre flottaient au-dessus de la vase. Impossible de voir quelles bêtes vivaient là-dedans. Cassant une longue branche fine, L'Orateur tenta d'évaluer la profondeur de la rivière. La boue commençait à une coudée, et il lui semblait sentir le fond une seconde coudée plus bas. Il ne devrait pas être englouti. Encouragé, il enfila son unique chaussure, protection dérisoire qu'il préférait à son absence totale. Puis il bascula ses jambes à l'extérieur.

Agrippé au canot, prêt à grimper dedans si le sol se dérobait, il sentit la vase écarter ses orteils, enrober ses pieds, grimper le long de ses chevilles et de ses mollets. Quand il fut dans l'eau jusqu'aux cuisses, sa position se stabilisa. Pendant un long moment, il suivit le lit de la rivière en poussant l'embarcation devant lui. Il cherchait l'endroit où la vase était la moins épaisse grâce aux allées et venues du courant marin. C'était là également que la voûte végétale était la moins dense. Sans ces repères, il se serait perdu dans le labyrinthe des bras morts. Il conservait au fond du canot de l'eau de pluie qu'il pouvait boire. En revanche, sa faim était lancinante. Tout en progressant, il se demandait ce qui pourrait le nourrir. Serait-il capable d'attraper une grenouille et de la manger crue ?

Il fut soulagé de repérer de jeunes pousses de pissenlits. Il en cueillit une brassée qu'il se mit à mâcher. De temps en temps, il trouvait de la chicorée. Amères, ces plantes lui occupaient au moins la bouche et l'estomac.

Un grand oiseau noir et blanc, assis sur un tas de branchages, tourna sa tête vers lui : un héron. L'Orateur lança en sa direction des coups de boutoir avec le canot. L'oiseau résista assez longtemps, furieux, battant des ailes et donnant des coups de bec, mais il finit par s'envoler ; le nid contenait cinq gros œufs bleu-gris. Fou de joie, le Cultivateur les déposa délicatement dans son embarcation, avant de s'enfuir comme un voleur, craignant les représailles du héron. Un peu plus loin, il en perça un au-dessus de sa bouche, puis un deuxième et un troisième. Cette fois, c'était vraiment nourrissant. Quel délice !

Lorsque le soir tomba, L'Orateur coinça le canot entre les arbres. Il ne fallait pas que l'écoulement de la rivière le ramène en aval. Devant les deux œufs restant, il tenta d'évaluer le temps qu'il lui faudrait pour quitter le Très-Grand-Marécage. Même s'il avançait lentement à cause de la vase, le canot le soutenait efficacement… Un couple de lynx l'avait regardé passer et, plus tard, une famille entière de sangliers avait fui devant lui ; aucun animal n'avait tenté de l'attaquer… Il goba les deux œufs. Optimiste, il venait de parier avec lui-même qu'il serait sorti de là le lendemain.

Le matin suivant, il perçut à peine le lever du jour à cause du couvert végétal. Ce fut une quinte de toux qui le tira enfin d'un sommeil plein de cauchemars. Il était glacé. Il mangea ses dernières tiges de pissenlits, qui le laissèrent sur sa faim. Il eut besoin de beaucoup de courage pour plonger ses jambes dans l'eau froide. Quand il remit le canot en branle, il le trouva beaucoup plus lourd que la veille. Sa tête était terriblement lourde, elle aussi. Il avait du mal à s'extirper de la vase à chacun de ses pas. En cherchant sous les feuillages le lit de la rivière, il eut l'impression que les arbres titubaient. Les rares éclats de lumière lui transperçaient les yeux. Il comprit qu'il était fiévreux. Malgré ses souffrances, il continua de mettre un pas devant l'autre.

***

Quand elle émergea de la forêt, La Vivace s'arrêta, éblouie. Elle se protégea les yeux avec la main et contempla, stupéfaite, le deuxième ciel placé sous le premier. L'Océan était donc si vaste et si lumineux ? Elle comprenait pourquoi Paruline portait un grand chapeau de paille ! Le village de huttes rondes qui se trouvait plus loin sur la gauche était sûrement Pointe-sous-le-Vent. Il semblait paisible, sans aucun signe d'agitation. La Vivace arrivait-elle trop tard ? Pêcheurs et Nomades étaient-ils déjà en train d'attaquer Dernier-Mont ? Comment Paruline allait-elle réagir en la voyant ? Elle qui ne voudrait sûrement pas remettre en cause la culpabilité de L'Orateur. Inquiète, la petite Cultivatrice pressa le pas sur le sentier.

Selon Ourse-la-Puissante, Hibou-le-Puissant vivait dans un repli de la falaise. En approchant du bord, La Vivace découvrit la longue plage en contrebas. Elle contempla, impressionnée, l'immense étendue couleur de blé mûr, çà et là interrompue par des rochers noirs ou des flaques de lumière. L'Océan était moins proche qu'elle ne l'avait cru, mais il était d'une mobilité effrayante : il avançait d'un coup sur le sable, reculait d'autant, et recommençait. Quand elle réussit à sortir de cette fascination, elle vit un homme qui semblait l'attendre, debout près d'un rocher. Il ne portait pas de masque, n'était ni peint ni tatoué, et son visage creusé de rides avait la couleur du bois.

— Je viens de la part d'Ourse-la-Puissante… Je m'appelle La Vivace…

— Entre. Tu vas me donner de ses nouvelles en partageant mon déjeuner.

— J'ai peur de te déranger.

— Ourse-la-Puissante t'a donné de quoi te nourrir pendant le trajet ?

— Non. Seulement une outre avec de l'eau.

— Tu vois. Elle savait que tu arriverais au moment du repas et que je t'inviterais.

Les yeux de Hibou-le-Puissant étaient aussi rieurs que ceux de la chamane des Nomades. La Vivace le suivit entre les rochers jusqu'à son refuge : une grotte dans la falaise. Chez lui, les paniers étaient simplement posés sur des pierres. L'ameublement était plus sommaire que chez Ourse-la-Puissante.

Le foyer n'était qu'un cercle de galets noircis. Des algues tassées et recouvertes de fourrures formaient la couche. Une tenue complète de chamane y reposait. Elle était semblable à celle qu'Ourse-la-Puissante conservait chez elle : un masque de bois, une parure de cerf, une tunique, un long collier. Sauf que les griffes d'ours qui l'ornaient étaient remplacées par les dents de monstres inconnus. Quand la Cultivatrice fut invitée à s'asseoir, ce fut sur une pierre, et non sur un rondin.

— Sers-toi, dit Hibou-le-Puissant en désignant de grands coquillages aux formes étranges et tourmentées.

La Vivace huma avec une certaine répugnance la chose grise, molle, vivante, qui se trouvait à l'intérieur. Ça ne sentait pas l'escargot. Elle la porta à sa bouche et fut surprise par le goût salé et parfumé à la fois, intense et léger, qui ne ressemblait à rien de connu.

— C'est le goût de la mer, dit-il. Prends-en une autre.

Elle obtempéra et, cette fois, trouva l'huître délicieuse. Ils en savourèrent une dizaine. Pendant ce temps, il raconta qu'on les trouvait à marée basse. Comme elle ne comprenait pas ce qu'il voulait dire, il lui expliqua les transformations spectaculaires de la plage deux fois par jour, tantôt remplie d'eau et bousculée par les vagues, tantôt désertée par la mer. Elle eut le plus grand mal à imaginer le phénomène.

— C'est grâce à ces marées que les Pêcheurs récoltent les poissons comme les Cultivateurs le blé, précisa le chamane.

— Vraiment ! Comment font-ils ?

— Ils dressent entre les pointes rocheuses des

files de rochers hauts et plats. À marée haute, la mer passe par-dessus. Elle entraîne un certain nombre de poissons, qui restent prisonniers du barrage quand elle s'en va. Les Pêcheurs n'ont plus qu'à aller les ramasser.

— C'est très astucieux ! Combien peuvent-ils faire de récoltes de poissons ? Chez nous, c'est une ou deux récoltes de blé par an.

— À la belle saison, les Pêcheurs ont une ou deux récoltes par jour.

— Par jour ! Mais ils doivent avoir d'énormes réserves de nourriture !

— Tout à fait. Elles sont nécessaires parce que les barrages ne fonctionnent plus durant l'hiver. Les grosses tempêtes de l'automne font tomber les rochers, qu'il faut redresser chaque année au début du printemps.

Quelle histoire incroyable ! Pendant qu'elle y réfléchissait, Hibou-le-Puissant attrapa des panais dans le foyer, retira la cendre qui les recouvrait et posa dessus un peu de poudre grise, qu'elle crut reconnaître. Elle le remercia pour ce présent de luxe, ce qui le fit sourire.

— C'est bien du sel. Mais les Pêcheurs n'en manquent pas. La mer des Va-et-Vient leur en offre en abondance.

— Décidément, l'Océan est plus généreux que je le croyais ! Chez nous, c'est la terre qui est généreuse. Mais le sel est rare. On en achète de petites quantités à des commerçants de passage. Et on le réserve à la conservation des viandes. Je n'ai jamais mangé de panais aussi délicieux !

— Le sel révèle le parfum des mets, de même que

la lumière révèle la couleur des choses… Comment se porte Ourse-la-Puissante ?

— Bien, je crois…

— Tant mieux. Je sais qu'elle se fait du souci pour le peuple des Nomades. Comme moi pour celui des Pêcheurs… Et toi, La Vivace, qu'es-tu venue me demander ?

La Cultivatrice hésita. Et si elle s'était jetée dans la gueule du loup ? Et si Hibou-le-Puissant était le meurtrier du Géant ? C'était bien tard pour se poser la question. De toute façon, le chamane des Pêcheurs semblait aussi habile qu'Ourse-la-Puissante à comprendre ses intentions. Elle se lança donc dans un long récit : sa volonté de participer à la fondation du village dans la Forêt-des-Buttes, le message confié par les Cultivateurs au commerçant, l'attente anxieuse de son retour, sa propre décision de partir à Pointe-sous-le-Vent, sa découverte du cadavre du Géant et, tout de suite après, son intervention pour arrêter la bataille entre Pêcheurs et Nomades. Bien qu'il fût forcément au courant de certains épisodes, Hibou-le-Puissant ne manifesta aucune impatience.

Elle poursuivit : Paruline, Lynx et elle avaient été chargées de trouver le meurtrier. Elles avaient cru qu'il s'agissait de L'Orateur, parce qu'il avait menti sur ses activités pendant la journée du crime. Évidemment, cela avait réjoui Paruline et Lynx, tandis qu'elle-même était plongée dans la consternation. Ses compagnes avaient profité de son sommeil pour l'abandonner ! Désespérée, elle avait continué son chemin, avait été mordue par une vipère… et heureusement qu'Ourse-la-Puissante l'avait ramenée chez elle et soignée avec bonté. Elle avait maintenant la preuve que L'Orateur n'était pas coupable : il était en compagnie de la chamane quand le commerçant avait été tué. La Vivace ne pouvait pas laisser condamner un innocent ! Elle avait donc décidé de reprendre l'enquête.

Elle s'interrompit en attendant la réaction de Hibou-le-Puissant. Il lui fit signe de continuer. Elle obéit. Paruline lui avait montré un morceau du crâne du commerçant, découpé au silex. Questionnée à ce sujet, Ourse-la-Puissante avait dit qu'elle ne connaissait qu'un exemple d'âme mangée par des humains. Et que Hibou-le-Puissant pourrait lui en parler mieux qu'elle.

Le chamane s'était immobilisé. Il continuait à fixer les flammes d'une manière telle que La Vivace se demanda s'il dormait les yeux ouverts. Le feu crépitait à leurs pieds et, au bas de l'abri, les vagues se fracassaient contre les rochers à intervalles réguliers. L'ensemble avait un effet berçant. Malgré sa fatigue, la Cultivatrice refusa de se laisser aller.

— Il y a quinze ans… dit-il soudain.

Elle sursauta. Il parlait d'une voix différente, triste et douloureuse, dont tout humour avait disparu.

— … une femme a mis au monde des jumeaux. Un événement toujours dramatique. Si la mère parvient à nourrir deux enfants pendant une ou deux lunes, c'est elle qui meurt d'épuisement avant qu'ils soient sevrés, ce qui entraîne le décès des bébés. Quand des jumeaux naissent, je laisse donc le plus robuste à la mère, et j'offre l'autre à l'Esprit de l'Eau. Mais cette fois-là, il y avait un garçon et une fille, et c'était la fille la plus robuste. Le père avait déjà des filles. Il lui fallait absolument un fils. La mère elle-même m'a supplié de lui laisser le garçon et d'emporter la fille. Mais le garçon était tellement chétif ! Il m'est revenu à l'esprit cette coutume ancienne dont m'avait parlé mon prédécesseur. Après avoir offert à l'Océan la vie de la petite fille, je lui ai ouvert le crâne. J'ai retiré son âme et j'en ai fait une potion que j'ai donnée à manger à la mère. Ainsi la vigueur de l'enfant allait-elle, à travers le lait, revenir à celui qui en aurait besoin : son frère.

Il releva la tête et croisa le regard horrifié de la Cultivatrice.

— Heureusement pour nous tous, le petit garçon a survécu. J'aime donner la vie, La Vivace. Je déteste la prendre, même quand c'est nécessaire pour sauver d'autres vies.

Son visage ne ressemblait plus à un masque de bois solide et respectable, c'était celui d'un très vieil homme marqué par les chagrins. Elle se leva, bouleversée.

— Attends, La Vivace, ne t'en va pas. J'ai une mauvaise nouvelle à t'apprendre. L'Orateur a déjà été condamné par les villageois de Pointe-sous-le-Vent et les membres du clan de Grand-Chaos réunis. Il a été emmené, hier soir, sur un banc de sable que la mer a recouvert pendant la nuit. Il s'est noyé.

— C'est maintenant que tu le dis !

— Je ne voulais pas te troubler. Il fallait d'abord que tu me poses la question qui t'a conduite ici. Je dois aussi te prévenir : les Pêcheurs et les Nomades sont persuadés que Le Géant a été vengé. Ton enquête va déranger tous ces gens, qui ne feront rien pour t'aider. Il vaut mieux que tu le saches et que tu sois discrète. Et maintenant, je dois me reposer, ajouta-t-il en retrouvant un ton léger. Chez nous, Pêcheurs, la sieste est une tradition sacrée. Tu peux rester chez moi pendant ce temps, si tu le souhaites.

Elle secoua la tête avec énergie, avant de le remercier pour son hospitalité. Elle avait toujours respecté les règles de politesse, même quand la colère bouillonnait en elle.

— N'hésite pas à revenir me voir si tu as d'autres questions.

La Vivace marmonna une réponse vague, le salua et s'éloigna entre les rochers. Elle sortit de l'abri au sommet de la falaise, dans les bourrasques et sous un soleil éclatant. Elle était furieuse. Le charme du vieux chamane avait agi sur elle un long moment. Elle avait même eu la curieuse impression que leurs âmes étaient en parfaite harmonie. L'avait-il ensorcelée ? À l'exception d'Ourse-la-Puissante, jamais elle ne s'était confiée à quelqu'un avec autant de franchise... Mais cet homme avait tué un nouveau-né, soi-disant pour en sauver un autre ! Il lui faisait horreur.

Son argumentation n'était pas absurde. Chez les Cultivateurs aussi, la naissance de jumeaux signifiait souvent la mort d'un enfant, si ce n'est des deux quand la mère mourait d'épuisement. Mais personne ne s'arrogeait le droit de choisir qui devait être sacrifié ! Et personne n'oserait donner à manger à la mère l'âme d'un nouveau-né ! Dire que, d'après Ourse-la-Puissante, les Esprits ne supportaient pas l'orgueil des humains ! Pourquoi ne réagissaient-ils pas à ces pratiques épouvantables ?

Pour chasser sa nausée, La Vivace aspirait à encore plus de vent et de soleil. Elle prit le sentier qui conduisait à la plage. Le moelleux du sol la surprit, ainsi que les rafales de sable qui cinglaient ses jambes. Espérant se changer les idées, elle chercha le gros rocher isolé dont lui avait parlé la chamane des Nomades. Plusieurs correspondaient à cette description. Elle fit le tour de chacun d'eux en s'abritant les yeux avec la main. Elle voulait retrouver les marques qui avaient permis à Ourse-la-Puissante l'ancienne de noter la progression du niveau de l'Océan.

Patiemment, elle parcourut toute la plage. Mais elle ne remarqua rien. Y compris sur le dernier rocher qu'elle examina. Comme c'était étrange ! Aurait-elle mal compris les paroles d'Ourse-la-Puissante ? S'était-elle trompée de plage ? À moins que les Esprits n'aient pas aimé la surveillance exercée par la chamane et qu'ils aient effacé tous ses repères ? Ou bien que l'Esprit de l'Eau ait agi seul, afin d'attaquer par surprise l'Esprit de la Terre ? Ou alors, que l'Esprit du Feu se soit interposé entre les combattants, réussissant à leur imposer la paix…

Voilà que je raisonne comme une Nomade ou une Pêcheuse, remarqua La Vivace. L'influence que Hibou-le-Puissant avait exercée sur elle l'effrayait. Jamais elle ne reviendrait chez lui. Mais comment expliquer à Paruline qu'elle avait la preuve de l'innocence de L'Orateur, maintenant qu'il était mort ? Et comment enquêter seule chez les Pêcheurs sans parler leur langue ? Elle était dans une impasse. Encore une fois, elle avait agi avec beaucoup de naïveté. Elle n'avait rien à faire ici, aucune chance d'aider qui que ce soit… Puisqu'il n'était pas question pour elle de revenir à Dernier-Mont, elle ferait mieux de repartir dans la forêt et de marcher jusqu'à l'épuisement.

Accablée, elle se laissa tomber sur une pierre arrondie qui émergeait du sable. Le vent s'était calmé et les vagues qui, tout à l'heure, giflaient la plage semblaient maintenant la caresser. Elle avait devant elle les longues ondulations de la mer, un spectacle qui lui donnait le vertige. Elle ferma les yeux. Évidemment,

Hibou-le-Puissant était tout à fait capable d'assassiner Le Géant, s'il imaginait ainsi sauver la vie d'un Pêcheur. Voilà ce que signifiait l'anecdote atroce qu'il lui avait racontée.

D'un seul coup, elle eut envie de mettre autant de distance que possible entre l'assassin et elle. Elle devait quitter la plage avant que le chamane ait fini sa sieste ! Prenant appui sur la pierre pour se relever, elle sentit un creux sous ses doigts. Elle se pencha ; c'était un trait profond et rectiligne, creusé par un outil.

Une idée folle lui traversa l'esprit. Elle s'accroupit pour examiner le reste de la pierre. Un deuxième trait, identique au premier, avait été gravé trois doigts plus bas. Et un troisième une main plus bas, au ras du sable. Fébrilement, elle dégagea la pierre qui se révélait être un rocher… Il y avait un autre signe. Cette fois, plus de doute : elle avait trouvé les repères qu'Ourse-la-Puissante l'ancienne avait gravés pour évaluer la progression de l'Esprit de l'Eau.

***

Après le départ des Nomades, Bassan avait demandé à ses épouses de servir une collation légère : bouillon d'orties, coquillages cuits, noisettes et noix, eau de source. De même que les excès de la veille pesaient encore sur son estomac, les discussions qu'il avait eues avec les sept chefs restaient dans son esprit. Il appréciait la présence au village de la jeune Lynx, une belle femme digne de son fils, qui autrefois lui aurait bien plu à lui aussi. Cette union allait renforcer l'alliance indispensable des Pêcheurs et des Nomades face à la menace représentée par les Cultivateurs. Bassan n'avait aucun doute : Lynx aimerait vivre ici.

C'était quand même plus agréable d'être au sec, sur une terrasse qui dominait une baie magnifique, avec des sièges confortables et l'assurance de menus raffinés, plutôt que de patauger toute la journée dans une forêt humide, sur la piste d'un gibier imprévisible.

Il bâilla. Bien sûr, il faudrait que Sizerin sache retenir la jeune femme. Lui, son père, avait des conseils importants à lui donner sur la manière de la rassurer, de la flatter, de lui faire l'amour… Mais il le prendrait à part plus tard. Il devait d'abord se reposer. Faisant signe à Harelde pour qu'elle le suive, il se retira dans sa hutte. Les enfants jeunes et la plupart des adultes allèrent s'allonger, tandis que les enfants plus âgés couraient jouer sur la plage ou dans la lande.

Lynx et Sizerin proposèrent d'aider Paruline à ranger les restes du repas. Elle les chassa en riant.

— Dehors, les amoureux ! Continuez de faire connaissance comme le souhaite Bassan. Et ne vous inquiétez pas pour moi. J'adore m'activer toute seule.

Ils ne se le firent pas dire deux fois. Ils avaient hâte de se retrouver en tête à tête. À leur insu, leur couple était devenu le garant d'un accord durable entre leurs peuples. Cette intrusion dans leur intimité, cet enjeu diplomatique plaqué sur leur amour, les inquiétait. Ils attendirent d'être dans la forêt pour se prendre par la main. Ce geste les réconforta, tant ils avaient besoin d'une nouvelle alliance entre eux seuls.

— On reprend l'enquête tout de suite ? demanda Sizerin.

Sa mimique était si drôle que Lynx ne put résister. Elle l'embrassa.

— Personne ne s'inquiétera de notre absence, même si elle dure longtemps. Profitons-en ! Soyons obéissants d'abord. On s'occupera de l'enquête après.

Ils éclatèrent de rire, tout en jetant leurs vêtements en vrac sur la mousse.

***

La Vivace mit un moment à comprendre l'importance de sa découverte. Depuis le décès d'Ourse-la-Puissante l'ancienne, le gros rocher isolé avait été presque entièrement submergé. La mer des Va-et-Vient n'avait donc pas cessé de faire reculer la lande. La Cultivatrice tenta de se raisonner : après tout, cet étrange phénomène n'était visible que sur un grand nombre d'années. Il ne mettait personne en danger – sauf lorsqu'il accélérait brusquement. Comme le jour où Ourse-la-Puissante, bébé, avait été portée à l'orée de la forêt par une vague énorme. Cette montée brutale des eaux risquait-elle de se reproduire ? C'était ce que pensait Ourse-la-Puissante, sans savoir quand cela arriverait.

Et si c'était pour aujourd'hui ? À cette pensée, La Vivace remonta la plage à grands pas, comme si l'Océan était déjà à ses trousses. Une fois sur la lande, elle se demanda où aller.

Après tout, puisque les Pêcheurs croyaient avoir vengé Le Géant et qu'elle ne voyait plus l'utilité de poursuivre son enquête, Paruline la recevrait peut-être aimablement. Elle-même était prête à pardonner à la Pêcheuse qui l'avait abandonnée seule dans la forêt quelques jours plus tôt. Elle se dirigea donc vers Pointe-sous-le-Vent. Devant le poteau qui marquait l'entrée du village, elle s'arrêta avec curiosité. Un objet étrange y était accroché. Elle finit par comprendre ce que c'était : un crâne humain, entièrement décharné, lavé par la pluie, séché par le vent, d'un blanc jaunâtre.

Ces Pêcheurs avaient vraiment des coutumes sinistres ! Elle passa dessous en accélérant le pas. Aucune catastrophe subite ne se produisit. Rassurée, elle s'avança sur la terrasse presque déserte. Seuls quelques enfants jouaient sous un abri. Elle les interrogea par gestes. Ils posèrent leurs mains sous une joue, inclinèrent la tête et fermèrent leurs paupières. Elle comprit qu'ici aussi c'était le moment de la sieste.

Curieuse, elle s'approcha de la hutte la plus vaste, qui n'était fermée par aucune porte, mais séparée de l'espace commun par un foyer où brûlaient des braises. Sans oser entrer, elle scruta la pénombre d'où s'échappaient des ronflements. Où était donc Paruline ? Comme ses yeux s'habituaient à l'obscurité, elle s'aperçut qu'elle contemplait un homme aux cheveux blancs et au ventre rebondi. En dormant, il serrait dans ses bras une femme au visage lisse, aux longs cheveux bruns et au ventre encore plus rond. Cette vision se mêla au terrible récit de Hibou-le-Puissant. La Vivace recula, effrayée. Une femme enceinte ! Pourvu qu'elle n'attende pas des jumeaux !

Elle recula sur la terrasse, toute tremblante. Dans cet environnement inconnu, soudain plein de menaces, se trouvait un élément familier : le rire des enfants. D'instinct, elle s'approcha d'eux. Ils lui sourirent sans la repousser et elle s'assit près d'eux. Elle ne comprenait rien de ce qu'ils disaient. Mais elle qui, toute sa vie, s'était occupée d'enfants, saisissait sans peine leur plaisir de jouer et leurs petits conflits.

Elle s'apaisa. Son périple suivait un cours tout à fait inattendu ; elle ne savait plus du tout de quoi serait fait l'instant suivant. Mais n'était-ce pas ce qu'elle avait voulu en refusant de rentrer à Dernier-Mont ? Voir du pays et découvrir des gens nouveaux ? Avec des coutumes différentes, même incompréhensibles à ses yeux ?

14

Pendant qu'ils se rhabillaient, Lynx interrogea Sizerin sur Le Géant. Bien que des familles du clan aient parfois accueilli le commerçant, elle-même ne l'avait jamais croisé.

— Il venait tous les deux ou trois ans à Pointe-sous-le-Vent, raconta le jeune homme. Je partageais l'émerveillement de mon père à écouter ses récits. Je crois que nous étions tous heureux de le recevoir, les enfants autant que les adultes. Si le meurtrier est vraiment un Nomade ou un Pêcheur, j'aimerais bien savoir qui c'est, et pourquoi il l'a tué ! Le Géant parlait des régions lointaines avec une grande générosité. Il donnait beaucoup de détails intéressants et amusants…

— Moi aussi, j'aimerais que le coupable soit un Cultivateur qui aurait utilisé une flèche à nous, ramassée dans la forêt. Mais je ne veux plus bâcler l'enquête. Tu sais, Sizerin, c'est moi qui ai conduit L'Orateur à la mort… Si j'ai fait une erreur, je voudrais au moins nous épargner sa vengeance.

L'emplacement du meurtre fut difficile à retrouver. Lynx se souvenait que le commerçant avait été assassiné dans la forêt, pas très loin de Pointe-sous-le-

Vent. Mais elle avait alors été guidée par La Vivace depuis le campement des Nomades, avant de partir en direction de Dernier-Mont. De son côté, Sizerin ne pouvait pas reprendre le trajet suivi le jour de son initiation. Il avait découvert le cadavre par hasard et n'était pas revenu directement à Pointe-sous-le-Vent puisqu'il pistait le loup. De surcroît, la tempête de la veille, qui avait secoué la végétation, brisé de petites branches et trempé le sol, avait effacé la plupart des traces.

C'est en trébuchant sur une pierre que Sizerin repéra les débris de terre cuite qui provenaient du sac du Géant. Il les ramassa pour les présenter à Lynx. Elle les contempla avec intérêt ; elle n'avait jamais vu de statuettes fabriquées par les Cultivateurs. Malgré les pièces manquantes, il était possible de l'imaginer entière. Elle représentait une femme plantureuse allongée sur une couche. Son visage n'était qu'esquissé, l'artiste préférant souligner la rondeur des épaules et des hanches. Sa pose lascive, ses seins nus à demi dissimulés, le bas de son corps sur lequel un tissu semblait glisser, paraissaient étudiés pour susciter le désir masculin.

— Le Géant disait que ces statuettes venaient de régions encore plus lointaines que les montagnes enneigées, expliqua Sizerin en rougissant. Elles plaisent à certaines personnes chez nous. Mais pas à mon père, qui trouve l'attitude de ces femmes trop provocante. Elles semblent avoir autant d'assurance que les hommes, ce qui n'est pas souhaitable.

Lynx sursauta, avant de se rappeler qu'il ne faisait que décrire la situation des couples de son peuple. Pourrait-elle garder sa confiance en elle et sa joie de vivre si elle devenait la compagne de Sizerin ? Bassan avait-il compris qu'une femme nomade ne se conduisait pas comme une Pêcheuse ? Resterait-il aimable et conciliant lorsqu'elle serait devenue sa belle-fille ?

— Où sont les autres marchandises ? Je ne les vois nulle part, dit Sizerin.

— Elles ont été volées. J'ai déjà fouillé les alentours avec Paruline et La Vivace. Nous n'avons trouvé qu'une petite pendeloque en pierre polie. Une pie l'avait emportée dans son nid.

— Deux jours plus tôt, quand je suis tombé sur le cadavre, le sac était vide.

— Le voleur était passé avant toi.

Bien que le cercle de cendres ait disparu sous la végétation, quelques charbons de bois témoignaient encore du feu allumé par le commerçant. Des pièces de cuir arrachées au sac étaient dispersées çà et là. Plus loin, quatre boutons en os et des fibres de laine étaient mêlés à la terre humide ; c'était tout ce qui subsistait des vêtements. Sizerin se baissa pour ramasser quelque chose.

— Regarde !

Il montrait un bâton long et droit, avec des marques nombreuses faites au couteau.

— Le Géant utilisait ce bâton de marche pour compter les jours et se repérer dans les saisons.

— Mais alors, nous pouvons connaître avec certitude la date de sa mort ! Dis-moi comment il s'y prenait…

— Tu vois ces traits plus longs que les autres ? Ils indiquent le début d'une nouvelle lune. Ces encoches rondes : les nuits de pleine lune. Entre les deux, des traits courts, avec la lune montante puis descendante. Chaque matin, en se levant, Le Géant ajoutait une marque pour le jour qui commençait.

— Le bâton est presque entièrement couvert…

— C'est normal, Lynx. Il changeait de bâton de marche à chaque début de printemps.

Ils comptèrent et recomptèrent pour être sûrs de ne pas faire d'erreur. Le commerçant avait incisé son bâton pour la dernière fois le vingt-neuvième jour de la douzième lune, c'est-à-dire la veille de la nouvelle année.

— Le Géant était mort depuis une journée quand j'ai trouvé son cadavre. Il ne voulait pas rater ma fête d'initiation, constata Sizerin avec émotion. Il aurait dû arriver à temps à Pointe-sous-le-Vent. J'emporte ce bâton pour le montrer à mon père. Il sera content de savoir que son ami n'avait pas oublié sa promesse.

Lynx le prit dans ses bras pour le réconforter. Huit jours après le drame, la forêt avait tout nettoyé. Les corps humains, si sensibles au plaisir, si prompts à souffrir, disparaissaient très vite quand ils étaient laissés sans sépulture. C'était curieux de voir qu'au contraire il pouvait subsister quelque chose des âmes. Ce bâton de marche intact révélait les intentions du commerçant.

— Nous devons découvrir si Le Géant a été tué d'une seule flèche ou de plusieurs, rappela-t-elle.

Ils se mirent à fouiller avec soin la végétation alentour. Ils trouvèrent trois flèches. Impossible d'imaginer d'où elles avaient été tirées car les prédateurs les avaient déplacées en se servant sur le cadavre. En revanche, ils avaient une réponse à la question qu'ils s'étaient posée : les trois flèches étaient identiques à celle qui était tombée du sac de Sizerin. Il devenait difficile d'imaginer qu'elles aient été trouvées par hasard dans la forêt. Le meurtrier était forcément un

Nomade ou un Pêcheur. Il avait prémédité son acte en fabriquant des hampes sans signature.

— C'est bizarre qu'il n'ait pas ramassé ses flèches, remarqua Lynx. Les chasseurs le font toujours, d'habitude.

— Il ne pouvait pas les utiliser à la chasse sans attirer l'attention ! Et il n'avait pas l'intention de tuer quelqu'un d'autre !

— Peut-être aussi qu'il ne voulait pas s'approcher d'un humain qu'il venait de tuer. C'était trop horrible pour lui, suggéra Lynx qui n'oubliait pas ses propres sentiments pendant la bataille.

— Dans ce cas, pourquoi l'aurait-il tué ? Ce n'était pas pour se défendre, Le Géant n'aurait jamais attaqué personne.

— Il est possible que, malgré sa répugnance à tuer, l'assassin se soit senti contraint d'agir, pour une raison que nous ignorons. Ce ne serait pas quelqu'un qui aurait l'habitude de tuer des humains…

— Lynx, s'exclama Sizerin, choqué, je ne connais personne qui ait cette habitude !

Elle sourit.

— Je te rassure, moi non plus !

Ils s'assirent un moment pour réfléchir.

— Le meurtrier, le mangeur d'âme et le voleur sont-ils une même personne ? s'interrogea Sizerin à voix haute. Ou bien y a-t-il eu d'abord un assassin, puis quelqu'un qui est venu manger l'âme du mort ? Et dans ce cas, lequel d'entre eux est le voleur ?

— À la chasse, on se dépêche de dépecer le gibier mort. Les mouches et les vers envahissent très vite les charognes et le résultat n'est pas du tout appétissant.

— C'est vrai. Tu penses donc que le meurtrier a ouvert tout de suite le crâne pour recueillir l'âme et la faire cuire. Ensuite, il l'a jeté plus loin et c'est moi qui l'ai trouvé. Peut-être même que Le Géant a été tué parce que quelqu'un voulait manger son âme…

— Non, ça ne va pas ! Si le meurtrier n'osait pas s'approcher du cadavre pour ramasser ses flèches, il pouvait encore moins découper le crâne et manger l'âme ! En réalité, nous avons affaire à deux personnes différentes, qui se sont suivies de près.

Ils méditèrent cette information importante.

— Deux personnes, ou bien trois ? reprit Sizerin. Qui a emporté les trésors du Géant ? Le meurtrier ? Le mangeur d'âme ? Ou quelqu'un d'autre ?

— Peut-être que le meurtrier était fasciné par les trésors des montagnes lointaines et qu'il ne pouvait pas se les offrir… Il aurait tué le commerçant pour le voler. Dans ce cas, je suis désolée de te dire ça, mais c'est forcément un Pêcheur. Tu sais que les Nomades ne s'encombrent jamais d'objets inutiles, même magnifiques.

— Bien sûr. Le voleur est un Pêcheur. Mais pas le meurtrier ! Un Nomade aurait pu détester Le Géant au point de le tuer, mais c'est un Pêcheur qui l'aurait volé ensuite et qui aurait mangé son âme.

— Attends ! Le voleur pourrait être aussi une troisième personne…

Ils répertorièrent toutes les hypothèses jusqu'à en avoir le tournis. Finalement, il n'y avait qu'un seul enchaînement des faits plausible. Quelqu'un – Nomade ou Pêcheur – avait tué Le Géant. Tout de suite après, quelqu'un d'autre ! – Nomade ou Pêcheur – avait mangé son âme. Le voleur – forcément un Pêcheur – était soit l'un des deux premiers, soit un troisième individu qui avait pu opérer le même jour ou le jour suivant, avant le passage de Sizerin.

— Je n'en reviens pas ! On dirait que Le Géant avait beaucoup d'ennemis, conclut tristement le jeune homme. Et maintenant, qu'allons-nous faire ? Si mon père apprend tout ça, il va être furieux !

— Ne disons rien à personne. Nous allons poursuivre notre réflexion jusqu'à la découverte de la vérité. Ton père sera moins mécontent d'apprendre l'innocence de L'Orateur si, en même temps, nous lui révélons qui sont le meurtrier, le mangeur d'âme et peut-être le voleur ! Les chamanes puniront chaque personne à la mesure de ses méfaits et les âmes errantes seront apaisées.

— D'accord. Nous sommes à la recherche d'un meurtrier, d'un mangeur d'âme et d'un voleur. Eh bien, je suggère qu'on parte à la recherche du voleur. C'est la piste la moins difficile à suivre des trois. Les trésors du commerçant sont forcément cachés quelque part !

***

Assise au milieu des enfants, La Vivace apprenait quelques mots : nez, yeux, bouche, oreille, main, fille, garçon, balle, poupée… Ils lui avaient indiqué leur âge avec leurs doigts. Elle avait tenté de retenir leurs prénoms qui, pour elle, n'étaient que des sonorités sans signification : Hypolaïs, Macareux, Oxalyde, Torda…

Quand Paruline franchit le seuil de Pointe-sous-le-Vent, deux paniers à ses bras, La Vivace se leva d'un bond. Avec de grands gestes pressés, elle entreprit de tout lui raconter : la morsure du serpent, les soins d'Ourse-la-Puissante, le pot cassé, la vague monstrueuse qui avait balayé le peuple des Guerriers, brisé la mère mais sauvé le bébé, l'Océan qui avait submergé le rocher où l'ancienne chamane notait la montée des eaux, l'épouvantable histoire de jumeaux racontée par Hibou-le-Puissant…

La femme potelée la fixait de ses grands yeux clairs, l'air effaré. Elle était bien sûr complètement dépassée par la complexité du récit. La Vivace se tut, luttant contre les larmes. Quelle frustration ! Qui pourrait traduire ses paroles ? Elle ne connaissait que quatre personnes qui parlaient leurs deux langues : Le Géant qui était mort, Ourse-la-Puissante qui habitait dans la forêt à un quart de journée de marche de là, La Douce qui vivait à Dernier-Mont, et Hibou-le-Puissant, tout proche, en qui elle n'avait plus confiance.

Voyant son désarroi, Paruline lui prit la main, la conduisit près du foyer et lui offrit un bol de tisane chaude. Jetant de petits coups d'œil en direction de ses paniers, de ses outils et de ses pots remplis d'eau, elle semblait hésiter à se lancer dans la préparation du prochain repas. Finalement, elle s'assit en face de la Cultivatrice avec l'attitude un peu forcée d'une personne décidée à écouter quelqu'un jusqu'au bout.

La Vivace reprit depuis le début. Elle avait été mordue – elle tendit l'index et le majeur, recourbés comme des griffes – par un serpent – elle ondula de la main – là – elle désigna sa cheville – au milieu de la forêt – mais comment représenter la *forêt* ?… Pour l'instant, Paruline semblait suivre. Mais à ce rythme, son interlocutrice aurait besoin de plusieurs jours pour mener son récit jusqu'au bout ! Pendant ce temps, la terrasse s'animait. Les adultes et les jeunes enfants sortaient des huttes, s'étiraient, échangeaient quelques mots, s'éloignaient dans la lande, ou bien rassemblaient des outils pour aller travailler à l'extérieur du village. En passant, tous jetaient des regards curieux à la Cultivatrice – à sa jupe surtout.

La Vivace vit bien l'attention de Paruline faiblir. Elle-même commençait à se laisser distraire par tout ce remue-ménage. Et elle ne savait pas du tout comment aborder la naissance d'Ourse-la-Puissante, fille d'une jeune esclave violée par un guerrier ! Soudain, à l'intérieur d'une hutte, quelqu'un poussa un cri. Une femme grande, maigre, voûtée, au visage ridé marqué de taches, sortit et appela Paruline. Qui se précipita en oubliant son interlocutrice. Vexée, La Vivace se leva et la suivit.

Elles entrèrent dans la hutte. La jeune femme enceinte que La Vivace avait aperçue plus tôt était accroupie au milieu. Elle se balançait en tenant son ventre et en gémissant. Elle va accoucher, comprit la Cultivatrice. Pourvu qu'il ne s'agisse pas de jumeaux ! Affolée, elle ressortit sur la terrasse.

Des enfants de tous âges partaient en courant vers la plage. Oubliant sa peur d'une vague monstrueuse, La Vivace leur emboîta le pas. Les femmes allaient sûrement aller chercher Hibou-le-Puissant, qu'elle n'avait aucune envie de croiser. Depuis son second départ de Dernier-Mont, elle semblait emportée par la peur, comme une feuille morte bousculée par le vent : peur de l'abandon, peur de mourir, peur de l'injustice, peur d'être ensorcelée, peur de la montée brutale de l'Océan, peur de l'assassinat d'un nouveau-né…

Sur la plage, les enfants ramassaient le bois échoué, débarrassé des feuilles et des écorces, nu, sec, gris pâle, tels des ossements. Ils en chargeaient leurs bras avant d'aller les déposer à l'entrée du village et de revenir. Plus loin, au pied de la falaise rocheuse, les hommes profitaient eux aussi de la marée basse. De l'eau jusqu'aux chevilles, ils ligotaient un rocher de belle taille qui gisait dans le sable parmi d'autres. À six, ils le redressèrent, en tirant sur les cordes d'un côté, en poussant de l'autre. Ils l'enfoncèrent dans un trou et le calèrent à l'aide de pierres et d'algues. Trouvant qu'il ressemblait à un outil de silex géant, La Vivace se demanda si les Pêcheurs voulaient égratigner le ciel.

L'opération fut répétée sur le rocher voisin, levé et calé contre le premier. Devant son air interrogateur, Oxalyde, une enfant de onze ans, imita un poisson qui nage et saute, qui se fait capturer et manger. La Vivace fit le lien avec ce que Hibou-le-Puissant lui avait raconté et comprit enfin ; elle avait sous les yeux les fameux barrages à poissons.

Les enfants devaient avoir rapporté assez de bois flotté parce qu'ils revinrent du village avec des bols en bois. Ils se dirigèrent vers l'autre extrémité de la plage. Curieuse, La Vivace se hâta derrière eux. Ils contournèrent la falaise où se trouvait l'abri de Hibou-le-Puissant. Au-delà se trouvait une crique tout en longueur, qui s'enfonçait à l'intérieur de la lande. La bordure avait été découpée en six bassins successifs, bordés de petits monticules de pierres. L'eau qui les emplissait, couleur de mer à l'entrée de la crique, blanchissait au fur et à mesure qu'elle s'en éloignait.

Les enfants s'accroupirent au bord du rectangle le plus blanc, remplirent leur bol et repartirent vers le village. La Vivace se douta de ce qu'ils étaient venus chercher. Elle ramassa un peu de poudre et lécha son doigt. C'était bien du sel ! Voilà comment les Pêcheurs l'obtenaient : en laissant l'eau de mer s'évaporer dans des bassins, que la mer remplissait à marée haute.

Le jour où les habitants de Pointe-sous-le-Vent vendraient ce trésor à ceux de Dernier-Mont, ils pourraient être incroyablement riches ! Les Cultivateurs souffraient vraiment de sa rareté. Ils tentaient d'y remédier grâce aux herbes aromatiques qui occupaient une partie des potagers. Le résultat n'était pas convaincant.

Ainsi, un commerçant était assassiné tandis qu'un commerce était sous-exploité… Y avait-il un lien entre ces deux faits ? Ou avait-elle trop d'imagination ? Elle entrevoyait quelque chose de très flou, qu'elle aurait aimé creuser. Mais comment interroger quiconque sans parler la langue des Pêcheurs ? Tout à l'heure, elle n'avait réussi à transmettre à Paruline qu'une partie infime de son récit. Échanger par gestes demandait beaucoup de temps et de patience ; son interlocutrice n'avait ni l'un ni l'autre. Et certaines idées semblaient impossibles à communiquer de cette manière… Devait-elle prendre son courage à deux mains et s'adresser à Hibou-le-Puissant ? Malgré la crainte qu'il lui inspirait depuis son horrible confession ?

Indécise, elle quitta les bords de la crique et remonta sur la lande. Le chamane devait être à Pointe-sous-le-Vent pour aider la jeune femme à accoucher. Quand La Vivace parvint devant la falaise où il habitait, elle ne put s'empêcher de suivre le chemin entre les rochers. Elle se retrouva à l'intérieur de l'abri, avec l'impression étrange de ne pas l'avoir totalement voulu, d'être attirée par une force qui la dépassait.

L'endroit était vide. Et si elle en profitait pour jeter un petit coup d'œil, rapide et discret, à ses affaires ? Qui sait, elle découvrirait peut-être quelque chose…

Dans le feu, une grosse bûche consumée au centre révélait que le chamane avait quitté les lieux depuis un moment déjà. D'un autre côté, un accouchement pouvait durer longtemps.

Soulevant les fourrures de la couche, La Vivace passa les mains entre les algues tassées. Les couches des Pêcheurs semblaient plus confortables que celles des Cultivateurs ou des Nomades, plus épaisses et plus moelleuses. En revanche, leur odeur d'océan était forte et plutôt désagréable, comparée au parfum de fleurs et de foin auquel elle était habituée.

Sur le feu ne mijotaient ni potion ni repas du soir. La Vivace s'approcha des paniers posés sur les pierres. Elle se pencha au-dessus d'eux pour examiner leur contenu. Elle avait très peur de tomber sur une âme humaine – dont elle ne parvenait pas à imaginer l'aspect, mais qui était sûrement très effrayante à voir. Elle avait sous les yeux des champignons séchés, des plantes, des fleurs, des insectes, de minuscules animaux marins inconnus, des pierres, des sables, de l'argile, des poudres.

Elle s'accroupit pour les humer avec prudence. Certains parfums lui étaient familiers, d'autres non, certains étaient plaisants, d'autres pas du tout. Mais aucun effluve atroce ne lui sauta au visage. Rassurée, elle hésita à y mettre les mains. Si Hibou-le-Puissant avait un objet à dissimuler, ce ne pouvait être que là. Aucune autre cachette ne semblait possible dans cet abri sommaire.

Son instinct la retint. Certains ingrédients utilisés dans la confection de remèdes nuiraient peut-être à une personne en bonne santé… Prudemment, elle se contenta donc de pencher les paniers sur le côté pour en remuer l'intérieur. Elle ne s'attendait pas à trouver quelque chose en particulier. Quand elle aperçut l'éclat vert de la jadéite sous des galets, elle comprit pourtant qu'elle avait fait une découverte importante.

15

Le soleil déclinait. Dans la Forêt-des-Buttes, Lynx et Sizerin revenaient sans se presser vers Pointe-sous-le-Vent. Penser à la vulnérabilité des êtres humains les poussait sans cesse dans les bras l'un de l'autre, comme s'ils avaient besoin d'effacer la puissance de la mort par un élan de vie encore plus grand.

— Si j'avais voulu cacher les trésors du Géant, disait Lynx, j'aurais choisi dans la forêt un repère durable : un rocher à la forme remarquable, un arbre particulièrement vieux… Mais puisque le voleur est un Pêcheur, j'imagine qu'il a eu d'autres idées.

— Exactement. Jamais un Pêcheur ne cacherait quoi que ce soit dans la forêt ! Nous ne nous y sentons pas vraiment chez nous. Notre territoire, ce sont les rivages de l'Océan.

— D'accord. Et donc, tu les aurais cachés où ?

— Hum… Peut-être dans la grotte où nous avons passé la nuit. Il y a de nombreux recoins. C'est facile de creuser le sable sans être vu. Elle n'est fréquentée que par les jeunes initiés, ou ceux qui s'apprêtent à le devenir.

— Qui ont d'autres envies en tête que de jouer à cache-cache !

Ils sourirent en pensant aux jeux d'amour qu'ils avaient expérimentés.

— C'est une bonne idée, Sizerin. On ira voir demain. Et sinon ?

— La falaise est pleine de trous. Ce sont autant de cachettes possibles.

— Et dans une hutte ? Tu crois que le voleur aurait pu y cacher son butin ?

— Ça m'étonnerait. Trop de gens entrent et sortent en permanence.

— Que font les Pêcheurs de leurs objets de valeur ?

— Ils ne les cachent pas ! Ce sont des armes ou des colliers, et tout le monde sait à qui ils appartiennent. Quand les gens ne les portent pas sur eux, ils les rangent sous leur couche pour savoir où les retrouver.

— Y compris ton père ? Je croyais qu'il était très riche. Il ne met pas ses biens à l'abri ?

— Mon père a des bijoux et des objets de prestige qu'il laisse comme tout le monde sous sa couche. Mais il est riche surtout grâce à ses réserves de poissons séchés. Elles sont entreposées dans de grands paniers suspendus dans sa hutte.

— Quelqu'un pourrait cacher quelque chose à l'intérieur des paniers ?

— Peut-être… Mais ce serait très difficile d'être discret. Même mon père n'est jamais seul chez lui.

Après s'être embrassés une dernière fois dans l'intimité de la forêt, ils entrèrent sur la lande en se tenant la main. De l'autre, Sizerin s'appuyait sur le bâton de marche du Géant. Devant Pointe-sous-le-Vent, ils eurent la surprise de voir La Vivace au seuil du village, au pied du poteau où était accroché le crâne du commerçant. Elle se tordait les mains et ne cessait d'ouvrir et de fermer la bouche silencieusement, comme un poisson. Elle parut très contente de reconnaître la jeune Nomade.

Celle-ci n'eut pas le temps de l'interroger sur sa présence à Pointe-sous-le-Vent. Oxalyde jaillit de la terrasse et se précipita vers son demi-frère. Elle semblait surexcitée.

— Sizerin, Harelde vient d'accoucher ! C'est un garçon !

Le jeune homme s'écarta de Lynx. Il frissonna. Il avait tellement de sœurs qu'il avait toujours imaginé rester le seul fils de Bassan.

— Alors, ça y est ! Père est au courant ?

— Pas encore. Il organise la réparation des barrages. Je vais le prévenir !

Elle dévala la pente vers la plage. Elle voulait sans doute être la première à lui apprendre la nouvelle. De toute façon, les hommes n'allaient plus tarder, car le soir tombait. Au lieu d'accompagner Oxalyde, Sizerin pressa le pas sur la terrasse. Il avait besoin de voir le nouveau-né pour se convaincre de son existence. Suivi de Lynx, il contourna le foyer et entra dans la hutte de Bassan. La vieille Circaète tenta de les repousser, car la pièce était déjà pleine, mais Sizerin s'imposa. La Vivace, qui ne voulait pas quitter Lynx, se faufila derrière eux.

Harelde se tenait debout dans une bassine de bois, un bébé hurlant dans les bras. Seules ses épaules étaient couvertes. Paruline et une autre femme lui rinçaient le ventre et les cuisses. En voyant l'air rayonnant de la jeune mère, Sizerin comprit qu'Oxalyde ne s'était pas trompée. Malgré sa fatigue, Harelde ne voulait confier son enfant à personne. Elle se pencha au-dessus de la bassine pour que Paruline fasse couler sur lui de l'eau tiède. Les pleurs cessèrent. Il ouvrit ses grands yeux bleu foncé, ce qui ravit l'assemblée.

Aidée par Paruline, Harelde le sécha, l'enveloppa dans une couverture de fourrure, avant de se couvrir elle-même et de s'installer sur sa couche. Il tourna la tête plusieurs fois et finit par trouver le sein. Pendant ce temps, Hibou-le-Puissant avait préparé une boisson fortifiante, qu'il confia à Paruline le temps de la tétée. Émerveillée par le petit humain qu'elle avait fabriqué, ses traits fins, sa tignasse blonde d'une épaisseur surprenante, la jeune mère semblait avoir oublié tous ceux qui l'entouraient.

Attendrie, Lynx mit un moment à remarquer que l'assistance avait brutalement changé d'humeur. Si les enfants exprimaient leur joie et se bousculaient toujours pour apercevoir le bébé, les adultes s'étaient figés. Certains chuchotaient comme des conspirateurs, d'autres, sinistres, restaient silencieux. Sizerin lui-même avait une attitude étrange. Avec ses sourcils froncés et sa bouche crispée, il regardait le nouveau-né d'un air presque menaçant. Que se passait-il ? Qu'avait cette naissance de si inquiétant pour lui ? Le deuxième fils de Bassan n'était pas prêt de prendre la place de l'aîné, avec ses quinze ans de moins !

Sizerin s'approcha de Paruline. Qui se détourna de lui et sortit en portant la bassine avec une autre femme. Il la suivit, imitée par Lynx et par La Vivace. Dès que l'eau sale fut jetée en bas de la terrasse, il attrapa sa mère par le bras et l'entraîna plus loin.

— Laisse-moi ! J'ai à faire, protesta-t-elle.

— J'ai d'abord besoin que tu m'expliques !

— Plus tard, s'il te plaît.

— Non, tout de suite !

Lynx les laissa s'éloigner et discuter en tête à tête. Elle était très intriguée ; Sizerin semblait bouleversé. Que pouvait-il reprocher à Paruline ? Qu'est-ce qui l'avait perturbé dans la vision heureuse d'un nouveau-né et de sa mère, tous deux en bonne santé ?

La jeune Nomade s'aperçut alors que La Vivace s'approchait d'elle, le regard plein d'angoisse. À cet instant, le chamane sortit de la hutte. Effrayée, la Cultivatrice recula et se cacha derrière Lynx. De leur côté, les hommes qui remontaient de la plage franchissaient le seuil du village. En tête, Bassan marchait d'un pas pressé qui lui était inhabituel. En croisant Paruline et Sizerin, il ne leur lança qu'un regard distrait. Il franchit le seuil de sa hutte et tous lui emboîtèrent le pas : Hibou-le-Puissant, Paruline, Sizerin, Lynx et même La Vivace. À l'intérieur, on se tut à son entrée.

Bassan se pencha sur Harelde assise sur sa couche, leva une main qui tremblait un peu et caressa la tête de l'enfant.

— Un fils, dit-il avec ravissement. Un deuxième fils ! Et quelques jours seulement après le passage à l'âge adulte de l'aîné… Décidément, les Esprits me sont très favorables en ce moment !

Hibou-le-Puissant l'approuva en souriant.

— Cet enfant a les cheveux couleur de lune, signe qu'il est placé sous la protection du plus puissant des Esprits.

Désireux de partager sa joie, Bassan se tourna vers Sizerin et Oxalyde.

— Venez saluer votre petit frère !

Son enthousiasme et son large sourire ne laissaient aucun doute sur sa sincérité. L'assistance entière sembla pousser un énorme soupir de soulagement. Que venait-il de se jouer que Lynx semblait être la seule à ne pas comprendre ?

Laissant Sizerin au milieu d'effusions générales, la jeune Nomade ressortit sur la terrasse où elle fut rejointe par La Vivace. La première était perplexe, la seconde se sentait aussi fiévreuse qu'impuissante, incapable d'exprimer par gestes tout ce qui la perturbait. Ce fut Hibou-le-Puissant qui les attrapa l'une et l'autre par le bras, gentiment mais fermement. Il les conduisit à l'écart.

— Posez-moi vos questions, dit-il dans leurs deux langues. Je vais tenter d'y répondre.

— Harelde ne portait pas de jumeaux ? Elle n'a accouché que d'un seul enfant ? bredouilla La Vivace sans oser le regarder.

— Tout à fait. Personne n'a eu besoin de choisir entre deux nouveau-nés.

— Mais tu as donné quelque chose à boire à la mère…

— Un mélange de plantes. Il va l'aider à reconstituer ses forces et favoriser la montée de son lait. La naissance de jumeaux est un événement exceptionnel. Le dilemme dont je t'ai parlé ne s'est produit qu'une seule fois dans toute ma vie de chamane.

La Cultivatrice se détendit profondément, comme si elle émergeait d'un cauchemar. Devant l'air interrogateur de Lynx, Hibou-le-Puissant traduisit leur échange. La Nomade fit une grimace de dégoût sans être scandalisée ; pour elle, ces pratiques très rares faisaient partie des nécessités de la survie.

— Et toi, Lynx, qu'est-ce qui te tracasse ? demanda le chamane.

— Je ne comprends pas ce qui vient de se passer.

Les gens semblaient avoir très peur de la réaction de Bassan à la naissance de son fils.

— Tu as vu juste. Les habitants de Pointe-sous-le-Vent ont fini par s'étonner de coïncidences qui se répétaient.

— Quelles coïncidences ?

— Les enfants de Bassan sont tous blonds. Ses femmes sont toutes brunes. Avant d'avoir les cheveux blancs, Bassan était brun lui aussi.

— C'est tout ?

— Non. Tous les enfants de Bassan sont nés exactement trois saisons après une visite du Géant.

Lynx poussa une exclamation de surprise.

— J'ai compris ! Les enfants de Bassan seraient les…

— Chut, l'interrompit Hibou-le-Puissant en mettant un doigt sur sa bouche. Ta pensée n'a pas besoin d'être exprimée à voix haute, je l'ai comprise. Après deux ans de mariage, Circaète, la première épouse de Bassan, ne lui avait toujours pas donné d'enfant. C'est lui qui est venu me voir, très inquiet, pour que j'interroge les Esprits. Je lui ai conseillé de prêter sa femme pour une nuit à un convive qu'il souhaitait honorer. Il a choisi Le Géant, qui avait alors une quinzaine d'années et qui voyageait avec ses parents. Comme je l'avais espéré, le sens de l'hospitalité de Bassan a plu aux Esprits. Trois saisons plus tard, sa fille aînée est venue au monde.

— Et la même histoire s'est répétée ! s'exclama Lynx, stupéfaite. D'abord avec Circaète, puis avec Paruline, et maintenant avec Harelde !

— Exactement. Tous les deux ou trois ans, à chaque venue du commerçant, Bassan lui prêtait l'une de ses épouses. Sa générosité plaisait aux Esprits, qui le récompensaient en lui offrant des enfants.

— Les autres habitants de Pointe-sous-le-Vent n'étaient pas au courant ?

— Cela se passait discrètement, dans la hutte de Bassan. C'est la répétition des événements qui a fini par créer des bavardages. Les gens craignaient la colère et la jalousie de l'homme riche. Ils ne savent pas qu'il a lui-même conclu un pacte avec les Esprits. Voilà pourquoi ils avaient tellement peur de sa réaction à la découverte d'un nouveau bébé blond, trois saisons après le passage du commerçant. Ils ont été soulagés que j'évoque l'Esprit de la Lune à propos de sa chevelure, comme si de rien n'était.

— Tu ne veux pas que ce pacte soit connu.

— C'est mieux pour Bassan. Il continue de croire qu'il est le seul à partager ce secret avec ses épouses. L'essentiel est que tout le monde fasse semblant de l'ignorer.

— Alors pourquoi m'en parles-tu, Hibou-le-Puissant ?

— Parce que tu t'interroges sur le fait de devenir la compagne de Sizerin. Je ne veux pas que des rumeurs perturbent ton choix. Tu es une jeune femme intelligente, Lynx. Je préfère te mettre au courant.

— Je t'en suis reconnaissante. Et Sizerin ? Tu vas lui parler ?

— J'attendais qu'il soit entré dans l'âge adulte. C'est maintenant chose faite et je m'apprêtais à tout lui révéler. Ce serait déjà fait s'il ne passait pas tout son temps libre avec toi, ajouta-t-il avec amusement.

Lynx répondit à son sourire.

— Traduis-moi votre conversation, je t'en supplie, demanda timidement La Vivace à Hibou-le-Puissant.

Elle avait perçu toute l'intensité de l'échange. Il accepta en lui demandant de garder le secret ; de toute façon, il ne pouvait pas craindre qu'elle bavarde. La Cultivatrice fut très surprise de ces révélations. Ainsi, Le Géant était le père des trois filles de Circaète : les deux aînées déjà mariées et Oxalyde. Du fils de Paruline, Sizerin. Et du bébé d'Harelde. D'autres enfants avaient été conçus par Le Géant avec les épouses de Bassan, mais ils étaient tous décédés pendant leurs premières années. Habitué à ce que personne ne le contredise, ni ne l'interroge de manière désagréable, l'homme riche n'était nullement conscient des rumeurs qui le concernaient.

Hibou-le-Puissant se tourna de nouveau vers Lynx.

— Bassan va rester un moment près d'Harelde et du bébé. Je vais en profiter pour voir Sizerin en tête à tête. Pendant ce temps, aide La Vivace à obtenir de quoi se nourrir ce soir et à trouver un endroit pour dormir. Dis aux villageois que c'est moi qui te l'ai demandé.

Il effectua une nouvelle traduction pour cette dernière. Quand il s'éloigna, les deux femmes se regardèrent avec un mélange de sympathie et de gêne. Elles n'avaient pas oublié ce qui les avait réunies, ni ce qui les avait séparées. Constatant la confiance que Lynx avait en Hibou-le-Puissant, La Vivace n'osait pas lui parler des objets de jadéite cachés dans son refuge. De son côté, Lynx ne savait pas si elle devait confier à La Vivace que le meurtrier avait utilisé des flèches de Nomade ou de Pêcheur.

Dans la cuisine commune, Lynx prépara un dîner pour La Vivace. Puis les deux femmes allèrent ensemble d'une hutte à l'autre pour trouver une couche disponible. En installant ses affaires, la Cultivatrice se sentait pleine de regrets pour la manière dont elles avaient échangé librement au début de l'enquête. La jeune Nomade se posait sûrement la même question qu'elle : l'histoire de la progéniture de Bassan avait-elle un rapport avec le meurtre ?

En réalité, sans qu'elles le sachent, elles suivaient l'une et l'autre le même raisonnement. Si le commerçant n'avait pas été tué juste avant d'arriver à Pointe-sous-le-Vent, il aurait été présent pour la première fois à la naissance d'un de ses enfants. Malgré sa calvitie, il avait conservé à l'arrière de son crâne une toison en forme de croissant de lune ; lorsqu'il se serait penché au-dessus du bébé blond et de sa mère brune, la vision qu'il aurait donnée à l'assistance aurait fait éclater la vérité. D'autant plus que, pour la première fois, il serait revenu exactement trois saisons après son dernier passage.

Bassan aurait subi une terrible humiliation. Non seulement sa colère aurait été terrible, mais l'atteinte à son prestige aurait menacé ses relations avec ses obligés. L'hiver suivant, il aurait pu refuser de distribuer son surplus de nourriture, ce qui aurait condamné les plus pauvres à la famine. Quelqu'un aurait-il voulu empêcher ces événements en assassinant Le Géant ? Ce ne pouvait être qu'une des personnes qui connaissaient l'existence du pacte entre Bassan et les Esprits. Outre le chamane et l'homme riche, seules ses trois épouses étaient au courant : Circaète qui se déplaçait avec une canne, Harelde qui était alors encombrée par son ventre… et Paruline, en bonne forme physique, qui s'éclipsait souvent dans la forêt à l'heure de la sieste et qui, fait rare chez les Pêcheuses, avait appris à tirer à l'arc quand elle était enfant !

Paruline était-elle une meurtrière ? L'hypothèse

choquait autant Lynx que La Vivace. Elles avaient tissé avec elle un lien puissant pendant la bataille. Malgré ce moment intense de danger et de rébellion, elles devaient pourtant reconnaître qu'à leurs yeux elle gardait tout son mystère.

16

La Vivace retint Lynx au moment où elle allait quitter la hutte. Elle renonçait à partager le récit interminable de ses aventures, comme elle avait vainement tenté de le faire avec Paruline. Elle devait se concentrer sur l'essentiel. En s'agenouillant sur le sol, elle dessina le chamane que Lynx reconnut à sa coiffure en bois de cerf et l'abri schématisé avec les paniers posés par terre. Elle désigna la pierre qu'une femme portait autour du cou, puis le crâne du commerçant à l'entrée du village. Elle réussit à transmettre l'information : elle avait vu des objets en pierre polie chez le chamane, au fond d'un panier. Et si c'était le trésor du Géant ?

Le visage de Lynx s'assombrit. Chargé de préserver l'harmonie entre les Pêcheurs, Hibou-le-Puissant était parfois contraint de tuer au nom des Esprits. C'était malheureusement un assassin crédible. Pourrait-il être le complice de Paruline ? Ou bien aurait-il agi seul ?

Lynx remercia La Vivace pour ces révélations. Sur la terrasse, elle aperçut le chamane qui discutait avec Sizerin. Il serait occupé un bon moment par le jeune homme qui aurait de nombreuses questions à poser. Elle devait agir maintenant. Le soleil s'était couché et la lune n'était pas encore levée. Mais la Voie lactée qui brillait de tous ses feux dans un ciel dégagé suffisait à éclairer la lande.

Elle courut à petite foulée jusqu'à la falaise à l'autre bout de la plage. Sizerin lui avait indiqué où vivait le chamane. Le passage entre les rochers était difficile à suivre de nuit entre les ombres opaques, mais chercher son chemin dans l'obscurité n'avait jamais été un problème pour elle.

Il faisait très sombre chez Hibou-le-Puissant ; le foyer ne contenait plus que des braises. Lynx attendit patiemment que ses yeux s'habituent. Elle distingua alors les paniers posés dans le sable. Elle les secoua pour trouver celui qui contenait des pierres et, sans s'embarrasser, le vida sur un rocher plat. Du bout des doigts, elle reconnut une hache de jadéite comme celles que vendait le commerçant : un toucher incroyable impossible à obtenir avec une pierre de la région. La présence de cet objet précieux ne suffisait pas à accuser Hibou-le-Puissant, qui avait pu l'acheter au Géant lors d'un précédent voyage. Mais Lynx en trouva une seconde, un anneau aussi large que la main, et de petites perles rondes. Avec quelles richesses le chamane aurait-il pu acquérir tous ces trésors ? Il semblait plus probable qu'ils avaient été dérobés au commerçant assassiné.

En vivant en forêt, la jeune Nomade avait pris l'habitude de rester toujours aux aguets. Malgré le fracas des vagues, elle perçut d'infimes frottements, de petits claquements sourds… Des pas ! Un souffle ! On approchait ! C'était trop tard pour récupérer les pierres dans l'obscurité et aller reposer le panier. Elle n'avait que le temps de se cacher. En tâtonnant sur les parois, elle trouva un renfoncement entre deux rochers et s'y glissa.

Depuis sa cachette, elle vit entrer une grande silhouette sombre qui se tenait bien droite malgré son âge. Hibou-le-Puissant posa son sac avant de s'accroupir près du foyer. Il posa des brindilles dans les braises et souffla dessus. Dès que les flammes jaillirent, il rajouta du petit bois, puis des bûches. Sans bouger, Lynx suivit la progression de la lumière à l'intérieur du refuge. Un pied qui dépassait du renfoncement fut bientôt éclairé, puis un genou, une hanche, une épaule. Elle pouvait maintenant voir sur la pierre plate, de l'autre côté de l'abri, les deux haches, le grand anneau et les perles, qui brillaient de tout leur éclat.

Hibou-le-Puissant était occupé à suspendre au-dessus du foyer un récipient de peau qu'il emplissait d'eau et d'herbes aromatiques. Il s'assit devant le feu, un plateau sur les genoux. Il gratta et nettoya des racines avant de les jeter dans le récipient. Il semblait n'avoir remarqué ni les trésors étalés, ni l'intruse debout dans le coin.

Ces préparatifs achevés, il resta immobile à contempler le feu ; peut-être méditait-il, pensa Lynx. Elle-même trouvait pénible de rester sans bouger. Un léger courant d'air se glissait jusqu'à son cou. Elle avait peur d'éternuer. Quand le bouillon fut cuit, le chamane remplit une écuelle de bois et mangea lentement. Il compléta son repas de coquillages qu'il ouvrait d'un geste sûr avant de les gober. Sans cesser de tourner le dos, il rassembla les détritus près de l'entrée, se lava les mains et ranima le feu.

Puis, tranquillement, il se dirigea vers le rocher plat. Il ramassa les pierres et les rangea dans le panier, qu'il remit à sa place. Alors Lynx comprit qu'elle avait perdu à ce jeu absurde : il savait qu'elle était là. Il avait simplement attendu qu'elle révèle sa présence. Sortant de sa cachette, elle tenta de reprendre l'avantage.

— J'ai fouillé tes paniers, Hibou-le-Puissant. J'y ai trouvé les marchandises que Le Géant venait vendre aux Pêcheurs quand il a été assassiné !

— C'est exact.

— Comment l'expliques-tu ?

— Je peux compter sur ta discrétion ?

— Ça dépend.

— De quoi ?

— De ce que tu vas m'apprendre.

Il sourit.

— Alors je te fais confiance. Assieds-toi.

Elle obtempéra, déconcertée.

— C'est Paruline qui m'a apporté ces marchandises, dit-il. Dans l'espoir d'obtenir en échange l'aide des Esprits.

Lynx eut un haut-le-cœur. Elle n'avait aucune envie d'apprendre que Paruline était coupable du meurtre !

— Où les a-t-elle trouvées ? demanda-t-elle, dans l'espoir d'obtenir une réponse à laquelle elle n'aurait pas pensé.

— Dans le sac du commerçant.

— Tu insinues qu'elle aurait tué Le Géant ?

— Je n'insinue rien. Voilà ce qu'elle m'a raconté... Et je suis convaincu qu'elle disait la vérité... La veille de la première lune, à l'heure de la sieste, elle s'est rendue dans la forêt à la rencontre du Géant. Elle savait qu'il allait arriver cet après-midi-là. Elle connaissait le chemin qu'il empruntait toujours. Elle voulait le dissuader de venir à Pointe-sous-le-

Vent. Elle avait peur d'un choc trop violent pour Bassan si la vérité sur sa progéniture éclatait. Elle savait aussi que cela nuirait à Sizerin, que Bassan ne pourrait plus considérer comme son fils. Elle n'était pas sûre de réussir à convaincre le commerçant, mais elle n'a même pas eu la possibilité d'essayer : elle est tombée sur son cadavre. La surprise a été énorme. Le sang commençait à peine à sécher sur ses blessures. Il venait d'être tué.

Hibou-le-Puissant fit une pause, comme s'il voulait la laisser intégrer cette information avant de lui révéler la suivante, bien plus terrible, que Lynx commençait à entrevoir…

— Quand Paruline a vu le corps du commerçant, elle a été désolée pour lui, mais aussi pour les habitants de Pointe-sous-le-Vent qui n'entendraient plus ses récits merveilleux sur les montagnes lointaines… Et en premier lieu pour Bassan, qui les aimait tant. Paruline, à qui son époux ne prêtait plus beaucoup d'attention depuis qu'Harelde était entrée dans sa vie, a cru qu'elle tenait l'opportunité de l'enchanter de nouveau.

— En se nourrissant de son âme !

— Tu as bien compris.

— Cette idée ne me serait pas venue à l'esprit !

— Peu de gens y auraient pensé. Mais il y a quinze ans, Paruline a accouché de jumeaux, une fille et un garçon. Puisque Bassan devait absolument avoir un fils, j'ai sacrifié la petite fille. Et comme le petit garçon était chétif, j'ai nourri la mère avec l'âme morte. Je ne lui ai pas caché la vérité. Je lui ai expliqué que la force de la petite fille allait être transférée à son frère par l'intermédiaire de son lait. C'est grâce à ce remède réservé aux cas extrêmes que Sizerin a pris des forces en grandissant.

Pauvre Paruline… Lynx comprenait qu'elle ait pu être marquée par le sacrifice de son enfant. Peut-être n'avait-elle cessé d'y penser depuis… Par conséquent, devant le cadavre du Géant, il lui avait paru naturel de récupérer une âme qui lui semblait précieuse. Et nul besoin de sacrifice, cette fois, puisque la personne était déjà morte. Le chamane continua :

— Elle a agi aussitôt, sans prendre le temps de la réflexion, comme elle le fait toujours. Elle a découpé le crâne et fait cuire l'intérieur. Elle a été très déçue de constater qu'elle ne savait rien de plus sur les montagnes lointaines. Mécontente et inquiète des conséquences de son acte, elle est venue me trouver. Elle m'a offert ces trésors pour que les Esprits l'éclairent. Je lui ai expliqué son erreur : une âme peut offrir sa force de vie à une autre personne, mais pas ses connaissances. Celles du Géant avaient disparu avec lui. Malheureusement, le fait qu'elle ait mangé son âme empêchait que je rende les derniers honneurs au commerçant. Elle l'a amèrement regretté. Je l'ai réconfortée en lui expliquant que l'âme trouverait quand même la paix le jour où elle-même décéderait. À condition, bien sûr, que Le Géant soit vengé d'ici là.

— Voilà pourquoi elle était tellement déterminée à trouver l'assassin !

— Exactement. Elle se sentait responsable de cette âme qui sommeillait en elle.

— Au point de conclure trop vite, comme moi, que le coupable était L'Orateur !

— Je l'ai cru moi aussi, soupira tristement Hibou-le-Puissant. Ce dénouement nous arrangeait tous.

Cette erreur est grave. Si L'Orateur est mort, son âme va se venger de nous qui l'avons condamné. Si les Esprits l'ont protégé et qu'il a survécu, le Cultivateur va déclencher la guerre.

— Comment L'Orateur aurait-il pu survivre ? Comment les Esprits l'auraient-ils protégé ? Deux Pêcheurs ont été chargés de l'abandonner sur un banc de sable dans la mer des Va-et-Vient !

— Ils ne sont pas revenus. Tout le monde a pensé qu'ils s'étaient noyés avec L'Orateur pendant la tempête. Mais imagine qu'ils aient été renversés par une vague et que le Cultivateur soit resté seul dans le canot… L'embarcation aurait été entraînée par le courant puissant qui pénètre à l'intérieur du Très-grand-Marécage… L'Orateur aurait pu alors rejoindre la côte et revenir dans son village. Évidemment, pour qu'un enchaînement aussi favorable se produise, il faut bénéficier de l'aide des Esprits. C'est ce qui me tourmente, Lynx. Puisque L'Orateur est innocent, je crois que les Esprits ont pu être tentés de l'aider.

***

Les oies sauvages remontaient vers le nord. Une longue flèche tracée en pointillé traversait le ciel au moment où plusieurs Cultivateurs de Puits-d'Eau-Douce quittaient leur village. La déesse de la Chasse en personne semblait leur indiquer le chemin. Le soleil brillait sans entrave dans un ciel dégagé, laissant la lumière pénétrer loin sous les taillis – une clarté idéale pour s'approcher du Très-Grand-Marécage. La zone qu'ils voulaient pénétrer était aussi dangereuse que giboyeuse : peuplée de sangliers.

Dans le dernier champ cultivé, ils se séparèrent

en groupes de trois ou quatre, préparèrent leurs arcs et lâchèrent les chiens. Belle-Gueule, Le Précis et Le Trouillard faisaient équipe. Tous leurs sens en alerte, ils suivirent avec prudence leurs bêtes qui s'élançaient sous les arbres.

Plus loin, les aboiements changèrent de tonalité ; ils devinrent rauques, forts, insistants. Les chiens avaient trouvé une piste. Les hommes repérèrent dans la boue les empreintes d'une harde. Ils s'écartèrent en restant à portée de voix : Le Précis à gauche, Le Trouillard au centre, Belle-Gueule à droite. Le premier aimait l'excitation qui accélérait les battements de son cœur, le deuxième transpirait à grosses gouttes, le troisième jurait abondamment pour se donner du courage. Ils savaient qu'une confrontation qui tournait mal pouvait être mortelle.

Les aboiements se rapprochèrent. Brusquement, une laie et deux marcassins surgirent devant eux. Une mère qui protégeait ses petits préférait souvent affronter ses poursuivants. Tête massive, avant-train puissant, long groin menaçant, elle fonça sur Le Trouillard. À croire que les bêtes reconnaissaient l'odeur de la peur et savaient qu'elle leur donnait une chance de s'en sortir.

Affolé, le chasseur visa trop vite, rata sa cible et fut renversé par la masse énorme. Mais le sol spongieux amortit sa chute et il ne fut pas blessé. Il eut de la chance, car l'odeur du sang excitait les sangliers ; il pouvait arriver qu'un chasseur soit dévoré vivant. Tremblant de tous ses membres, il se releva et récupéra son arc. Alors que Le Précis et Belle-Gueule s'élançaient derrière la laie, Le Trouillard attendit que son cœur se calme.

Le silence retomba sur la forêt. Il eut l'impression

d'entendre un gémissement humain. Il se demanda s'il rêvait, ou si c'était un piège du dieu-Ténèbres. Mais il venait d'échapper à la mort et, à l'instant, il repensait aux discours des prêtres sur l'au-delà. S'il se montrait trop lâche, la déesse de la Chasse risquait de l'abandonner… Les gémissements se poursuivaient. Tendant l'oreille, il se dirigea vers eux en écartant la végétation. Le sol exhalait des odeurs de pourriture. Le Trouillard se demanda qui avait osé venir par ici. Un étranger ? Cette rive du Très-Grand-Marécage, coincée au sud par la mer des Va-et-Vient, à l'ouest par les premiers villages de Pêcheurs et au nord par les derniers villages cultivateurs, n'était fréquentée en général que par les habitants de Puits-d'Eau-Douce.

Curieux, il fit un pas de plus en oubliant d'écarter les herbes devant lui. Il glissa dans un trou en poussant un hurlement de terreur. Il voulut se retenir mais rien de solide ne se trouvait à sa portée et la boue verdâtre l'avala jusqu'aux cuisses. À chaque mouvement, il s'enfonçait un peu plus.

— À l'aide ! cria-t-il.

— On arrive ! répondit la voix excédée de Belle-Gueule.

Comme ses compagnons semblaient loin ! Il tenta de maîtriser son affolement. Mais s'ils étaient déjà occupés à dépecer le gibier, ils risquaient de ne pas percevoir l'urgence de la situation…

— Au secours ! Vite ! Dépêchez-vous !

— On arrive !

Son chien fut le premier sur les lieux, figé sur la berge, trop malin pour s'engager dans la vase. Le Trouillard était maintenant englouti jusqu'à la taille. Soudain, la motte qui soutenait son pied gauche s'échappa et, d'un coup, il s'enfonça jusque sous les bras. Paniqué, il battit des jambes à la recherche d'un nouveau point d'appui, ce qui le fit descendre encore. De la boue jusqu'au cou, des vapeurs infectes plein le nez, il n'osait même plus appeler.

Mais ses compagnons se rapprochaient, guidés par les aboiements du chien. D'un geste sûr, Le Précis lança une corde près de lui et Le Trouillard réussit à l'attraper. Passant la corde dans la fourche d'un arbre, Le Précis et Belle-Gueule tirèrent ensemble par à-coups et finirent par l'arracher du marécage.

— Comment as-tu pu tomber là-dedans ! s'énerva Le Précis. On a abattu la laie et un autre sanglier. Tu n'as pas intérêt à ce que les charognards les aient dévorés en notre absence !

Le Trouillard se secouait comme un chien et essuyait la boue de son visage avec des feuilles.

— J'ai entendu quelqu'un gémir, dit-il plaintivement.

— Tu as confondu avec une bête. Il n'y a jamais personne par ici.

Le Précis et Belle-Gueule étaient pressés de récupérer leurs proies. Mais Le Trouillard se disait qu'il n'avait pas le droit d'abandonner un autre malheureux après avoir été lui-même sauvé de justesse. Prudemment, il commença à contourner la zone vaseuse en frappant le sol devant lui avec un bâton afin d'évaluer la profondeur de la vase. Et là, son œil accrocha quelque chose d'étrange : une main humaine qui émergeait d'un arbre couché… Un arbre, ou bien une embarcation ?

— Il y a quelqu'un ! cria-t-il à ses compagnons. Venez m'aider !

L'homme allongé au fond du canot ressemblait à un mourant. Ses yeux étaient fermés. Il avait peut-être épuisé ses dernières forces en gémissant et en levant la main.

— Qui est-ce ? demanda Belle-Gueule en approchant.

— Je ne sais pas. Cette embarcation n'est pas d'ici. Mais l'homme est un Cultivateur.

Aucun doute possible : les vêtements détrempés étaient faits de laine tissée et l'unique chaussure, de cuir. Avec une barbe de quelques jours, son auréole de calvitie et le reste des cheveux en longues mèches sales, son visage ne leur disait rien. Quand il ouvrirait les yeux, ils reconnaîtraient peut-être quelqu'un d'un village voisin. Mais puisqu'il était arrivé en canot, sans doute porté par la marée haute, il pouvait venir de beaucoup plus loin…

Belle-Gueule se pencha sur lui et, d'un mouvement de reins, il le hissa sur ses épaules. L'homme avait eu une chance considérable. Les chasseurs auraient pu très bien passer près de lui sans l'entendre. Le canot, qui l'avait protégé des sangliers, avait failli devenir son tombeau. S'il en réchappait, c'était que les dieux veillaient sur lui. Pourquoi ? Était-ce un homme important ? Malgré son état physique lamentable, les trois villageois de Puits-d'Eau-Douce ressentirent pour l'étranger un profond respect.

17

C'était la première fois que Lynx et Sizerin se réveillaient ensemble dans la hutte personnelle du fils de Bassan. Bien que l'aube ensoleillée parût célébrer l'événement, ils n'avaient pas le cœur à se réjouir. Quand ils s'étaient retrouvés la veille au soir, chacun avait compris, à l'attitude de l'autre, qu'ils avaient parlé tous deux avec Hibou-le-Puissant. Retardant le moment d'échanger des paroles sinistres, ils s'étaient pelotonnés dans les bras l'un de l'autre, s'étaient unis, et s'étaient aussitôt endormis. Ce matin, Sizerin fermait obstinément les yeux ; il n'avait aucune envie de se confronter à une réalité trop perturbante. Tout en réfléchissant, Lynx attendait qu'il se réveille.

— Sizerin ! Père t'appelle !

Oxalyde se tenait sur le seuil de la hutte.

— La restauration des barrages continue, expliqua-t-elle. Il veut que tu y participes.

— J'arrive tout de suite !

Se levant d'un bond, le jeune homme s'habilla et suivit sa demi-sœur sur la terrasse. Il n'avait pas eu un regard pour Lynx, assise sur la couche, très dépitée.

Ils se retrouvèrent au repas de midi, Sizerin assis à droite de son père, Lynx aidant Paruline, Circaète et La Vivace à présenter les plats. Impossible d'avoir un échange en tête à tête. Mais cette fois, le jeune homme sourit à son amoureuse quand elle vint le servir. Elle comprit qu'il n'était pas fâché, simplement bouleversé, et qu'elle devait faire preuve de patience. Pourtant, pendant la sieste, il sombra aussitôt dans le sommeil. Et il ne se réveilla que lorsqu'on appela de nouveau les hommes au barrage.

Lynx retourna assister Paruline dans ses tâches habituelles, à la place d'Harelde qui se consacrait à son bébé. Tout en s'activant à la cuisine et sur la terrasse, la jeune femme jetait de petits regards curieux vers la deuxième épouse de Bassan. Quel contraste entre sa vie de tous les jours, si routinière, et les tourments extraordinaires qu'elle avait vécus !

Quant à La Vivace, après que Lynx lui eut sommairement raconté sa visite à Hibou-le-Puissant, elle n'avait plus posé de questions. Elle semblait avoir simplement accepté leur conviction que, si Paruline avait mangé l'âme du commerçant, elle était par ailleurs innocente du meurtre.

Le soir, en se couchant, Sizerin voulut une nouvelle fois faire l'amour et s'endormir juste après. Lynx en fut exaspérée.

— Je comprends que tu souffres, Sizerin. Mais j'ai besoin de discuter avec toi ! Nos peuples sont en danger ! Garde tes yeux ouverts, Sizerin. Si tu fermes les yeux maintenant, je m'en vais.

— Comme ça, à la tombée de la nuit ?

Elle sourit. Ils savaient tous deux qu'elle n'avait peur ni de la nuit ni de la solitude. Le sourire du jeune homme tourna à la grimace.

— C'est si dur pour moi d'en parler… Ma mère a mangé l'âme de ma sœur jumelle.

— Sinon, tu n'aurais peut-être pas survécu.

— Je sais qu'à la naissance de jumeaux il faut sacrifier l'un pour sauver l'autre. Mais ma sœur avait plus de vitalité que moi. C'est elle qui aurait dû vivre et moi mourir ! Cette idée m'est insupportable.

Il n'y avait rien à répondre à ça. Comprenant son désarroi, Lynx se contenta de le serrer dans ses bras. Il ajouta :

— Ma mère a également mangé l'âme du Géant.

— Elle l'a fait par amour pour Bassan.

— Qui n'est pas mon vrai père.

— Qui s'est occupé de toi exactement comme un père. Et qui croit toujours que les Esprits t'ont offert à lui, que tu es le plus beau cadeau qu'ils pouvaient lui faire.

Sizerin se tut, méditant ces paroles qu'il savait justes.

— C'est aussi ma mère qui a volé les marchandises, reprit-il avec colère.

— Elle les a prises pour que Hibou-le-Puissant les offre aux Esprits. L'essentiel est que ta mère n'ait pas tué Le Géant.

— À condition qu'elle ait raconté la vérité au chamane !

— Si elle avait tué Le Géant, elle ne se serait pas opposée à la guerre. Ça l'aurait arrangée que les Pêcheurs croient les Nomades coupables. Au contraire, elle s'est dressée avec courage entre les combattants. Elle est venue chez les Cultivateurs avec La Vivace et moi. Elle a fait son possible pour éviter que des humains s'entre-tuent.

— Sauf qu'elle s'est trompée à propos de L'Orateur. Ça l'arrangeait bien, cette erreur, si elle était coupable.

— Elle s'est trompée comme moi, Sizerin ! Comme Hibou-le-Puissant ! Ça nous arrangeait tous, parce que nous ne voulions pas d'un conflit entre les Nomades et les Pêcheurs.

— Peut-être… Du coup, l'âme de L'Orateur va revenir se venger de nous.

— Pas forcément. Hibou-le-Puissant pense qu'il a pu survivre, protégé par les Esprits. Dans ce cas, il risque de nous déclarer la guerre. Mais peut-être pourrons-nous calmer les Cultivateurs si nous finissons de découvrir toute la vérité à propos de ce meurtre. Nous avons déjà beaucoup progressé puisque nous savons qui a mangé l'âme du commerçant et qui a pris ses marchandises.

— Ma mère, rappela Sizerin avec amertume.

— Ça veut dire que le motif du crime n'est ni le vol ni le projet de manger l'âme. Reprenons tout depuis le début. Le Géant a été tué la veille du jour le plus important de l'année, chez les Nomades comme chez les Pêcheurs… Réfléchissons. Qui était où, et faisait quoi, en ce dernier jour de la dernière lune ? Envisageons tous les coupables possibles, avant de les éliminer un à un de notre liste…

Cette action fit du bien à Sizerin. Ils discutèrent une partie de la nuit. À l'aube du dixième jour de la première lune, quand Oxalyde s'avança sur le seuil pour appeler son demi-frère, ils pensaient connaître le coupable. Il ne leur manquait qu'une preuve, qu'ils espéraient obtenir en interrogeant Ourse-la-Puissante.

— Dis à Père que je ne peux pas venir au barrage aujourd'hui, dit Sizerin à Oxalyde. Lynx et moi avons besoin de temps pour mieux nous connaître. Ne t'inquiète pas, petite sœur, il comprendra.

***

Bouche fermée, lèvres crispées, L'Orateur voulait empêcher les vagues d'envahir sa gorge.

— Bois, L'Orateur, ça va te redonner des forces, dit une voix féminine bienveillante.

Le Cultivateur ouvrit les yeux. La Douce, la guérisseuse de Dernier-Mont, était penchée sur lui. Il ouvrit la bouche et avala le bouillon, le meilleur de toute son existence. Sa peau nue savourait le contact très doux des fourrures qui le couvraient ; quelqu'un l'avait débarrassé de ses vêtements trempés. Il n'était plus au fond du canot mais allongé sur une épaisse couche de foin, abrité des vents par les murs d'une maison, dans la douce chaleur d'un feu tout proche.

— Tu es malade, Papa ?

L'Orateur sourit à sa fille de quatre ans, une jolie petite en bonne santé. Il sourit avec tendresse à La Flamboyante, son épouse, qui pleurait de joie de le voir revenir à la vie. Il sourit à leur bébé de six mois qu'elle nourrissait. Il n'était pas dans n'importe quelle maison, il était revenu chez lui, à Dernier-Mont. Heureux et rassasié, il se rendormit.

Il ne se réveilla qu'en fin d'après-midi, quand la maison s'anima soudain. Des femmes allaient et venaient d'un pas pressé, tenant des pots et des paniers. Des enfants riaient ou se chamaillaient. Des hommes déposaient du bois près du foyer et du gibier sur les rondins. Assise près du feu, La Flamboyante épluchait carottes et navets. En réalité, elle était surtout occupée à répartir les tâches, dirigeant les uns vers la cuisine, les autres vers les réserves, les troisièmes vers le puits. L'Orateur qui, d'habitude, était dehors à ce moment de la journée, n'avait jamais réalisé à quel point son épouse avait un rôle central dans la maisonnée. Il n'imaginait pas la force de son autorité ni le respect qu'elle suscitait. Son cœur se pinça de jalousie.

Remarquant les vêtements secs posés près de lui, il les enfila. Il avait l'intention de sortir de sa couche. Mais la tête lui tournait encore et il dut se rasseoir aussitôt. Il voulut prendre la parole et, selon son habitude, impressionner tout le monde de sa belle voix grave. Mais il n'émit qu'un filet chevrotant que, par chance, personne ne remarqua. L'humidité du Très-Grand-Marécage semblait lui avoir embrumé la gorge. Il enragea. Combien de temps allait-il rester ainsi handicapé ? La Douce avait-elle préparé le bon remède pour lui ? Quand reviendrait-elle le voir ?

Bientôt, tous les villageois défilèrent à son chevet. Renonçant pour l'instant à raconter son histoire, il se contenta d'écouter les vœux chaleureux qu'on lui adressait et d'y répondre par des hochements de tête. Il apprit ainsi que des chasseurs de Puits-d'Eau-Douce l'avaient découvert inanimé dans un canot. Ils l'avaient ramené dans leur village, où il avait été reconnu par l'homme influent, qui l'avait fait porter chez lui.

Pendant le repas, L'Orateur tendit l'oreille aux paroles échangées dans le brouhaha. Les réserves de blé s'épuisaient. Les champs étant ensemencés, les hommes proposaient d'aller chasser. Il fut décidé qu'ils iraient dès le lendemain. La Flamboyante fit le compte des arcs et des chiens disponibles qui furent répartis entre les petits groupes.

L'autre sujet d'inquiétude était l'afflux continuel de jeunes gens, désireux de participer à la fondation. Depuis sa couche, L'Orateur avait remarqué l'un des nouveaux venus qui s'était assis sans vergogne à sa place habituelle. Où loger tous ces jeunes ? Comment les nourrir ? Comment éviter les bagarres, les chapardages et peut-être les viols ? À toutes ces questions, La Flamboyante répondait avec calme, conviction et intelligence. Plus elle était écoutée avec déférence, et moins L'Orateur tenait en place sur sa couche. Il essaya encore de forcer sa voix, sans succès. Il tenta de nouveau de se lever, mais ses jambes flageolaient.

Furieux, il finit par attraper la chaussure qui traînait près de lui et il frappa le sol avec. L'assemblée se tourna vers lui, surprise. Son épouse vint près de lui et se pencha pour l'entendre.

— Il faut incendier la Forêt-des-Buttes, réussit-il à murmurer.

— Bien sûr, L'Orateur. On attendait ta guérison.

— Je serai guéri demain.

— Tu crois ?

— Parfaitement ! Que tous les pionniers soient prêts à l'aube avec des torches, des sacs de nourriture, des couteaux et des arcs. Si le vent est favorable, nous traverserons la rivière Bousculée. Sinon, l'incendie sera reporté au jour suivant. Dans ce cas, les hommes pourront toujours aller à la chasse.

Sa voix l'abandonna tout à fait et il ne put poursuivre. Mais La Flamboyante connaissait bien ce plan, dont ils avaient prévu les détails ensemble. Il fallait agir un jour de vent d'est, pour que l'incendie se propage dans la bonne direction. Le feu débarrasserait la Forêt-des-Buttes des Nomades, puisqu'ils ne savaient pas survivre sans elle. Une fois les arbres partis en fumée, les pionniers installeraient des champs et des prés, avant de bâtir le village. En attendant leur première récolte, ils se nourriraient des provisions offertes par les villageois de Dernier-Mont.

Lorsque ce plan avait été mis au point, L'Orateur espérait trouver un accord avec les Pêcheurs pour ne pas avoir d'ennuis avec eux. Depuis, ces gens l'avaient condamné à une mort horrible, dont il avait réchappé par miracle. Tant pis pour eux. La pitié n'était plus de mise.

***

Lynx et Sizerin empruntèrent le sentier qui partait de chez Hibou-le-Puissant et menait chez Ourse-la-Puissante. Après une bonne marche, ils arrivèrent dans la clairière fleurie. À l'entrée du chaos rocheux, ils appelèrent plusieurs fois, sans obtenir de réponse. La chamane finit pourtant par émerger du tunnel, le visage et les mains enduits d'une épaisse couche d'argile. Un sac sur le dos, elle portait d'un côté une échelle, de l'autre une torche qui fumait abondamment.

— Bonjour, Ourse-la-Puissante. Nous aimerions te poser quelques questions, annonça Lynx sans détour.

La chamane ne répondit pas. Le visage figé par l'argile, elle fit signe qu'ils pouvaient l'attendre ici, ou bien l'accompagner en restant à bonne distance. Intrigués, ils préférèrent la suivre. Elle contourna les rochers jusqu'à un chêne très ancien, autour duquel bourdonnaient de nombreuses abeilles. Il aurait fallu quatre personnes bras tendus pour faire le tour du tronc monumental. Le sommet avait été foudroyé et des branches fines s'étaient redéployées à partir de la cicatrice ; la cavité ainsi formée avait été colonisée par un essaim. Ourse-la-Puissante appuya l'échelle contre le tronc, grimpa jusqu'au dernier barreau et approcha la torche de l'essaim. Les abeilles, qui détestaient la fumée, se dispersèrent. La chamane plongea une main protégée par l'argile, attrapa un rayon de cire et passa lentement la torche dessus pour en écarter les dernières abeilles.

Revenue à terre, elle fit couler le miel dans une écuelle de bois tirée de son sac. Puis elle remit soigneusement le rayon en place avant de reprendre ses affaires et de revenir vers le refuge.

— Ne vous approchez pas de ce chêne aujourd'hui, dit-elle à Lynx et Sizerin. Les abeilles vont avoir besoin d'un peu de temps pour retrouver leur sérénité. Même si je ne prends jamais beaucoup de miel à la fois.

Elle ne craignait plus, en parlant, de fendiller le masque d'argile qui l'avait protégée. Après avoir rangé l'échelle et la torche, elle rinça son visage et ses mains dans le ruisseau. Puis elle leur fit goûter le miel, dont Lynx et Sizerin apprécièrent la saveur inouïe.

— Je m'offre toujours une petite récompense après la récolte, leur expliqua Ourse-la-Puissante. Voilà, maintenant, je vous écoute.

Ils s'assirent sur des pierres au soleil. Sizerin laissa la parole à Lynx qui connaissait bien la chamane des Nomades.

— Je crois que L'Orateur a été condamné à tort, commença-t-elle. Nous avons fait une grave erreur, Paruline et moi, en capturant cet homme et en le ramenant à Pointe-sous-le-Vent. Il ne pouvait pas être coupable puisqu'il avait passé la matinée du meurtre avec toi. Lorsqu'il a quitté ton refuge, il n'avait pas le temps de rattraper le commerçant sur l'autre sentier avant de retrouver L'Ingénieux.

— C'est juste.

— L'Ingénieux est resté seul une partie de la journée sur cette rive de la rivière Bousculée. Lui aurait eu le temps de suivre Le Géant pour l'assassiner, mais pas de revenir avant le retour de L'Orateur.

— À moins qu'ils soient complices et qu'ils aient menti tous les deux sur le moment de leurs retrouvailles ! intervint Sizerin. Le repérage des arbres n'était peut-être qu'un prétexte pour aller dans la Forêt-des-Buttes.

Ourse-la-Puissante acquiesça.

— Mais dans ce cas, comment expliquer que les flèches utilisées par le meurtrier ne soient pas des flèches de Cultivateurs ? demanda Lynx.

Sizerin les sortit de son sac pour les présenter à la chamane.

— Je n'ai jamais enseigné à personne la fabrication de flèches nomades, si c'est ce que vous avez imaginé, assura la chamane.

— Je m'étais posé la question, avoua Sizerin, mal à l'aise. Mais j'ai surtout envisagé autre chose. L'Orateur t'a rendu une première visite l'automne dernier. À cette occasion, il aurait pu te voler une flèche ! Elle lui aurait servi de modèle pour en fabriquer d'autres, sans signature. Il les aurait données à L'Ingénieux, qui aurait été chargé de tuer le commerçant pendant que L'Orateur discutait avec toi !

— C'est très astucieux, Sizerin. Mais cela ne s'est pas passé ainsi pour une raison simple. Je ne possède ni arc ni flèches, et je n'en ai jamais eu.

— Ni arc ni flèches ! Comment te débrouilles-tu ?

— Je coupe les plantes et les herbes avec un couteau. Je déterre les racines les plus résistantes avec un bâton. Je cueille les fruits et les champignons à la main. Il m'arrive de prélever un œuf dans un nid bien rempli. Le transpercer d'une flèche ne me serait pas très utile, je préfère grimper à l'arbre, ajouta-t-elle, les yeux rieurs.

— Tu prends des lapins ou des lièvres au collet ?

— Non. Je me nourris sans chasser.

— Je ne savais pas, dit Lynx, médusée. Les gens de Grand-Chaos chassent tous les jours.

— Ils ne peuvent pas faire autrement pour se nourrir. Les Esprits le savent et ne s'en offusquent pas. Moi, je vis seule et j'ai beaucoup de temps pour recevoir les présents de la forêt.

— Mais si tu te retrouves face à un ours, un sanglier, ou un loup ? insista Sizerin. Comment peux-tu te défendre sans arc ?

— Pourquoi me défendre ? Ce genre de rencontre se produit de temps en temps. Je parle à l'animal.

Lynx et Sizerin la fixèrent, incrédules.

— Et c'est efficace ?

— Comme vous voyez. Je suis toujours là. Je n'ai jamais été agressée.

— Il est évident que L'Orateur n'a pas pu voler une flèche chez toi, reprit Lynx après un silence. De tout le clan de Grand-Chaos et du village de Pointe-sous-le-Vent, tu étais la seule en contact avec un Cultivateur. Il n'y a donc plus aucun doute. Le meurtrier est bien un Pêcheur ou un Nomade.

— Malheureusement. Tenez, reprenez un peu de miel et savourez-le avant de poursuivre vos questions. Ce produit délicieux a beaucoup de vertus. Je suis convaincue qu'il aide à réfléchir.

Ils lui obéirent avec plaisir, sans que cela suffise

à les consoler. L'hypothèse à laquelle ils venaient de renoncer aurait été moins douloureuse que celle qu'ils allaient présenter.

— Nous avons passé en revue les membres de nos deux peuples, expliqua Lynx. Tous les Pêcheurs savaient que Le Géant voyagerait la veille de la pleine lune. Mais qui pouvait avoir intérêt à ce qu'il ne parvienne jamais à Pointe-sous-le-Vent ? Cinq personnes, celles qui savaient qu'il était le père des enfants de Bassan : Hibou-le-Puissant, Bassan, ses trois épouses. Or Harelde et Circaète n'avaient pas la force de venir à l'avance du commerçant. Paruline, si. Nous avons découvert qu'elle avait dévoré son âme et emporté ses marchandises. Il semblerait qu'elle ne l'ait pas tué puisqu'il était mort avant son arrivée. Si l'on en croit ce qu'elle a raconté à Hibou-le-Puissant. Lui pense qu'elle a dit la vérité.

— Je n'en suis pas absolument certain, avoua Sizerin en tremblant.

— Hibou-le-Puissant a sûrement raison, affirma Ourse-la-Puissante. Comme moi, il sait reconnaître les signes du mensonge chez quelqu'un.

Sizerin, qui aurait dû être soulagé, restait tendu.

— Tant mieux, soupira Lynx. Sauf que dans ce cas, il ne nous reste que deux coupables possibles chez les Pêcheurs : Hibou-le-Puissant et Bassan. Hibou-le-Puissant a pu également nous mentir sur Paruline s'il est coupable.

— En effet.

Comme elle n'ajoutait rien, Lynx poursuivit :

— Chez les Nomades, tout le monde avait intérêt à la disparition du Géant. À condition, bien sûr, d'être informé du message de paix qu'il devait transmettre aux Pêcheurs de la part des Cultivateurs. Et de savoir que le commerçant allait traverser la forêt précisément ce jour-là. À ma connaissance, les Nomades l'ignoraient tous.

La chamane resta impassible. Lynx la regarda droit dans les yeux.

— Tous, sauf toi, Ourse-la-Puissante ! Tu as longuement discuté avec L'Orateur le matin du meurtre. Il est possible qu'il t'ait transmis ces deux informations : la venue du Géant et le contenu du message. Tu as pu décider d'agir pour protéger la Forêt-des-Buttes et le clan de Grand-Chaos. Quand L'Orateur est reparti, tu étais capable de rejoindre rapidement l'autre sentier, toi qui connais parfaitement la forêt. Tu pouvais rattraper Le Géant, discuter avec lui qui ne se serait pas méfié de toi… et utiliser tes pouvoirs pour lui dérober son arc et ses propres flèches ! Le commerçant passait son temps à comparer les mérites de chaque peuple. Qui nous dit qu'il ne préférait pas les flèches nomades ? Tu avais le temps de le tuer avant de revenir chez toi. Personne ne t'attendait et ne risquait de s'inquiéter de ton absence.

— Très astucieux, vraiment ! Reprenez du miel. Ce sera la dernière fois, car j'ai besoin du reste pour la fabrication des remèdes. Mais je crois que vous avez encore besoin de réfléchir.

Cette fois, Sizerin et Lynx avalèrent le miel en oubliant de savourer. Ils attendaient avec impatience les explications de la chamane. Ils ne connaissaient personne d'autre dont le regard mêlait à ce point la bonté et l'humour.

— Ton raisonnement est solide, Lynx. Je ne me souviens pas à quoi ressemblaient les flèches du Géant, même si je pense plutôt que c'était des flèches de Cultivateurs. Malgré ses voyages et sa curiosité pour les autres peuples, c'était avant tout un Cultivateur.

Les jeunes gens furent déçus et soulagés à la fois. Si le commerçant n'utilisait pas des flèches nomades, Ourse-la-Puissante n'était pas impliquée dans le meurtre.

— En revanche, poursuivit la chamane, c'est vrai que L'Orateur s'est ouvert à moi. Il n'avait pas l'intention de me parler du projet d'alliance des Cultivateurs avec les Pêcheurs au détriment des Nomades. Mais je sais créer une ambiance favorable aux confidences les plus intimes. De plus, cela fait longtemps que je crains l'arrivée des Cultivateurs dans la Forêt-des-Buttes. Les deux fois où L'Orateur est venu chercher le remède pour ses cheveux, je me suis arrangée pour lui tirer les vers du nez.

Ils la regardèrent avec fascination, se demandant comment elle s'y prenait. L'homme influent de Dernier-Mont n'était pourtant pas un naïf !

— Il m'a informée de la mission confiée au Géant, poursuivit la chamane. Après le départ de L'Orateur, je me suis hâtée vers l'autre sentier dans l'espoir de rattraper le commerçant avant son arrivée à Pointe-sous-le-Vent. Mais je n'avais aucune intention de l'assassiner. Je sais que la mort appelle la mort. J'ai voulu placer ma propre existence en dehors de ce grand mouvement. Je n'utilise mes pouvoirs que pour soigner et protéger.

Lynx rougit d'avoir envisagé autre chose, elle qui connaissait sa patience et sa générosité.

— Je voulais juste convaincre Le Géant de renoncer à transmettre le message, reprit Ourse-la-Puissante. Je n'ai trouvé que son cadavre. Le crâne n'était plus à sa place. Les marchandises non plus.

— L'âme avait déjà été mangée. Paruline était passée avant toi, conclut Lynx.

Sizerin baissa la tête en pensant à sa mère – et à sa sœur jumelle sacrifiée par Hibou-le-Puissant.

— Contrairement à toi, le chamane de Pointe-sous-le-Vent dérobe parfois la vie de quelqu'un, rappela-t-il tristement.

— C'est exact. Nous ne dialoguons pas avec les Esprits de la même façon. Ce qui ne nous empêche pas de nous apprécier. Nous œuvrons ensemble à la cohabitation paisible de nos peuples.

— Tu penses qu'il aurait pu sacrifier Le Géant pour protéger la réputation de Bassan ? demanda Lynx.

— Oui. S'il avait jugé cette réputation indispensable à la survie des Pêcheurs. Mais cela ne signifie pas qu'il l'ait fait.

Lynx se leva à regret, suivie par Sizerin.

— Merci pour tes explications, Ourse-la-Puissante, dit-elle.

— J'espère vous avoir aidés à y voir un peu plus clair. Je suis triste pour Le Géant que j'appréciais beaucoup. Il s'arrêtait souvent chez moi lorsqu'il repartait de Pointe-sous-le-Vent. Nous passions une excellente soirée à discuter. Ses visites vont beaucoup me manquer.

— De quoi parliez-vous ?

La chamane sourit avec nostalgie.

— Des choix différents que font les peuples pour survivre… Il connaissait tant de contrées ! Les descriptions qu'il faisait des villages cultivateurs me faisaient frémir. Avec le recul des forêts dans les vallées, beaucoup de sangliers, de cerfs, d'ours et d'autres animaux disparaissent. Ils sont remplacés par d'autres, étranges, qui sont captifs des Cultivateurs : des aurochs aux cornes rognées, des sangliers sans fourrure, des oiseaux qui ne volent pas. Je crains pour nos peuples un destin similaire, ajouta-t-elle après un silence anxieux.

Ces perspectives terrifiantes semblaient trop lointaines et improbables pour Lynx et Sizerin. Ils étaient jeunes et se sentaient pleins de force. Quoi qu'il arrive, ils se débrouilleraient.

— Le Géant nous racontait également ce qu'il voyait dans ses voyages. Mais il nous parlait très peu de lui, dit Sizerin. Il se confiait à toi ?

— Oui. C'était un homme heureux, qui aimait sa vie de découvertes. À ma connaissance, il n'avait qu'un regret. Ne pas avoir un fils qui l'aurait accompagné sur les chemins, comme lui autrefois avait accompagné ses parents.

À ces paroles, le jeune homme eut l'impression que ses entrailles se glaçaient et que tout s'effaçait autour de lui : la pierre qui lui servait de siège, les arbres qui balançaient leur feuillage au-dessus de sa tête, la chamane bienveillante, et même Lynx, belle et audacieuse, dont il était amoureux. Pourquoi ne s'était-il pas posé la question plus tôt ? Le Géant s'était-il douté qu'il avait un fils ? Avait-il attendu que Sizerin entre dans l'âge adulte pour lui proposer de l'emmener à la découverte des pays lointains ?

Et si le commerçant n'avait pas été assassiné avant de l'interroger, qu'aurait-il répondu, lui, Sizerin ? Aurait-il refusé de quitter les Pêcheurs ? De laisser sa mère ? De décevoir Bassan qui l'avait élevé et l'aimait comme un fils ? Ou bien l'appel de l'aventure aurait-il été plus fort ?

18

Le vent venait de l'est. Comme prévu, les villageois de Dernier-Mont se rassemblèrent au bord de la rivière Bousculée. Gros-Bras mit sa pirogue à l'eau. Bien qu'un peu faible encore, L'Orateur n'avait plus besoin de s'appuyer sur l'épaule de son épouse pour tenir sur ses jambes. Une quarantaine de pionniers l'entouraient, armés d'arcs et de torches. Bientôt, l'information serait transmise d'un village à l'autre et d'autres afflueraient. Les vaches et les cochons suivraient dès que les enclos auraient été construits.

La brise restait légère. Serait-elle suffisante pour enflammer la Forêt-des-Buttes ? Les Cultivateurs devaient tenter leur chance, avait plaidé L'Orateur. Le vent d'ouest, qui soufflait deux jours sur trois, rabattrait les flammes vers la rivière au lieu de les entraîner sur le territoire des Nomades. Sans compter qu'il annonçait souvent la pluie. Le vent d'est, qui dégageait le ciel et séchait la végétation, était beaucoup plus rare. Et jamais bien puissant. Par ailleurs, avait fait remarquer La Flamboyante, les prés avaient retrouvé leur couleur tendre. Les crocus et les primevères avaient laissé place aux jonquilles et aux myosotis. La maturité du printemps rendait aléatoire une culture tardive.

Comme toujours, le couple avait emporté l'adhésion par son charisme autant que par la pertinence de ses arguments. L'Orateur s'installa le premier dans la pirogue et La Flamboyante déposa sur ses genoux le pot en terre cuite qui contenait les braises. C'était le signal que tous attendaient. Les pionniers se bousculèrent. Tous voulaient s'asseoir à côté de l'homme influent. Après avoir aidé les trois premiers passagers et fermement repoussé les suivants, Gros-Bras s'installa à son tour. Il chercha à ménager ses forces tout en dirigeant l'embarcation au milieu des remous. Il avait calculé qu'il faudrait une douzaine d'allers-retours pour conduire tous les volontaires sur l'autre rive.

***

Au centre de la clairière, Ourse-la-Puissante contemplait le ciel. Devant le sentier qui rejoignait Pointe-sous-le-Vent, Lynx et Sizerin attendaient de pouvoir la saluer. Ils avaient partagé le repas de la chamane qui semblait maintenant si concentrée qu'ils n'osaient pas la déranger.

— Lynx, je viens de comprendre quelque chose de très important, murmura le jeune homme, l'air malheureux. Il est possible que quelqu'un ait voulu m'empêcher de partir avec Le Géant. Celui-ci se doutait peut-être que j'étais son fils. Et tu as entendu comme moi ce qu'a dit Ourse-la-Puissante : il rêvait que son fils l'accompagne dans ses voyages ! Imagine qu'il me l'ait proposé et que j'aie accepté…

La jeune femme fut frappée par cette idée.

— Bien sûr, tu as raison ! Tu es l'héritier de l'homme le plus riche des Pêcheurs... Ton départ aurait eu des conséquences importantes pour ton peuple !

— Exactement. Je ne sais pas ce qui se serait passé après mon départ. Mon père aurait adopté un de mes cousins ? Mes oncles seraient entrés en conflit pour que leurs fils viennent vivre à Pointe-sous-le-Vent ? Ou bien mon père aurait refusé de me remplacer et, à sa mort, les Pêcheurs se seraient battus pour récupérer ses barrages à poissons ?

Ainsi l'arrivée du Géant à Pointe-sous-le-Vent n'aurait pas seulement fait perdre la face à Bassan et risqué d'abîmer sa relation avec ses obligés. L'enjeu était plus important encore. Tout le peuple des Pêcheurs aurait été entraîné dans une suite de conflits internes...

Sizerin et Lynx n'eurent pas le temps de penser aux conséquences de cette découverte. Sous leurs yeux, un lièvre traversa la clairière. Ourse-la-Puissante revenait vers eux à grands pas. Même la jeune Nomade qui la connaissait bien ne l'avait jamais vue aussi bouleversée. Elle réalisa que tous les oiseaux avaient cessé de chanter.

— La forêt a commencé à brûler ! Lynx, il faut prévenir tous les Grand-Chaos ! Sizerin, rentre à Pointe-sous-le-Vent pour avertir les tiens !

Les jeunes gens regardèrent autour d'eux avec stupéfaction. Ils ne décelaient aucune fumée, aucune lueur rougeoyante à l'horizon.

— Comment le sais-tu ? demanda Sizerin, incrédule.

— Le lièvre a filé tout droit. Seul le feu le pousse à se conduire de cette façon. Quand un lièvre est poursuivi par un prédateur, il s'enfuit en zigzag pour brouiller sa piste. Je savais que les Cultivateurs voulaient brûler la Forêt-des-Buttes. Ce jour a fini par arriver. L'incendie va mettre du temps à traverser la forêt mais rien ne pourra l'arrêter.

Sidérés, Lynx et Sizerin mirent un instant à réagir.

— Je rentre à Pointe-sous-le-Vent. De là, j'irai avertir les autres villages de la côte, annonça Sizerin.

— Les Grand-Chaos se sont dispersés après la fête chez Bassan. Mais je connais leurs lieux de halte préférés, réfléchit Lynx à voix haute. Je vais me rendre dans chacun d'eux.

— Fais vite, Lynx ! l'implora la chamane. Les nôtres doivent rapidement quitter la Forêt-des-Buttes !

— Et toi, Ourse-la-Puissante ? Tu ne viens pas avec nous ?

— J'ai un peu de travail avant de partir.

— Tu rejoindras le clan plus tard ?

— Je l'espère.

Les jeunes gens s'éloignèrent ensemble du chaos rocheux. Lorsque leurs chemins divergèrent, Sizerin prit Lynx dans ses bras.

— On ne peut pas se séparer comme ça !

Elle se dégagea doucement.

— C'est horrible, mais il le faut. Prends bien soin de toi, Sizerin. J'espère vraiment te revoir un jour ! lança-t-elle avant de courir vers le cœur de la forêt.

***

De sa vie, L'Orateur ne s'était jamais senti aussi exaspéré. Lui qui ne supportait pas qu'un bœuf se brise une patte au milieu d'un labour, sans parler de la grêle qui parfois détruisait un champ de blé mûr, comment pouvait-il accepter que des arbres et des buissons s'opposent à son ambition ? Le feu grignotait la Forêt-des-Buttes beaucoup trop lentement à son gré. Arrosée par la tempête récente, la végétation était encore très humide. La plupart des étincelles projetées en avant du front s'éteignaient d'elles-mêmes. Le vent restait trop faible pour attiser les braises.

Mais L'Orateur ne céderait pas. Quitte à progresser seulement de quelques centaines de pas par jour. Quitte à augmenter la cadence des porteurs de torches qui allaient et venaient pour enflammer les buissons. La Forêt-des-Buttes brûlerait jusqu'à sa dernière brindille.

***

Sizerin courut à perdre haleine jusqu'à Pointe-sous-le-Vent. Il se sentait stupide et vide, comme le pêcheur qui se réjouit trop tôt du poisson qui lui glisse entre les doigts. Lynx avait partagé son désir et, s'il n'avait pas été certain qu'elle accepterait de devenir sa compagne, il ne s'attendait pas à ce qu'elle disparaisse avant d'avoir effectué son choix. De surcroît, l'installation des Cultivateurs dans la forêt, tout près de leur village, laissait présager un conflit autrement plus meurtrier que ceux qu'ils avaient connus jusque-là. Enfin, l'enquête autour du meurtre du Géant s'était brusquement resserrée autour de lui, Sizerin, de l'histoire de sa naissance à l'enjeu de son avenir ; lui, qui n'avait jamais envisagé autre chose qu'une existence calquée sur celle de Bassan, s'apercevait qu'il aurait pu en mener une autre, complètement différente.

Quand il surgit sur la terrasse, c'était l'heure de la

sieste. Paruline réparait des coussins d'algues, secondée par La Vivace.

— Les Cultivateurs incendient la forêt ! annonça-t-il, affolé.

Sa mère lâcha un coussin et les algues se répandirent à ses pieds. La Vivace regarda la mère et le fils sans comprendre, sinon qu'un événement dramatique s'était produit.

— Où est Lynx ? demanda Paruline.

— Partie prévenir les Nomades. Où est… Bassan ?

Il n'avait pas réussi à l'appeler « Père » comme d'habitude. Paruline se baissa pour ramasser les algues et ainsi cacher son trouble. Elle avait honte que son fils ne soit pas l'enfant de Bassan. Mais plus encore qu'il connaisse la vérité.

— Il est à l'intérieur, avec Harelde et le bébé.

Sizerin sauta par-dessus le foyer et entra dans la hutte. L'homme riche allait et venait en berçant le nouveau-né et en chantant à voix basse. Harelde souriait, les yeux fermés.

— Les Cultivateurs s'installent dans la Forêt-des-Buttes ! annonça le jeune homme. Ils la détruisent par le feu !

Choqué, Bassan s'empressa de confier le bébé à sa mère et sortit sur la terrasse, où se trouvaient toujours Paruline et La Vivace. Pour une fois, il ne se tourna pas vers la mer des Va-et-Vient mais vers les arbres, au-delà de la lande. Aucune trace de fumée. Tout semblait si paisible…

— Tu en es sûr ?

— Ourse-la-Puissante a repéré les premiers signes de panique des animaux. Elle savait que les gens de Dernier-Mont se préparaient à incendier la forêt.

— Elle n'a rien fait pour les en empêcher ?

— Bien sûr que si ! Elle soignait L'Orateur et elle en profitait pour le faire parler des projets des villageois. La dernière fois qu'elle l'a reçu, les gens de Dernier-Mont n'avaient encore rien décidé.

Abasourdi par la nouvelle, l'homme riche ne semblait pas savoir comment affronter la situation.

— Que faut-il faire ? insista Sizerin. À part prévenir les Pêcheurs des autres villages de la côte…

— Que veux-tu faire d'autre ? soupira Bassan.

— Regrouper tous les hommes ! S'armer de nos arcs, rassembler nos flèches ! Nous préparer à l'assaut des Cultivateurs !

— Tu crois qu'ils vont nous attaquer ? Nos falaises et nos plages n'ont aucun intérêt pour eux. Même la lande balayée par les vents ne se prête pas à leurs cultures.

— Tu oublies L'Orateur ! Il était innocent du meurtre du Géant et nous l'avons condamné à mort ! Les Cultivateurs voudront se venger de nous !

Bassan lui lança un regard dur. Paruline, qui s'était approchée d'eux, recula de quelques pas, effrayée par l'expression du visage de son époux.

— Tu dis que L'Orateur serait innocent ? répéta l'homme riche d'une voix cinglante comme s'il s'était agi d'une histoire de très mauvais goût.

— Le Géant a été assassiné par un Nomade ou un Pêcheur. J'ai retrouvé les flèches qui l'ont tué et ce ne sont pas des flèches de Cultivateurs.

— Qui accuses-tu, exactement ?

Hibou-le-Puissant, ou bien toi, avait très envie de répondre Sizerin. Le commerçant avait l'intention de m'expliquer qu'il était mon père et de me proposer de partir avec lui. L'un de vous a voulu l'en empêcher. Il y avait un risque que j'accepte. Et je pense en effet que j'aurais accepté. Non que j'aurais renié tout l'amour que tu m'as donné… Mais après ces récits extraordinaires qui ont bercé mon enfance, j'aurais eu envie de découvrir les lieux et les peuples qui les ont inspirés.

Mais face au visage furieux de Bassan, il n'osa rien dire.

— Je n'accuse personne en particulier. Je suis seulement certain que les Cultivateurs voudront se venger.

Ébranlé, Bassan contrôla sa colère et se mit à faire les cent pas sur la terrasse. Sizerin eut la curieuse pensée que si les pieds de son père avaient été en silex, des étincelles en auraient jailli.

— Les gens de Pointe-sous-le-Vent doivent se mettre à l'abri sur l'île de Lointain-et-Proche, décida-t-il finalement. Elle est séparée de la côte par un courant trop puissant pour que les Cultivateurs osent les poursuivre. Les nôtres demanderont l'hospitalité en échange de nos réserves de nourriture. Paruline, toi qui as grandi là-bas, tu sauras convaincre tes cousins. Sizerin, je compte sur toi pour préserver la cohésion de notre famille sur l'île.

— Pourquoi moi ? Tu ne viens pas avec nous ?

Bassan hésita, tiraillé entre deux désirs puissants et contradictoires. Il se décida :

— Je ne viens pas. Je vais attendre les Cultivateurs ici. S'ils voient que je suis seul et sans arme, ils accepteront peut-être de discuter.

***

Grâce à la résistance de la forêt, Lynx eut le temps de se rendre dans plusieurs lieux que les familles du clan appréciaient. Renard accueillit d'abord sa nièce avec mauvaise humeur – il croyait qu'elle revenait parce qu'elle s'était disputée avec Sizerin –, puis avec effroi lorsqu'il sut de quoi elle venait les avertir. Effaré, catastrophé, il ne pensa même pas à demander si elle comptait quand même épouser Sizerin, ou si elle revenait vivre parmi eux. L'alliance qu'il avait espéré nouer avec l'homme riche de Pointe-sous-le-Vent perdait toute son importance si la Forêt-des-Buttes disparaissait.

Plus tard, quand Aspic la vit surgir dans sa famille, il crut que Lynx avait renoncé à Sizerin et qu'elle l'avait choisi, lui. Sa joie intense fut de courte durée. La nouvelle de l'incendie déclenché par les Cultivateurs le révolta. Sa seule consolation était que, face au péril, la jeune fille semblait être redevenue une Nomade. Puisqu'il restait encore quatre groupes à retrouver dans la forêt, il attrapa son sac pour l'accompagner.

***

Assis sur son siège surélevé, Bassan gardait l'air digne. Sa réputation, son honneur, n'aurait pas survécu à une fuite. S'il ne revoyait jamais les siens, la dernière vision qu'il leur donnerait de lui devait susciter le respect. Ce n'était pas facile. Il luttait contre l'envie de prendre ses jambes à son cou jusqu'à la plage pour fuir avec eux.

Pour se donner du courage, il lançait des coups d'œil au poteau sculpté planté devant sa maison, le plus haut et le plus raffiné de Pointe-sous-le-Vent ; allait-il lui offrir la protection des Esprits, comme Hibou-le-Puissant le lui avait promis ? Bassan l'espérait. Il se gardait bien de laisser son regard errer vers un autre poteau, à l'entrée du village, celui qui portait le crâne décharné du Géant…

Sous ses yeux, Sizerin et Paruline organisaient un départ hâtif. Pendant que les jeunes enfants, leurs mères, les malades et les personnes âgées étaient conduits vers Lointain-et-Proche dans les cinq canots disponibles, les autres habitants rassemblaient sur la plage les paniers pleins de poissons séchés, les plus belles fourrures et les meilleurs outils de silex. Ce transport de personnes et de bagages nécessita trois autres voyages. L'obscurité rendit périlleuse la dernière traversée. Par chance, la mer était paisible. Et les navigateurs connaissaient par cœur l'emplacement des rochers.

Bassan quitta son siège. Debout au bord de la terrasse, il contempla les embarcations surchargées qui voguaient au milieu des mouettes. Pour la première fois de sa vie, l'homme riche se retrouvait tout seul. Sans épouses, sans enfants, sans obligés. Il frissonna. Son appétit s'était réveillé. Il ne restait personne pour entretenir son feu, ouvrir ses huîtres ou ses noix, confectionner ses mets préférés…

Qu'allait-il raconter aux Cultivateurs ? Était-il capable de sauver le village comme il l'avait laissé entendre ? Pourquoi cette catastrophe se produisait-elle maintenant, juste après le meurtre du Géant et la condamnation injuste de L'Orateur ? Les âmes des deux morts s'étaient-elles associées pour se venger des Pêcheurs ? Et en particulier de lui, qui avait participé activement à cette suite de tragédies ?

Il est toujours surprenant, à marée basse, de découvrir la complexité du relief que la mer dissimule. Lorsque Bassan n'eut plus besoin de faire bonne figure, il fut tout aussi surpris de constater la profondeur et l'immensité de son angoisse.

***

La Vivace était montée dans le dernier canot. Pendant que deux hommes vigoureux ramaient en cadence et que la frêle embarcation traversait la mer des Va-et-Vient, elle regardait s'éloigner le village perché sur la falaise, illuminé par le soleil couchant. Elle avait la conviction qu'elle ne reverrait jamais ces huttes rondes, cette grande terrasse sous l'auvent, ces étranges poteaux sculptés.

Tout simplement parce que, depuis l'enquête à Dernier-Mont, elle n'était jamais revenue en arrière. Après avoir découvert le campement des Nomades, été soignée à Grand-Chaos, avoir pris un repas chez Hibou-le-Puissant, elle avait participé au quotidien des femmes de Pointe-sous-le-Vent ; bientôt elle connaîtrait l'île de Lointain-et-Proche, comme le chamane le lui avait expliqué. Depuis qu'il avait répondu à leurs questions à Lynx et elle, il lui inspirait de nouveau confiance.

L'approche des Cultivateurs aurait pu inciter La Vivace à retrouver son peuple. L'idée l'avait à peine effleurée. Elle avait honte du rôle désastreux qu'elle avait joué dans cette suite de catastrophes. De plus, elle n'avait aucune envie de retrouver son quotidien. À quoi bon s'occuper encore de générations d'enfants qui l'oubliaient en grandissant ? Quelle monotonie dans la répétition des soins aux tout-petits ! Son existence aventureuse actuelle était beaucoup plus intéressante.

En apprenant la destruction de la forêt par les

Cultivateurs et la menace qui pesait sur Pointe-sous-le-Vent, plusieurs Pêcheurs avaient tenté de passer leur colère sur elle ; ils avaient crié et menacé de la frapper. Elle s'était réfugiée derrière Paruline, qui leur avait tenu tête en criant plus fort. L'arrivée de Hibou-le-Puissant avait clos le débat. Il avait rappelé que La Vivace n'était pour rien dans le désastre. Au contraire, elle avait voulu favoriser le dialogue avec les Cultivateurs. Ce n'était pas sa faute si cette tentative avait échoué. Les Pêcheurs pouvaient d'abord s'en prendre à eux-mêmes, parce qu'ils avaient condamné à mort un innocent, L'Orateur, et laissé impuni le meurtre du Géant.

Assise en face du chamane, La Vivace sentait sur elle son regard bienveillant. Jamais de toute sa vie un homme ne lui avait accordé autant d'attention. Le résultat était très étrange, comme si elle était tombée malade. Ses joues étaient fiévreuses, son souffle court, et son ventre la titillait. Elle pouvait bien mourir, maintenant. Elle n'avait pas vécu toutes ces épreuves pour rien. Elle découvrait enfin ce qu'aimer voulait dire. Que cet amour soit réciproque ou non n'avait aucune importance.

***

Les pionniers ne rentrèrent pas à Dernier-Mont pour la nuit ; cela aurait nui à leur prestige. Ils s'installèrent à bonne distance en arrière du front, au milieu des squelettes noirs des arbres. L'incendie, qui leur avait paru trop lent, trop chargé en fumées, trop poussif, ravageait tout néanmoins. Ils furent contrariés de constater qu'il ne restait pas une brindille pour nourrir un foyer sommaire. Ils prirent un repas froid, fait de pain et de fromage qu'ils avaient emportés. Les quelques animaux qui n'avaient pas réussi à fuir – lapereaux, faons nouveau-nés – avaient été consumés au point qu'aucune chair n'était comestible.

Les Cultivateurs s'allongèrent dans les cendres encore tièdes qui les faisaient tousser à chaque respiration. L'absence de toit et de murs les rendait très nerveux ; ils avaient l'impression d'être tout nus dans le monde des morts. Les bruits habituels de la forêt avaient disparu et aucun gazouillis, aucun bruissement de feuillages ne venait atténuer le grondement lointain de l'incendie.

Pendant la nuit, ils se réveillèrent plusieurs fois en sursaut. Ils craignaient que le vent fasse volte-face et que les flammes se retournent contre eux. Ils se levèrent épuisés, la bouche pleine de cendre. L'Orateur les exhorta à se venger de ce mauvais sommeil en allant réactiver le feu partout où il faiblissait. Il fallait en finir avec ce cauchemar avant de bâtir leur village.

***

Après avoir prévenu six des sept familles du clan, Lynx et Aspic s'étaient installés pour la nuit loin en avant du front. Ils avaient allumé un feu et s'étaient partagé les provisions que le jeune homme avait mises dans son sac. Ils se sentaient en sécurité dans la forêt, dont ils décryptaient le moindre bruit. Malgré l'absence de tente, ils ne craignaient pas les animaux dangereux ; ceux-ci avaient déjà déserté les lieux, avec les oiseaux. Comme Aspic ne possédait que deux couvertures de fourrure, ils en avaient étalé une sur le sol et s'étaient serrés ensemble sous la seconde. Tout naturellement, ils s'étaient retrouvés dans les bras l'un de l'autre.

La lueur rouge vers l'est ne s'éteignit pas au coucher du soleil ; elle continuait à éclairer l'horizon. Elle diminuait même l'éclat de la Voie lactée. Quand ils fermaient les yeux, Lynx et Aspic imaginaient les arbres entiers s'effondrer, les buissons s'enflammer, les fleurs, la mousse et l'herbe s'évaporer, les hérissons périr, comme les mulots, les lézards, les blaireaux, les belettes, les fouines, les musaraignes, les taupes, sans compter les fourmis, les araignées, les grillons, les coccinelles, les papillons… La forêt qui les avait abrités et nourris depuis leur naissance, qu'ils avaient parcourue dans tous les sens, dans laquelle ils avaient appris tout ce qu'ils savaient, dans laquelle ils avaient joué, partagé des fous rires ou rêvé, dans laquelle ils étaient devenus adultes en réussissant les difficiles épreuves d'initiation, s'envolait en fumée, ne laissant derrière elle que du charbon.

Aucun mot n'aurait pu décrire ce qu'ils ressentaient. Mais ils n'avaient pas besoin de s'exprimer : chacun reconnaissait en l'autre sa propre détresse.

19

À Grand-Chaos, Ourse-la-Puissante s'était affairée jusqu'à la nuit. Elle avait suspendu une grande toile de peaux qu'elle avait remplie de l'eau du ruisseau. Elle avait récupéré tous les œufs des nids alentour – les oiseaux ne les emporteraient pas avec eux en s'envolant. Elle avait vidé l'essaim de tout le miel et le nectar restants – les abeilles n'en auraient plus l'usage. Elle avait déterré ses dernières réserves de glands. Elle avait ramassé autant de bois que possible. Jusqu'aux dernières lueurs du jour, elle avait cueilli les plantes utiles des environs. Tout avait été rassemblé au fond du tunnel de granit, à l'intérieur de l'abri. Puis elle avait décroché la peau d'ours de l'entrée, l'avait trempée dans la rivière avant de la raccrocher et de la rabattre derrière elle.

Elle s'endormit ensuite d'un sommeil lourd comme la pierre. Sa décision de rester avait été immédiate ; elle avait une chance d'arrêter la vengeance de L'Orateur. La tâche allait être rude. Pourvu que les Esprits l'inspirent !

***

Attisé par les Cultivateurs, l'incendie gagnait du terrain. Il atteignit la clairière que L'Orateur connaissait bien grâce à ses visites à Ourse-la-Puissante. Le vaste espace fleuri, le ruisseau et le chaos rocheux offraient peu d'aliments aux flammes. En revanche, les chênes anciens qui les entouraient flambèrent comme des torches. Le plus monumental d'entre eux – avec son tronc énorme foudroyé à bonne hauteur, la profusion de jeunes branchages au-dessus, l'essaim qui l'habitait – fut réduit à un paquet de cendres volatiles qui troublèrent l'eau du ruisseau et assombrirent le ciel. Les abeilles avaient perdu un abri âgé de milliers de lunes ; de la succession d'alvéoles aux structures parfaites ne restait qu'un glaçage noir collé au sol.

L'Orateur ressentit un peu de regret. Ce lieu, qui lui avait offert une tranquillité surprenante, ne ressemblerait plus jamais à ce qu'il avait été, même lorsqu'il aurait reverdi. L'homme influent était pourtant très satisfait. Il savait que personne ne peut se passer de remèdes, ni d'échanges avec les puissances mystérieuses. Les Nomades obtenaient tout cela de leur chamane, contrairement aux Cultivateurs qui répartissaient leurs attentes entre une guérisseuse et un prêtre. Le refuge d'Ourse-la-Puissante étant le seul repère fixe d'un peuple itinérant, sa destruction les obligeait à un départ définitif.

Dans les vestiges encore tièdes de la clairière, le Cultivateur fit une découverte désagréable. Les Nomades risquaient de considérer toujours le lieu comme sacré. Auparavant, dans la forêt, on apercevait le chaos rocheux au dernier moment sans réaliser qu'il se trouvait au sommet d'une pente ; sa hauteur était masquée par celle des chênes anciens qui l'entouraient. Maintenant qu'il émergeait au milieu d'une terre pelée, son caractère monumental et sa position privilégiée sautaient aux yeux. Il en paraissait d'autant plus imposant.

Très contrarié, L'Orateur se mit à escalader les rochers. Au sommet, il fut époustouflé par la vue ; jamais il n'en avait contemplé d'aussi dégagée, ni d'aussi surprenante. Vers l'ouest, la fumée épaisse aux pieds incandescents continuait de progresser. L'espace dégagé était déjà suffisant pour les cultures et les pâturages d'une nouvelle communauté. Les pionniers devaient donc cesser de dépenser leur énergie à attiser le feu, et commencer à s'installer. L'incendie s'éteindrait de lui-même un peu plus loin, soit avec le retour de la pluie, soit en atteignant un cours d'eau ou les rivages de l'Océan. L'Orateur n'avait aucune idée de ce qui existait au-delà de la Forêt-des-Buttes. Il savait seulement qu'aucun Cultivateur n'y vivait.

Dans les autres directions, la lumière très pure permettait de voir remarquablement loin. Vers le sud, l'homme influent put contempler la côte découpée, les falaises, le village perché où il avait été retenu prisonnier, puis condamné pour un crime qu'il n'avait pas commis, la longue plage où il avait été embarqué, l'Océan où il avait navigué, porté d'abord vers des îlots, puis dans l'autre sens vers le Très-Grand-Marécage. Ses souvenirs revinrent en force : la détresse, la faim, les espoirs déçus, l'épuisement, la crainte de mourir, le violent désir de vengeance qui l'avait aidé à survivre.

À Pointe-sous-le-Vent, les huttes de torchis allaient flamber comme des meules de paille. Quant aux Pêcheurs, ils seraient massacrés jusqu'au dernier.

Bien sûr, son séjour chez eux avait été riche d'enseignements. Il avait été marqué par leurs poteaux, plus ou moins ornés, dressés plus ou moins hauts, qui révélaient le pouvoir de chaque homme. Il avait comparé son existence avec celle de ce personnage important, Bassan, servi et caressé par plusieurs épouses à la fois. Quel contraste avec sa propre influence à Dernier-Mont, remise en jeu à chaque décision, lorsqu'il devait convaincre à nouveau du bien-fondé de ses opinions !

Il n'était pas question d'imiter l'organisation des Pêcheurs. Chez eux, chacun collaborait selon son idée aux tâches communes et certains en profitaient pour regarder les autres travailler ; le résultat était une exécution confuse et lente, pleine d'imprévus. En revanche, d'autres changements seraient les bienvenus chez les Cultivateurs. L'occasion était propice. En débarrassant la Forêt-des-Buttes de ses arbres et de ses habitants, L'Orateur offrait à son peuple un espace assez grand pour y implanter non pas un, mais plusieurs villages. Même les enfants de leurs enfants auraient encore de quoi installer de nouveaux champs, de nouveaux prés. Ils pourraient augmenter leur cheptel et leurs récoltes ; ils ne se demanderaient pas comment nourrir leurs propres familles. Ce cadeau offert à plusieurs générations valait bien quelques contreparties !

Effectuant un quart de tour, L'Orateur regarda vers l'est. Il repéra la rivière Bousculée qui naissait dans un marécage et se perdait dans un autre. Parmi les villages qui ponctuaient l'horizon, il reconnut Dernier-Mont au méandre qui le cernait. En ce moment, La Flamboyante devait superviser avec efficacité les premiers sarclages. Sans son appui, il n'aurait pas quitté le village d'un cœur aussi léger. Il ressentait pourtant pour elle autant d'exaspération que de reconnaissance. Son épouse contribuait efficacement à son influence et elle lui avait offert plusieurs enfants. Dommage que son corps abîmé par les grossesses ne lui inspire plus de désir. Pire, son intelligence lui faisait souvent ombrage ; il en tirait l'impression insupportable qu'en réalité elle saurait très bien se passer de lui.

Dans le domaine matrimonial, les Pêcheurs les plus riches étaient bien plus enviables que les Cultivateurs influents. Avec quelle joie il aurait pris la jeune Lynx comme deuxième épouse ! Il aurait même choisi Ourse-la-Puissante comme troisième épouse, pour son charme étranger et ses baumes précieux. À condition, bien sûr, que l'une et l'autre apprennent à lui obéir sans discuter.

Les idées qui affluaient en lui l'exaltaient. À ce sommet, avec cette vue exceptionnelle à ses pieds, il avait l'impression d'y voir clair pour la première fois : il comprenait enfin ce qui lui plaisait, ce qui le contrariait, ce qu'il désirait. Ainsi que les obstacles qui se dressaient devant lui. Aussi ne fut-il qu'à peine étonné quand une voix surgit :

— L'Orateur !

Un dieu s'adressait-il directement à lui ? Pour l'aider ? Ou bien pour lui dicter sa loi ?

— L'Orateur !

La voix ne provenait pas du ciel mais de l'entrée du chaos rocheux.

— Viens par ici. Je vais te montrer le chemin.

Il fit quelques pas vers le bord des rochers. La tête d'Ourse-la-Puissante apparaissait, levée vers lui.

— Accroupis-toi. Tu peux descendre. Il y a des encoches dans la paroi.

L'Orateur fut frappé de stupeur. Comment la chamane pouvait-elle se trouver encore là ? Il était heureux à la pensée des soins qu'elle pourrait lui prodiguer, consterné de n'avoir pas éradiqué toute présence nomade dans la forêt. Il resta sur ses gardes. La situation n'était plus du tout celle de leur dernière rencontre, quand il était venu quémander son remède pour les cheveux. Ourse-la-Puissante désirait sûrement se venger de l'incendie de la Forêt-des-Buttes. Sa voix restait pourtant accueillante et gracieuse, d'une gravité tempérée par cette pointe de joie qui la rendait unique.

Fasciné malgré lui, il se tourna vers la paroi, tâtonna du pied et descendit. Après tout, les autres pionniers n'étaient pas loin. S'il appelait au secours, ils accourraient aussitôt. Sans compter qu'il avait son couteau et qu'il était plus costaud qu'elle.

À l'entrée du tunnel, il se retrouva face à Ourse-la-Puissante. Elle ne semblait pas avoir souffert, ce qui le stupéfia.

— Comment as-tu survécu à l'incendie de la clairière ?

— J'ai été protégée par l'Esprit de la Terre et l'Esprit de l'Eau.

Elle le conduisit chez elle. La peau d'ours qui fermait l'entrée avait les poils calcinés, les griffes et le museau presque fondus. En revanche, une fois à l'intérieur de l'abri, on pouvait croire que rien n'avait changé. Les rondins de bois étaient à leur place, ainsi que la tenue de chamane et les paniers accrochés à la paroi. Un feu modeste ronronnait dans le foyer – sa présence était merveilleusement rassurante, presque invraisemblable après les flammes ravageuses du dehors.

— Je vais partir, annonça Ourse-la-Puissante. Je dois rejoindre mon peuple qui aura besoin de moi. Les Esprits m'accompagneront.

Surpris, L'Orateur ne répondit pas. Elle aurait dû exprimer de la colère contre lui. Qu'elle ne le fasse pas le rendait méfiant.

— Je ne pourrai plus t'offrir le remède qui retient tes cheveux de tomber, poursuivit-elle.

Le Cultivateur ne put retenir une grimace. Il y avait pensé. Il s'était dit que le prestige tiré de l'expansion cultivatrice compenserait la perte de son chignon. Mais la remarque de la chamane l'obligea à imaginer son allure quand il en serait privé. S'il avait du charisme, une belle voix puissante et un visage aux traits réguliers, sa taille était moyenne, ce qu'il avait toujours regretté. Il avait compensé ce défaut par une coiffure pointue qui permettait qu'on le repère de plus loin. Peu à peu, ce signe distinctif avait symbolisé son identité et il y était très attaché.

— Il me reste un pot de baume, dit-elle. Il en contient assez pour subvenir à tes besoins jusqu'à la fin de ta vie.

— C'est une bonne nouvelle. Donne-le-moi !

— J'ai mes conditions.

Ce rapport de force qu'elle instaurait le rassura. Il préférait ça à un piège qu'il aurait dû déjouer. Il saisit le couteau à sa ceinture.

— Et si je menace de te trancher la gorge ?

— Je ne résisterai pas. Quand je serai morte, tu n'auras plus aucune chance d'apprendre lequel de mes remèdes est le bon.

Elle désigna les étagères où s'alignaient les pots en bois.

— Tu n'auras pas la folie d'en essayer un au hasard. L'Orateur, tu es un homme intelligent. Tu me connais et tu sais que je dis vrai. Écoute plutôt ce que je veux en échange du remède.

Il rangea son couteau.

— Que veux-tu ?

— Que tu trouves un accord avec les Pêcheurs.

— Pas question ! Ils m'ont condamné à mourir d'une manière abominable.

La simple pensée de l'Océan faisait ressurgir ce qu'il avait ressenti pendant la tempête : un malaise extrême et une impuissance totale.

— Ils savent tirer de la mer beaucoup de poissons et de coquillages, fit remarquer Ourse-la-Puissante. Les Cultivateurs auraient intérêt à commercer avec eux pour varier leurs repas.

— Je hais tout ce qui me rappelle l'Océan ! Je ne mangerai plus jamais de poissons de mer !

— Ce sont également des experts en récolte du sel. N'oublie pas que ton peuple en manque cruellement.

Là, Ourse-la-Puissante avait touché un point sensible. Les habitants de Dernier-Mont apprécieraient beaucoup d'en recevoir en abondance… Le sel ne serait plus consacré à la conservation des viandes, il rendrait délicieux le moindre plat… Ce qui pourrait aider L'Orateur à instaurer les changements qu'il désirait. Voyant qu'il ne protestait plus, elle ajouta :

— Si les Pêcheurs récoltaient du sel pour les Cultivateurs, les tiens pourraient leur offrir du pain. Vos deux peuples peuvent très bien cohabiter. Vous ne vous faites pas concurrence. Ils tirent leur nourriture de la mer, et les tiens de la terre.

Elle avait raison. Sur toute la ligne. Sauf qu'il ne pouvait pas renoncer à sa vengeance.

— Tu tiens à ta réputation, L'Orateur ?

Il était surprenant que cette femme puisse ainsi voir clair dans ses pensées. Il ne put s'empêcher d'acquiescer.

— Tu veux rétablir ton honneur après ta capture, et c'est normal. Mais ne te trompe pas sur les moyens d'y parvenir. En quels termes souhaites-tu qu'on se souvienne de toi après ta mort ? Tu veux qu'on raconte l'histoire d'un homme humilié d'avoir été prisonnier ? D'un homme qu'une tempête avait rendu tellement malade qu'il ne supportait plus d'entendre parler de l'Océan et de manger du poisson de mer ?

Il se mordit la lèvre sans s'en rendre compte.

— ... Ou bien veux-tu qu'on évoque un homme tellement fort qu'il avait réussi à se montrer magnanime malgré les terribles épreuves traversées... Quelqu'un qui n'avait pas détruit les richesses à sa portée comme un gamin contrarié. Mais qui les avait fait prospérer pour le bénéfice de son peuple. Et dont le nom était encore célèbre chez les enfants des enfants de ses enfants ?

Cette perspective donnait à réfléchir.

— ... L'Orateur, si tu me donnes ta parole que tu chercheras un accord avec les Pêcheurs, je te montre lequel de ces baumes est le bon pour tes cheveux. Et je te l'applique moi-même une dernière fois.

— Tu pourrais en profiter pour m'empoisonner ! s'écria-t-il, malgré l'attrait de cette proposition.

Il gardait un souvenir délicieux de la manière dont Ourse-la-Puissante lui massait le crâne.

— Ce serait vraiment stupide de ma part. Il existe une seule personne que j'ai une chance de convaincre de ne pas massacrer les Pêcheurs : toi. Si tu meurs, tes compagnons ne prêteront aucune attention à mes conseils.

C'était juste et indubitable.

— J'ai mieux à te proposer, annonça-t-il.

— Dis-moi.

— Comme tu l'as bien compris, je suis assez fort pour être magnanime et oublier le supplice que j'ai subi. À condition d'obtenir un pouvoir digne de ce nom. Je veux décider pour mon village ce qui me semble bon et n'en discuter que si ça me plaît. Je ne veux plus avoir besoin de me justifier. Je veux être considéré avec plus de respect encore que l'homme riche de Pointe-sous-le-Vent. Je veux recevoir de la bienveillance, quelles que soient mes actions. Je veux être obéi au doigt et à l'œil. Je veux être flatté. Je veux croire que l'on m'aime, alors que l'on me craint. Je veux être un chef puissant, comme il n'en a jamais existé avant moi chez les Cultivateurs.

Captivé par sa vision, L'Orateur ne résista pas quand Ourse-la-Puissante le fit asseoir devant elle. Elle tendit la main vers le chignon et en retira les épingles en os. Elle attrapa un pot sur l'étagère, mit du baume sur ses doigts. Elle le fit pénétrer dans la peau, depuis la zone de calvitie jusqu'à l'ensemble du crâne. Cette caresse le détendit profondément et les paroles coulèrent de lui comme une source qu'il ne pouvait retenir.

— J'en ai assez des maisons communes… Je veux vivre dans ma propre maison, entouré de plusieurs épouses. Je veux être le seul à bénéficier de ce privilège. Il faudra bien compenser toute la responsabilité qui pèsera sur mes épaules. La Flamboyante restera à mon côté, car elle est la mère de mes enfants, et aussi (ajouta-t-il à regret) parce que ses conseils sont parfois intéressants. Mais je choisirai une ou deux épouses supplémentaires, qui devront me servir sans contestation. La Nomade Lynx m'aurait bien plu si elle s'était trouvée dans les parages. Tu pourrais me plaire, également, Ourse-la-Puissante. Tous les soirs, tu m'appliquerais toi-même ton baume.

Elle se contenta d'un murmure approbateur.

— Il me faudra un lieu exceptionnel qui soulignera ma puissance, poursuivit-il. Tous les Cultivateurs s'y rassembleront une fois par an pour une cérémonie sacrée…

Il ferma les yeux, s'abandonnant au bien-être qui l'envahissait. Il n'oubliait pas sa vision pour autant ; au contraire, elle s'enracinait dans son esprit avec une nouvelle précision. Sa soif de prestige, son désir de nouvelles épouses et même un accord possible avec les Pêcheurs : tout trouvait sa réponse et sa place dans un ensemble de nouveautés qui conforteraient son pouvoir. Bientôt, son peuple allait associer le meilleur de deux modes de vie.

Il sentit qu'Ourse-la-Puissante avait terminé. Il ouvrit les yeux. Une fois de plus – il ne savait comment – elle avait réussi à lui faire avouer ses aspirations les plus intimes. Dix jours plus tôt, il avait fait une grave erreur en parlant du message de paix confié au Géant. Et voilà qu'il révélait son rêve de puissance ! Furieux, il se leva d'un bond. Il rassembla ses cheveux pour reconstituer son chignon.

— Maintenant je pourrais te tuer ! Je sais quel pot contient le baume dont j'ai besoin !

Elle lui souriait avec un calme qu'il ne put s'empêcher d'admirer.

— C'est vrai. Mais tu préfères me prendre pour épouse.

Il n'en crut pas ses oreilles.

— Tu accepterais ?

— Oui, à deux conditions. Que tu aies trouvé un accord avec les Pêcheurs. Et que tu me laisses aller et venir librement chez les Cultivateurs. Je dois cueillir moi-même les plantes dont j'ai besoin pour soigner ceux qui le souhaitent.

— Et si tu en profites pour t'échapper ?

— Je sais que le risque ne te fait pas peur, L'Orateur. L'alternative est de me tuer et de n'avoir aucune chance de m'épouser.

Il craignait d'être floué encore une fois, mais il n'imaginait pas comment. En revanche, il savait que se marier avec la chamane renforcerait son prestige ; il voyait très bien comment sa présence à la cérémonie sacrée impressionnerait son peuple. Il n'ignorait pas qu'il aurait beaucoup de plaisir à lui donner des ordres, la nuit comme le jour… Mais avait-il besoin pour ça d'un lien solennel ? Ne serait-ce pas faire trop d'honneur à cette sauvage ?

Une idée lumineuse jaillit dans son esprit. Il se sentit triompher.

— Je vais négocier la paix avec les Pêcheurs. Et tu te mettras à mon service. À la réflexion, je ne veux pas humilier La Flamboyante. À quoi bon prendre d'autres épouses si je peux avoir des esclaves ! Tu seras mon esclave, Ourse-la-Puissante !

Cela signifiait qu'il refusait la seconde condition. La chamane ne pourrait pas se déplacer librement ; elle serait sa prisonnière.

Elle sembla se résigner. Quand il quitta le refuge et fit venir deux hommes en armes pour en garder l'entrée, elle n'esquissa aucun geste de révolte ni de fuite.

20

La nuit la plus courte de l'année venait de débuter. Malgré la pénombre, les voyageurs continuaient de progresser. Ils étaient éclairés par des géants, alignés le long du chemin en deux files interminables et légèrement irrégulières ; qu'ils aient un dos bossu, un ventre rond ou des épaules larges, tous avaient une torche suspendue à leur cou. Les guides les plus massifs se tenaient sur les hauteurs. Ils guidaient les marcheurs et leur insufflaient du courage en leur laissant croire que le but était presque atteint.

Ces géants étaient en granit, faits d'un seul bloc, taillés grossièrement pour évoquer une silhouette humaine. Leur présence était très impressionnante pour les hommes, les femmes, les enfants, dont ils canalisaient le flux et qui progressaient à quatre ou cinq de front, comme les vagues d'une marée montante. L'immobilité des personnages de pierre contrastait avec les nuages noirs qui, sur le ciel étoilé, fonçaient sur les voyageurs comme des taureaux furieux, sautaient par-dessus leur tête et s'éloignaient en galopant. Elle leur donnait le sentiment, renforcé par la nuit, que les géants surveillaient les voyageurs autant qu'ils les protégeaient.

Cela faisait plusieurs jours que les Cultivateurs avaient quitté leur village et qu'ils étaient partis vers l'ouest. Plus ils approchaient du lieu sacré, plus ils devaient se serrer pour dormir dans les maisons qui les recevaient, et plus le bouillon qu'on leur offrait était clair. Mais personne n'abandonnait. Le jour qui venait de s'achever était le dernier de la troisième lune et cette nuit, la plus courte de l'année. Une grande surprise était promise à ceux qui arriveraient avant le prochain lever du soleil.

L'aube ne devait plus être très loin maintenant, et tous se pressaient dans la pente. Ils avaient traversé tant de prés et de champs ! Ils avaient piétiné si longtemps avant de pouvoir franchir la rivière Bousculée en pirogue ! Ils avaient eu si peur de perdre leurs enfants dans la foule ! Après tous ces efforts, ils seraient terriblement déçus d'arriver en retard à la cérémonie.

Les files de pierres prenaient fin au sommet d'une colline, devant un chaos rocheux impressionnant. La foule n'allait pas au-delà. Chaque vague de nouveaux arrivants s'asseyait sur le sol derrière la précédente. Malgré la pénombre, les Cultivateurs s'étonnaient d'être si nombreux. Cela les flattait ; ils découvraient qu'ils constituaient un peuple immense. On échangeait des restes de nourriture. On remplissait les outres au ruisseau. On se couvrait d'un manteau. Les enfants s'endormaient dans les bras de leurs parents qui eux-mêmes s'assoupissaient. Les nuages noirs continuaient de s'enfuir dans le ciel étoilé.

Soudain, les tambours résonnèrent, entamant un rythme régulier, repris par les flûtes. Réveillés en sursaut, les voyageurs remarquèrent la clarté laiteuse qui naissait dans leur dos et éclairait devant eux le chaos rocheux. En jaillissant, le premier rayon de soleil vint frapper le cœur des pierres. Il était si puissant que les nuages s'élevèrent dans les profondeurs du ciel et perdirent leur caractère inquiétant. Il était si précis qu'il révéla l'intérieur du chaos : la fente de l'entrée, le tunnel, le resserrement brutal de la roche et la cavité toute en rondeur… La foule resta muette de surprise. On aurait dit un sexe féminin que le soleil fécondait.

La cavité servait d'abri puisqu'on y voyait un foyer avec un feu allumé, un rondin pour s'asseoir, une couche, des paniers suspendus… Ainsi que celle qui y vivait. Malgré ses pantalons, c'était bien une femme, avec ses hanches larges et son abondante chevelure brune couvrant ses épaules. Mais son visage était dissimulé par un masque de bois surmonté d'une ramure de cerf. « Une chamane nomade ! » s'écrièrent plusieurs personnes, effrayées. La peau tendue des tambours fut frappée de coups désordonnés. Des flûtes émirent des cris stridents. Le vacarme était destiné à chasser les forces mauvaises d'un peuple ennemi.

La vision disparut. L'intérieur du refuge avait replongé dans l'obscurité lorsque le soleil avait escaladé le ciel d'une minuscule marche supplémentaire et s'était retrouvé en décalage avec la mince ouverture. L'astre du jour animait de nouveau le reste du monde de ses couleurs, de sa chaleur et de sa joie. Bientôt, la foule découvrit l'ampleur du paysage à ses pieds : au-delà des terres mises en culture et du hameau tout neuf, les rochers noirs de la côte, une longue bordure de sable, l'eau bleue jusqu'à l'horizon. L'Océan ne leur évoquait pas grand-chose, puisqu'ils n'avaient jamais entendu parler d'embruns ni d'eau salée. Mais ils se sentirent menacés par l'immensité liquide, impossible à transformer en champs et en prés.

Au même moment, une musique puissante mais harmonieuse se fit entendre. Elle accompagnait la marche solennelle d'un petit groupe. Deux prêtres en tuniques, munis de longs couteaux de pierre polie accrochés à la ceinture, portaient les attributs des dieux, façonnés dans l'argile : un cercle plein pour le dieu-Soleil, un serpent pour le dieu-Ténèbres. Ils s'arrêtèrent à l'entrée de la cavité et l'assistance frémit en pensant à la chamane qui se cachait à l'intérieur. Un combat aurait-il lieu entre les dieux des Cultivateurs et les Esprits des Nomades ?

Derrière les prêtres s'avançait un couple, en vêtements rouge sang. La chevelure flamboyante de la femme était retenue par un filet, les cheveux de l'homme étaient coupés très court. Leur allure avait autant de dignité que celle des prêtres. L'assistance les contempla avec curiosité, sentant qu'il se préparait quelque surprise à leur sujet.

Ils furent momentanément éclipsés par celui qui les suivait : un homme rondelet, plus âgé, tenu au bout d'une corde par des gardes. Ce n'était pas un Nomade, bien que son costume ne soit pas en laine. Le nombre de petits coquillages cousus à son gilet suscitait du respect pour le travail effectué. Mais on riait aussi de lui, car il cliquetait à chacun de ses pas. Il marchait pieds nus. Et il tenait devant lui un simple bâton sculpté. « Un chef pêcheur », murmurèrent les Cultivateurs. Avec cette corde qui le tirait trop vite et le faisait trébucher, on aurait dit un animal conduit au sacrifice.

Derrière lui, une dizaine de Pêcheurs, hommes, femmes et enfants, apportaient de grandes vasques en terre cuite, remplies de sel. Ils les déposèrent devant le couple vêtu de rouge. Le silence se fit. Des brûle-parfums furent allumés, dégageant une odeur de résine et de lilas. Les prêtres psalmodièrent une longue histoire, connue de tous parce qu'elle était répétée une fois par an, le matin du premier jour de l'année.

Elle racontait en détail comment, en roulant sur elles-mêmes, les ténèbres s'étaient labourées toutes seules, permettant à un grain de lumière, oublié à l'intérieur, de germer. Le premier épi de blé avait donné le soleil, la lune, les étoiles, ainsi que le premier pain. Celui-ci sentait si bon qu'il avait réveillé le dieu créateur qui dormait jusque-là d'un sommeil profond. En tranchant le pain, il avait séparé l'eau et le ciel. En jouant avec les miettes, il avait façonné les premiers êtres vivants, le premier homme, la première femme, les plantes et tous les animaux.

Quand le récit fut terminé, le couple s'agenouilla devant les prêtres. Sur la tête de l'homme, on posa un crâne de taureau aux cornes imposantes. On plaça dans sa main droite une faux de silex. On suspendit à son cou deux grands bijoux en jadéite : un anneau et une lame, superposés. Habituée à ce genre d'allusions, la foule comprit tout de suite que l'anneau représentait le sexe féminin, la lame le sexe masculin. Leur combinaison inédite signifiait que les dieux avaient confié à cet homme la fécondité de la terre aussi bien que le droit de tuer. Le crâne de taureau et la faux soulignaient qu'il mettait ses pouvoirs de vie et de mort au service des Cultivateurs. Il n'était plus tout à fait l'un des leurs, mais un interlocuteur privilégié des dieux. Désormais, il faudrait lui obéir.

— Voilà votre roi L'Orateur ! Acclamez-le ! demandèrent les prêtres.

La foule s'exécuta. La femme reçut ensuite un long

collier, aux éclatantes couleurs marbrées. Le nombre de perles symbolisait la possibilité de donner naissance à de nombreux enfants – une particularité féminine si extraordinaire que les autres pouvoirs devaient être réservés à l'homme. C'était la première fois dans l'histoire de leur peuple que le contraste était si marqué entre les rôles des deux sexes. Mais personne ne protesta. Parce qu'une cérémonie sacrée n'était pas un lieu de débats. Et parce que, de toute façon, c'en était fini des débats chez les Cultivateurs.

Encouragée par les prêtres, la foule chanta en hommage à son roi. Puis celui-ci réclama le silence et s'avança vers elle.

— J'avais un ami, commença-t-il de sa voix puissante. Il s'appelait Le Géant. C'était un commerçant qui croyait que tous les peuples étaient capables de s'entendre. Voilà pourquoi je l'avais chargé d'un message de paix pour les Pêcheurs.

Il fit une pause, qui permit à chacun de constater l'attention de l'auditoire.

— Hélas, il a été assassiné.

Les gens exprimèrent leur désapprobation par des huées.

— Et savez-vous par qui ? s'écria le roi. Par cet homme, Bassan, le plus important du village de Pointe-sous-le-Vent !

Il se tourna vers le prisonnier rond aux cheveux blancs.

— Tu reconnais ton crime, Bassan ?

L'un des prêtres traduisit la question.

— Je le reconnais, déclara le prisonnier.

— J'ai donc le droit de te tuer pour venger mon ami ?

— Tu en as le droit.

Le roi contempla la foule qui attendait le verdict avec curiosité, puis le Pêcheur résigné. L'Orateur aurait préféré que l'homme riche se jette à ses pieds et le supplie de l'épargner. Mais sa décision était prise. Les prêtres lui avaient déconseillé de verser le sang humain car, dans tous les peuples, la vengeance appelle la vengeance. Les animaux ne se vengeant pas, on sacrifierait des bœufs. Il avait suivi l'avis des prêtres, parce qu'il aurait plaisir à se faire servir par ceux qui l'avaient humilié. Ses premiers esclaves seraient l'homme riche des Pêcheurs et la chamane des Nomades.

Il s'approcha de Bassan qui se mit à trembler. D'un geste lent et spectaculaire, L'Orateur saisit son bâton sculpté et le rompit en trois morceaux. Il en jeta deux dans une coupe enflammée et lui donna le troisième, juste assez long pour que l'esclave sente entre ses doigts les échardes du bois. Il lui fit retirer son gilet de peau, qu'il piétina pour briser tous les coquillages avant de le lui rendre. Puis il tendit vers lui un pied chaussé, avec ordre de le nettoyer. Bassan n'avait que ses ongles pour gratter la boue, ses doigts pour lustrer le cuir. Son air était si pitoyable que beaucoup de gens ricanèrent. Quand la chaussure fut à peu près propre, L'Orateur lui tendit la seconde. Tout le monde comprit que le chef pêcheur se trouvait désormais au service du roi des Cultivateurs. Cette situation inédite plaisait à l'assistance qui riait et applaudissait.

Les tambours et les flûtes indiquèrent le début d'un nouveau moment solennel. Le roi s'avança cette fois vers le chaos rocheux. Il s'arrêta au seuil du tunnel, prêt à entrer. Seul. Chacun retint son souffle. Personne n'avait oublié la chamane qui se cachait à l'intérieur.

***

L'Orateur avait pleinement savouré l'excellence du spectacle qu'il avait conçu lui-même dans les moindres détails. Il était très satisfait que sa royauté, clairement présentée à tous, n'ait suscité aucune contestation. Même La Flamboyante avait accepté de perdre son influence pour rester son épouse et la mère de ses enfants ; elle ne prendrait plus jamais la parole devant une assemblée et se contenterait dorénavant de lui donner ses conseils en tête à tête. Malgré son mécontentement, elle ne s'était pas rebellée. Elle était trop intelligente pour cela. Qui aurait-elle pu entraîner dans sa révolte ? Les autres femmes, fatiguées par leurs grossesses et leurs nombreux enfants ?

Pour que tous comprennent bien où se trouvait dorénavant la seule source du pouvoir féminin, L'Orateur avait acheté à un commerçant de passage une statuette en argile. Elle représentait une Cultivatrice à l'air assuré, assise dans un fauteuil, ses bras reposant sur des fauves. Elle écartait les jambes sur un bébé en train de naître. L'Orateur l'avait placée au centre des statuettes des ancêtres que les femmes honoraient chaque jour.

La négociation avec les Pêcheurs avait également été menée sans difficulté. Bassan avait cédé à toutes ses exigences. L'homme riche lui avait offert tous les objets en jadéite et en variscite de Pointe-sous-le-Vent, dont la hache, l'anneau et les perles. Il avait avoué l'assassinat du Géant. Il acceptait de reconnaître publiquement l'allégeance de son peuple.

Dorénavant, le roi des Cultivateurs recevrait régulièrement des Pêcheurs de bonnes quantités de sel. Il en distribuerait une partie aux siens en fonction de leur loyauté. Avec le reste, il pourrait acheter d'autres trésors. Les habitants de la côte continueraient à pêcher pour se nourrir mais leurs barrages avaient été démantelés. Aucun d'entre eux ne devait redevenir riche.

Les blocs de granit plantés dans le sable avaient été transportés là où L'Orateur l'avait ordonné ; c'est ainsi qu'avaient été constitués les premiers alignements de géants. Ces silhouettes impressionnantes n'étaient pas seulement chargées d'éclairer et d'encadrer les voyageurs. Elles devaient les protéger des âmes errantes, comme celle du Géant. Grâce à leur massivité inébranlable, elles étaient chargées de s'opposer à la force mystérieuse, monstrueuse, molle et brutale à la fois de l'Océan tout proche. Le vent, la pluie, les tempêtes, les orages, rien n'ébranlerait les pierres de granit. Les longues files spectaculaires souligneraient la suprématie des Cultivateurs tout au long de l'année. Comparés à elles, les quelques poteaux sculptés des Pêcheurs étaient d'une fragilité ridicule. Enfin l'éclatante puissance virile des pierres dressées achèverait de détruire les mystérieux pouvoirs féminins des Nomades.

Sur les plus beaux blocs de granit, L'Orateur avait fait graver des messages compréhensibles par tous. La faux des Cultivateurs arrêtait l'oiseau des Nomades ; elle entravait le cachalot des Pêcheurs. Il voulait clamer haut et fort, et sans discontinuer, qu'après avoir mis les plantes et les animaux à leur service, les Cultivateurs étaient devenus les maîtres des autres peuples.

Ce plan avait été mis en œuvre bien qu'une partie des Pêcheurs aient disparu des villages de la côte. Seuls les vieillards, les malades, les paresseux ou les casaniers semblaient être restés chez eux. C'était contrariant, mais prévisible, étant donné le manque d'autorité de leurs chefs ; L'Orateur n'avait pas oublié les poteaux sacrés chancelants qui manquaient de se briser quand on les dressait. Tant pis. Assez de sel avait été récolté avant la cérémonie pour marquer les esprits. Assez de pierres de granit avaient été installées pour guider et impressionner la foule.

Désireux de renforcer son pouvoir tout neuf, L'Orateur ne relâcherait pas ses efforts. Les Cultivateurs avaient appris des Pêcheurs comment transporter les rochers les plus lourds. À chaque cérémonie annuelle, des pierres supplémentaires prolongeraient les files existantes et permettraient d'en constituer d'autres, parallèles. Chaque année, la puissance du roi et celle de son peuple se manifesteraient d'une manière plus extraordinaire encore.

Mais pour l'instant, il devait s'occuper d'Ourse-la-Puissante. La chamane des Nomades ne devait plus susciter ni admiration ni crainte. Seule une humiliation publique démontrerait l'infériorité de ses pouvoirs magiques. Il la garderait donc comme esclave une saison ou deux, avant de l'empoisonner discrètement quand il se serait lassé d'elle. En réalité, si les pouvoirs de la chamane le fascinaient, ils le troublaient profondément et l'angoissaient. Chaque fois qu'elle lui massait la tête, il ressentait à la fois un incroyable bien-être et la puissance de sa magie. Il avait fini par comprendre qu'il prendrait un risque énorme à la laisser vivre près de lui. Il croirait la tenir prisonnière et elle agirait contre lui d'une manière qu'il ne parvenait pas à imaginer.

L'humiliation puis la disparition de la chamane ne suffiraient pas ; aucun vestige sacré du peuple nomade ne devait subsister. En dévoilant l'intimité du refuge grâce au premier rayon du soleil, L'Orateur avait détruit le mystère du chaos rocheux. Lorsqu'il en aurait extirpé son occupante, il ordonnerait le démantèlement des blocs. Il les laisserait sur place, gisant à terre, afin que les Cultivateurs ne cessent de craindre la puissance sacrée de leur roi, supérieure à toutes les autres. Un jour, lorsque Ourse-la-Puissante et son peuple auraient sombré dans l'oubli, l'un de ses successeurs pourrait utiliser ces pierres. Le fils du fils de son fils bâtirait sur une butte voisine un monument comme personne n'en avait jamais vu. Avec une seule pièce à l'intérieur. Le roi ne l'occuperait qu'à sa mort et il y serait enterré seul, entouré de ses trésors. L'Orateur en avait eu la vision quand la chamane lui massait le crâne.

— Me voilà, Ourse-la-Puissante, annonça-t-il sans dissimuler son enthousiasme.

Il parcourut le tunnel et arriva à l'entrée de l'abri. Ourse-la-Puissante avait gardé sa tenue de chamane comme il le lui avait ordonné. Mais elle ne tourna pas la tête à son approche et sa belle chevelure brune ne tressaillit même pas.

— Allez, viens près de moi.

Elle ne répondit rien. Cela faisait plus de deux lunes qu'elle vivait prisonnière dans son refuge. Elle n'avait pas cherché à s'échapper. Chaque fois qu'il lui avait rendu visite, elle avait massé son crâne avec le baume. C'était même elle qui lui avait révélé la magie du solstice d'été, seul moment de l'année où le soleil éclairait l'intérieur du chaos…

L'Orateur eut une impression terrifiante. Sa victoire avait été tellement facile ! Aurait-il dû se méfier davantage ? Et si elle s'était empoisonnée elle-même pour lui gâcher son triomphe ? Furieux, il lui saisit le bras. Même morte, il allait la violer, avant de la traîner dehors. Sous les yeux de la foule, il jetterait au feu son corps et ses attributs de chamane.

Ses doigts se refermèrent sur une fourrure vide. Incrédule, il repoussa le masque de bois. Aucun visage ne se cachait derrière ; l'épaisse chevelure qui en dépassait avait été coupée pour y être attachée. Poussant un rugissement de rage, L'Orateur secoua la fourrure d'ours, la tunique, le pantalon. Ce n'était qu'une tenue, qui ne couvrait personne. Elle était remplie d'herbes sèches, sans doute prélevées dans la couche.

Hors de lui, il bouscula les rondins et les paniers de grands gestes violents. Mais Ourse-la-Puissante ne pouvait se cacher nulle part. Entre hier soir où L'Orateur était venu la voir une dernière fois et ce matin où le premier rayon avait éclairé sa fausse silhouette, la chamane avait réussi à s'enfuir.

Comment avait-elle fait ? Deux hommes avaient gardé l'entrée du tunnel toute la nuit. Même s'ils s'étaient endormis l'un et l'autre, la chamane se serait heurtée à la foule qui piétinait devant le chaos rocheux…

L'Orateur leva la tête vers le plafond. Pour la première fois, il remarqua l'endroit où des pierres se chevauchaient. Il déplaça le rondin juste au-dessous. Il grimpa, posa la main sur le plafond et poussa. Une pierre se souleva sans peine, dégageant un espace assez grand pour le passage d'une personne. Aucun doute : Ourse-la-Puissante avait réussi à s'échapper par là.

21

Lorsque Ourse-la-Puissante lui massait le crâne, L'Orateur se détendait si profondément qu'il n'était plus vraiment éveillé, sans être pourtant tout à fait endormi. Il n'était pas conscient du fait que son visage exprimait ses sentiments les plus inavoués, ni qu'il parlait à voix haute. Grâce à ce phénomène, la chamane avait suivi l'évolution de ses projets. Impuissante à arrêter sa vengeance, elle l'avait adoucie avec succès : sous son influence, le futur roi des Cultivateurs ne s'était pas montré intransigeant avec Bassan. En échange de l'humiliation publique de l'homme riche et de l'offrande de sel, les villages de la côte n'avaient pas été brûlés, leurs habitants avaient été épargnés. Plus tard, même si la cérémonie du solstice ne répondait pas à toutes ses attentes, le roi ne pourrait pas revenir sur l'accord, car son peuple allait raffoler des plats salés.

La chamane avait appris que le chaos rocheux serait démantelé pendant la cérémonie, qu'elle-même serait violée et réduite en esclavage, avant d'être empoisonnée. Avec sa forme de sexe féminin, Grand-Chaos détenait une puissance de vie unique. Ourse-la-Puissante l'habitait depuis sa petite enfance ;

elle y méditait et y écoutait les Esprits. Elle se sentait responsable de lui. Pourtant, même ce lieu sacré ne requérait pas qu'elle meure avec lui.

La veille du solstice d'été, après la dernière visite de L'Orateur, elle rassembla dans un sac ses outils et ses remèdes les plus précieux. Pour qu'une fumée régulière laisse croire qu'elle entretenait son feu, elle emplit le foyer de bûches savamment agencées. Elle se faufila par l'issue dans le plafond et n'oublia pas de remettre la pierre en place.

La nuit était sans lune. La lueur des étoiles n'apparaissait que par intermittence entre les nuages épais qui se poursuivaient. Sans attendre que ses yeux s'accoutument à la pénombre, elle tâtonna pour rejoindre l'arrière du chaos. Un cri de chouette retentit. Une chouette ? Elle sourit. Dans ce paysage sans arbres ni mulots, ce serait surprenant ! Accroupie au bord du rocher, elle souffla dans ses mains pour imiter à son tour le cri de l'oiseau. L'instant d'après, elle mettait pied à terre, près de l'endroit où Lynx et Aspic l'attendaient.

Ils se serrèrent dans les bras avec une joie immense, en silence, avant de s'éloigner à grands pas vers l'ouest. Il fallait quitter au plus vite le territoire des Cultivateurs. Ourse-la-Puissante n'avait pas mis le nez dehors depuis l'incendie. Elle découvrait avec tristesse la terre calcinée qui n'était plus protégée des intempéries par la végétation. Pendant sa réclusion, elle avait longuement pleuré la Forêt-des-Buttes. Son destin était maintenant d'accompagner son peuple plus loin, vers d'autres forêts. Les Esprits, qui devaient se faire discrets sur les terres des Cultivateurs, gardaient toute leur force là où la liberté existait pour les plantes, les animaux et les humains, là où la terre était nourricière à sa façon, là où la pluie et le soleil se succédaient sans être implorés sans cesse, là où les humains écoutaient la nature au lieu de vouloir lui imposer sa loi.

Lorsqu'ils furent assez loin du chaos rocheux et des Cultivateurs, Ourse-la-Puissante interrogea les jeunes Nomades sur ce qui s'était passé depuis deux lunes et demie. Lynx raconta qu'Aspic et elle avaient retrouvé à temps les sept familles du clan. En fuyant l'incendie vers l'ouest, les Grand-Chaos étaient arrivés sur le territoire d'un clan voisin, les Étangs-Salés. La cohabitation avait été délicate. Plus d'une fois, des groupes s'étaient retrouvés nez à nez en chassant la même harde de biches ou de sangliers. Sans les Esprits qui veillaient sur eux, il est probable qu'une flèche d'un chasseur Étangs-Salés aurait fini par blesser par inadvertance un Grand-Chaos qu'il ne s'attendait pas à voir en face de lui.

Il faut dire que les Étangs-Salés étaient vite exaspérés et facilement maladroits quand ils avaient affaire à de nouveaux venus. Ces derniers temps, d'autres groupes, chassés d'une forêt du nord-est par des Cultivateurs, étaient venus grossir leur clan. Si les Grand-Chaos restaient vivre dans cette partie de la forêt, la chasse se transformerait en massacres de gibier. Non seulement, les humains n'auraient plus de quoi se nourrir, mais la situation serait inacceptable pour les Esprits.

Les Grand-Chaos avaient accepté de repartir plus loin. L'Océan leur barrant le chemin à l'ouest et au sud-ouest, les Cultivateurs au nord et à l'est, ils devaient aller vers le nord-ouest. Les Étangs-Salés les avaient conduits à la limite de leur territoire, devant un cours d'eau d'une largeur impressionnante, dont le flot tumultueux coulait alternativement dans un sens et dans l'autre. C'était la rivière Indécise[1]. Pour être sûrs que les Grand-Chaos ne s'attarderaient pas sur la rive, les Étangs-Salés les avaient aidés à construire une dizaine de radeaux.

Pendant le chantier, Lynx et Aspic avaient discrètement faussé compagnie à leurs familles, après avoir prévenu Renard. Ils voulaient tenter de sauver leur chamane. Ils ne pouvaient pas croire qu'elle avait péri dans l'incendie. Ils s'étaient d'abord rendus à Pointe-sous-le-Vent, où Bassan leur avait détaillé son accord avec L'Orateur. Il leur avait appris qu'Ourse-la-Puissante était retenue prisonnière dans son refuge. Comme lui, elle serait humiliée en public au moment du solstice d'été, puis réduite en esclavage. C'était le futur roi lui-même qui le lui avait raconté pendant les négociations afin de l'impressionner.

Voilà comment, la veille de la cérémonie, les jeunes gens s'étaient trouvés près de Grand-Chaos, à rôder en imitant le cri de la chouette. Quel soulagement d'entendre la réponse de la chamane et de la récupérer saine et sauve !

Ils allaient maintenant marcher une partie de la nuit. Ils devaient rejoindre la tente que Lynx et Aspic avaient installée à la lisière des terres brûlées. Ils dormiraient demain pendant la journée, avant de repartir la nuit suivante jusqu'à la rivière Indécise, qu'ils franchiraient sans attendre pour rejoindre leur clan.

— Je suis très déçue et un peu en colère, Ourse-la-Puissante, avoua Lynx. La Vivace m'a parlé des marques faites par Ourse-la-Puissante l'ancienne sur

1. La rivière d'Étel, à une dizaine de kilomètres de Carnac vers l'est, est plus étroite et plus marécageuse aujourd'hui.

un rocher pour suivre la manière dont la mer grignote la terre. Pendant l'incendie, j'ai espéré si fort que l'Esprit de l'Eau lance sur la forêt une vague géante ! Pourquoi n'est-il pas intervenu ? C'était pourtant le moment !

— Ourse-la-Puissante l'ancienne avait le même espoir que toi, Lynx. Il y a trente ans, une tempête exceptionnelle a balayé la mer des Va-et-Vient et anéanti un peuple de guerriers. Mais cette fois, les Esprits ont laissé les Cultivateurs nous envahir… Je n'ai pas d'explications à te donner. Sauf peut-être que le temps des Esprits n'est pas le nôtre.

— Tu veux dire qu'ils agiront plus tard contre les Cultivateurs ?

— Ce n'est pas impossible.

— Trop tard pour nous !

— Malheureusement.

Ils cheminèrent un moment en silence, chacun plongé dans ses pensées.

— Vous savez où sont partis les autres habitants de Pointe-sous-le-Vent ? demanda Ourse-la-Puissante en prenant bien soin de s'adresser aux deux jeunes gens, et pas seulement à Lynx. Ceux qui ne sont pas revenus chez eux après l'incendie ? L'Orateur m'a dit que les villages de la côte avaient perdu au moins la moitié de leur population.

— Beaucoup se sont installés sur les îles de la mer des Va-et-Vient, répondit Lynx. Mais d'après Bassan, quelques-uns ont préféré repartir en canot.

— Pour aller où ?

— Ils ne savaient pas. Découvrir plus loin de nouvelles terres…

Les Grand-Chaos n'auraient plus jamais de leurs nouvelles. Demain, lorsqu'ils franchiraient la rivière

Indécise, Lynx, Aspic et Ourse-la-Puissante s'éloigneraient pour toujours de cette partie de la côte. La chamane ne demanda pas si Sizerin se trouvait parmi les navigateurs audacieux, partis explorer l'Océan. Elle avait tout de suite remarqué la silhouette épanouie de Lynx, annonciatrice d'un bébé d'hiver. L'entente de Lynx et Aspic sautait aux yeux ; ils échangeaient des regards aimants, ils prenaient soin l'un de l'autre, ils se consultaient avant de prendre leurs décisions. Leur bébé ressemblerait peut-être à Sizerin. Chez les Nomades, l'enfant d'une mère devenait celui de l'homme qui vivait avec elle. L'éventuelle chevelure de lune du nouveau-né ne poserait pas de problème à Aspic. Quant à Lynx, elle apprécierait peut-être ce souvenir de sa jeunesse.

***

L'Océan terrorisant les Cultivateurs, les Pêcheurs de la côte n'avaient pas besoin d'aller très loin pour leur échapper. La plupart furent satisfaits de s'installer chez leurs parents des îles voisines. C'est ainsi que Paruline retrouva avec bonheur Lointain-et-Proche où elle avait grandi. Harelde fut accueillie avec son bébé sur un îlot peuplé d'oiseaux face à Pointe-de-Tempêtes. Elle ne tarda pas à devenir l'unique épouse d'un homme de son âge qui, contrairement à Bassan, n'avait ni trésor ni obligés, mais avec qui elle se sentait bien.

Une fois l'accord conclu entre Bassan et L'Orateur, d'autres préférèrent rentrer à Pointe-sous-le-Vent. Des trois épouses de l'homme riche, Circaète fut la seule à faire ce choix. Usée et malade, elle n'était plus capable d'offrir à son mari soins, tendresse et petits plats ; elle avait même besoin qu'on s'occupe d'elle. Avant de devenir l'esclave de L'Orateur, Bassan trouva pourtant un étrange réconfort à sa présence. Elle, au moins, avait gardé le souvenir de sa puissance passée…

Neuf Pêcheurs seulement choisirent l'aventure sur l'Océan. Grâce aux récits des anciens, ils savaient que l'est était habité par un peuple de guerriers – ceux qui avaient tenté de s'approprier leur baie, une trentaine de printemps plus tôt, avant d'être balayés par la montée brutale de la mer. Ils se dirigèrent donc vers l'ouest. Ils espéraient trouver une côte inconnue des Cultivateurs, où d'autres Pêcheurs vivraient selon des coutumes semblables aux leurs. Des gens avec des fêtes joyeuses, des poteaux sculptés protecteurs, une grande variété de mets, mais surtout des hommes riches et généreux, des femmes serviables, des obligés travaillant dans la bonne humeur.

Puisqu'un autre chamane vivait à Lointain-et-Proche et que les siens pourraient bénéficier de sa protection, Hibou-le-Puissant décida de faire partie de l'expédition. La Vivace embarqua dans le même canot que lui. Depuis l'incendie, elle ne l'avait plus quitté, partageant son abri à Lointain-et-Proche et lui rendant de menus services. Maintenant qu'il ne l'effrayait plus, elle savourait l'amour secret qu'elle ressentait pour lui et que peut-être il partageait. Malgré ses coutumes bizarres, elle avait compris l'essentiel : c'était un homme bon qui avait fait de son mieux pour aider son peuple malgré les caprices de Bassan.

Depuis qu'ils vivaient l'un près de l'autre, Hibou-le-Puissant avait commencé à lui apprendre la langue des Pêcheurs. Il acceptait de lui donner son avis sur toutes ses interrogations. On aurait dit que les Esprits

– autrefois, elle aurait dit les dieux – voulaient la remercier. Pendant si longtemps, elle avait tenté de donner aux questions d'enfants les réponses qu'elle n'avait pas !

Les trois canots filaient vers l'horizon, poussés par les coups de rames vigoureux. Navigateurs expérimentés, les Pêcheurs avaient calculé le moment de leur départ en fonction de la marée descendante, qui les porterait hors de la baie. Ils contourneraient la presqu'île de Terre-de-Tempêtes lorsque la mer serait étale. Ils espéraient être parvenus au-delà avant la marée montante qui les ramènerait peut-être vers une autre plage.

Malgré sa silhouette menue, La Vivace prenait son tour de pagaie. Les jeux de lumière sur l'eau l'éblouissaient. Le cri des oiseaux de mer l'effrayaient, et plus encore les vagues qui explosaient sur les rochers noirs. Le tangage et le roulis lui donnaient le tournis. Comme la fermeté du sol lui manquait ! Pourtant, elle riait de ses malaises et de ses peurs. Une fois de plus, elle partait à la découverte d'un nouveau monde, plus loin, toujours plus loin de Dernier-Mont. Quelle joie ! Elle ne savait pas quelles surprises l'attendaient, mais, c'était certain, elle ne s'ennuierait pas.

Terre-de-Tempêtes fut ardue à doubler. Sa pointe était plus large qu'ils ne l'avaient pensé. Le nombre de rochers plantés çà et là dans la mer obligeait à suivre des trajets sinueux, peu efficaces. Quand la marée commença à remonter, les canots n'étaient qu'à mi-parcours. Les vagues redoublant de violence, ils craignirent d'être projetés sur la côte rocheuse. Les uns firent preuve de beaucoup d'énergie, les autres dirigèrent habilement, et les trois canots réussirent à franchir le cap. Ils furent ensuite soulevés par les vagues jusque sur une immense plage inconnue[1].

Le soir tombait. Plusieurs fumées bleutées s'élevaient au bout d'une petite presqu'île face à eux, signe qu'un village y était installé[2]. Ils décidèrent d'attendre le lendemain matin pour s'y rendre. S'il n'était pas possible de rester chez ces gens, ils reprendraient la mer.

Ici, le vent soufflait plus fort que de l'autre côté de la pointe. Ils placèrent leurs canots retournés à l'arrière d'une petite dune pour se constituer un abri. Un feu les réconforta. Ils pêchèrent des poissons, complétèrent leur repas des racines qu'ils avaient emportées, et mangèrent de bon appétit.

Avant d'aller se coucher, La Vivace et Hibou-le-Puissant firent une promenade sur le rivage. Ici, le soleil disparaissait directement dans l'Océan, étalant ses couleurs chaudes en mêlant le ciel et l'eau. Dans la mer des Va-et-Vient, c'était au contraire le matin que le soleil s'échappait de l'Océan.

— Hibou-le-Puissant, on n'est quand même pas déjà arrivés à l'autre bout du monde ? s'inquiéta La Vivace.

— Mais non, ne t'inquiète pas. Le monde est beaucoup plus vaste que ça.

— Tant mieux !

Elle s'étonnait elle-même de son nouveau caractère aventureux. C'était vraiment étrange ; on aurait dit qu'elle l'avait hérité du Géant. Sans son assassinat, elle ne serait pas partie seule dans la Forêt-des-Buttes.

1. Sur la côte ouest de la presqu'île de Quiberon, à la hauteur de Penthièvre.

2. Téviec.

Dans le meilleur des cas, elle aurait participé à la fondation du nouveau village, à un quart de journée de marche de Dernier-Mont. Ce qui alors lui paraissait une nouveauté extraordinaire lui aurait semblé bien fade aujourd'hui. Malgré sa compassion pour le commerçant, elle se demandait si le meurtre n'avait pas provoqué en elle quelque transfert magique… À croire qu'à son insu elle avait avalé une parcelle de son âme !

— Hibou-le-Puissant, dis-moi… Bassan a-t-il vraiment tué Le Géant ? Ou bien s'est-il accusé pour protéger les Pêcheurs de Pointe-sous-le-Vent ?

— C'est bien lui le meurtrier. D'un côté, Bassan raffolait des récits du commerçant. Il était fier de l'éblouir en retour avec ses richesses, ses obligés et ses femmes. Mais d'un autre côté, il était terriblement jaloux. Cela faisait longtemps qu'il n'était plus capable de faire l'amour, une souffrance que son ami ne connaissait pas.

Bien que La Vivace n'ait jamais dormi avec un homme, elle savait de quoi parlait le chamane, les maisons de Dernier-Mont ne permettant aucune intimité. Une image curieuse lui traversa l'esprit. Celle des poteaux que les Pêcheurs aimaient dresser en l'honneur de chaque garçon le jour de son initiation. Elle se demanda s'il y avait un lien entre cette coutume et le sexe érigé des hommes.

— Tu ne pouvais pas soigner Bassan ?

— Je ne connais pas de remède à cette maladie.

— Ourse-la-Puissante non plus ?

— Ni aucun des chamanes que j'ai rencontrés. Il fallait pourtant que l'homme le plus riche de la baie ait des enfants, et en particulier un fils pour hériter de ses biens et de sa puissance. Sinon, le peuple des Pêcheurs se serait déchiré pour les récupérer. Le mieux était que les femmes de Bassan partagent la couche du Géant.

— Pourquoi ne pas solliciter un autre Pêcheur ?

— C'était trop dangereux, La Vivace. Il aurait peut-être voulu récupérer son enfant. En tout cas, le secret n'aurait pas été gardé aussi longtemps. En fait, tout s'est bien passé jusqu'au moment où Le Géant a commencé à craindre la solitude de ses voyages. Il a souhaité qu'un fils l'accompagne…

— Il savait que Sizerin était son fils ?

— Sans aucun doute. Le Géant dormait avec l'une des épouses de Bassan et, quand il revenait à Pointe-sous-le-Vent, deux ou trois ans plus tard, celle-ci était la mère d'un enfant qui lui ressemblait. Dans ce domaine, les Cultivateurs ont des connaissances plus précises que les Pêcheurs. Ils savent bien qu'une vache ne portera pas de veaux si elle reste à l'écart des taureaux. Chez certains Pêcheurs, des rencontres discrètes étant plus faciles, le flou subsiste encore…

— Pas chez toi, Hibou-le-Puissant.

— Les chamanes sont plus savants que les gens qu'ils protègent.

— Tu as dit la vérité à Bassan sur Sizerin ?

— Non. Il y a quelques années, Bassan est venu m'interroger à propos de ses enfants. Je lui ai répondu qu'ils étaient des présents offerts par les Esprits. Il ne devait pas contrarier les puissances mystérieuses en posant trop de questions. Je lui ai fait remarquer que tous les autres Pêcheurs, y compris ses propres épouses, considéraient que Sizerin et les trois filles étaient bien ses enfants. Ma réponse l'a soulagé et il ne m'en a plus jamais parlé. Je pense qu'il a vraiment oublié ses inquiétudes jusqu'au jour où Le Géant a fait l'erreur de lui parler de Sizerin. C'était l'été dernier. Le commerçant a demandé à Bassan s'il lui arrivait de faire l'amour à ses femmes. Devant sa mine déconfite, il a affirmé que, par conséquent, les enfants étaient les siens. Il lui a déclaré qu'il voulait bien lui laisser les filles, mais qu'il emmènerait Sizerin dès qu'il serait devenu adulte. Il voulait qu'il apprenne son futur métier avec lui. Bassan a fait semblant d'accepter, pour gagner du temps. Il a simplement exigé le secret jusqu'à la fête d'initiation. Mais il a décidé d'assassiner le commerçant.

— Comment sais-tu tout ça, Hibou-le-Puissant ? Bassan t'en a parlé ? Ou bien Le Géant ?

— Ni l'un ni l'autre. J'ai longuement médité après la découverte du cadavre. Les Esprits m'ont soufflé que tout s'était déroulé ainsi. C'est la seule explication possible au fait que Bassan se soit débarrassé de son ami le plus cher. Il ne pouvait pas supporter de perdre son fils.

— Je comprends. Mais comment Bassan savait-il que Le Géant voyagerait ce jour-là ? Et qu'il approcherait du village à ce moment de la journée ?

— Ce n'était pas un problème. Le commerçant voulait être là à temps pour la fête d'initiation de Sizerin. Il ne pouvait pas se tromper de jour grâce au bâton qui lui servait de calendrier. Quand il arrivait à Pointe-sous-le-Vent, c'était toujours à la même période de la journée, en début d'après-midi, à cause du temps nécessaire pour marcher depuis Dernier-Mont où il faisait halte pour dormir.

— Mais comment Bassan a-t-il réussi à s'échapper du village sans qu'on le remarque ?

— C'était le moment de la sieste chez les Pêcheurs. La plupart des gens dormaient. C'était également le moment où l'on va se soulager discrètement en lisière de forêt. Personne ne risquait de s'inquiéter de l'absence de Bassan. Il est d'ailleurs revenu rapidement. Le lieu du crime n'est pas loin de Pointe-sous-le-Vent.

— Et les flèches retrouvées sur le cadavre ?

— Pendant l'hiver, Bassan a eu tout le temps de préparer des flèches sans signe d'appartenance. Mais il a commis une erreur en les laissant sur le cadavre. Si elles avaient disparu, le doute aurait subsisté au sujet du meurtrier : Cultivateur, Nomade ou Pêcheur. En réalité, obsédé par la crainte de perdre son fils, il n'a pas réfléchi aux conséquences de son crime sur les relations entre les différents peuples.

— Tu veux dire que les Nomades et les Pêcheurs auraient pu s'allier plus tôt ? Qu'ils auraient pu empêcher les pionniers de s'installer dans la Forêt-des-Buttes ?

— Non, je ne crois pas. Ton peuple est trop puissant, La Vivace. Les Cultivateurs sont trop nombreux. Ils se seraient installés de toute façon. Cela n'aurait rien changé pour les Grand-Chaos, qui auraient été contraints de partir. Ni pour la forêt, qui aurait brûlé. En revanche, si Le Géant était parvenu sain et sauf à Pointe-sous-le-Vent, peut-être qu'un compromis plus équitable aurait été trouvé entre les Pêcheurs et les Cultivateurs. L'Orateur aurait eu plus de mal à s'imposer comme roi.

— Moi qui le connais bien, je pense qu'il se serait imposé de toute façon. Mon peuple a terriblement peur des Nomades, ces gens qu'il ne comprend pas, qu'il appelle *sauvages*. En s'approchant de la côte, il doit aussi affronter son horreur de l'Océan. On peut toujours brûler la forêt, pour faire reculer les Nomades et les animaux sauvages. Mais que faire face à l'Océan ? Impossible de le combler ! Impossible d'y construire un pont ! Impossible de maîtriser ses vagues et ses marées ! Pour un peuple qui travaille la terre comme le mien, l'Océan est un cauchemar. En arrivant sur la côte, il était sans doute mûr pour accepter un roi, L'Orateur ou quelqu'un d'autre. Un roi qui lui dise comment agir. Un roi qui le rassure par la force de sa volonté.

Hibou-le-Puissant acquiesça, puis sourit.

— Quelle sagesse, La Vivace ! C'est un bonheur pour moi que tu vives près de moi, ajouta-t-il tranquillement. Tu augmentes mes connaissances, tout en absorbant les miennes avec enthousiasme. Nos âmes grandissent ensemble.

La Cultivatrice cessa de marcher dans le sable. Ses yeux s'emplirent de larmes et le vent n'y était pour rien.

— Je ne savais pas que cette joie existait, dit-elle.

***

Une lune plus tard, Sizerin descendait une colline au milieu des prés. Les vaches qui paissaient tournèrent la tête dans un mouvement nonchalant. Le jeune homme se dirigea vers un vieux chêne isolé ; il avait besoin d'ombre en cette chaude journée d'été. Quand les neuf Pêcheurs avaient décidé de naviguer à l'aventure vers l'ouest, ils lui avaient demandé de prendre la tête de leur expédition. Mais Sizerin avait préféré partir seul, à pied, dans la direction opposée, vers l'intérieur du vaste territoire des Cultivateurs.

Non seulement sa mère avait mangé l'âme de son père, mais ce dernier avait été assassiné par l'homme qui l'avait élevé. Ces événements terribles l'avaient empli de colère. Les trois adultes les plus importants de son enfance avaient révélé leur fragilité. Bien qu'elle affirmât le contraire, Paruline souffrait terriblement du manque d'attention de Bassan. Bien qu'il affirmât le contraire, Bassan était terriblement jaloux de son meilleur ami Le Géant. Et bien qu'il affirmât le contraire, Le Géant souffrait terriblement de solitude sur les chemins, au point de vouloir ravir son fils à son meilleur ami.

Parvenu au pied de l'arbre, le jeune homme ouvrit son sac. Il en tira de petites poires qu'il avait cueillies le matin même, ainsi qu'une perdrix qu'il venait de tuer. À cause de sa colère, il avait refusé les provisions offertes par sa mère au moment de son départ. Il ne le regrettait pas. En attendant de trouver ses premiers clients, il était tout à fait capable de se nourrir. Il pouvait chasser dans les bosquets qui entouraient les champs des Cultivateurs, ramasser des œufs ou les premiers champignons, cueillir les fruits qui parvenaient à maturité. Il trouvait toujours un ruisseau où remplir son outre. Depuis qu'il s'était éloigné de la côte, l'eau saumâtre des marécages et des cours d'eau avait disparu, au profit d'une eau douce, claire et délicieuse.

Il rassembla du petit bois et alluma un feu. À l'horizon, face à lui, des fumées signalaient la présence d'un hameau. C'était par colère également qu'il avait refusé les objets en pierre polie proposés par Bassan pour démarrer son commerce. Il s'était contenté d'aller sur la plage à la recherche de coquillages rares. Son œil averti en avait repéré de très beaux, à la nacre pure, aux formes parfaites. D'après les récits du Géant, ils devraient trouver preneurs chez les Cultivateurs. Jusque-là, à cause de sa colère, il avait évité tous les villages. Mais il était parti maintenant depuis vingt-sept jours ; il en avait la certitude grâce à l'encoche qu'il faisait chaque matin sur son bâton de marche.

Et il commençait à imaginer les villageois qui l'inviteraient à partager leur repas… Les femmes qui peut-être se glisseraient près de lui la nuit… Les récits dont il les bercerait sur ces peuples aux coutumes surprenantes : les Nomades de la forêt et les Pêcheurs de la côte… Et même sa première hache de jadéite, celle qu'il achèterait grâce au sel qu'il conservait au fond de son sac. Mais cela se produirait plus tard, dans les montagnes couvertes de neige.

Au fur et à mesure qu'il mettait ses pas dans ceux de son père, Sizerin sentait sa fureur décroître. Alors qu'il marchait d'une allure régulière, l'incroyable histoire qui le hantait devenait plus acceptable. Il savait quels objets pouvaient être convoités, par qui, et comment les négocier au mieux contre d'autres trésors – et ça, il le devait au Géant. Il réalisait qu'il avait été un trésor aux yeux de Bassan et de Paruline ; il se sentait précieux sans avoir besoin de devenir roi. Enfin, grâce aux jeux d'amour que Lynx lui avait appris, il savait qu'il serait capable de goûter avec d'autres femmes les bonheurs offerts par les Esprits.

Avant de trancher le cou de la perdrix, il la pluma en imitant le geste rapide et précis de sa mère. Les plumes tombèrent sur ses genoux et il admira leurs couleurs entrelacées, noir, blanc et ocre, qui lui faisaient penser aux mains tatouées de la jeune Nomade. Il n'était pas en colère contre elle, qui l'avait pourtant quitté sans se retourner quand son peuple avait été menacé. Il était évident qu'elle n'aurait pu être la première épouse soumise d'un riche Pêcheur. Elle n'aurait pu, non plus, voyager avec lui d'un village de Cultivateurs à l'autre. Comment auraient-ils fait pour transporter un enfant, puis deux, puis trois, en plus de leurs marchandises ?

Après avoir mis la perdrix à rôtir sur une broche de bois, il contempla ses mains à lui, sans tatouages, avec des ongles de Pêcheur assez longs pour décortiquer les crustacés ; il se demanda si tous les Cultivateurs avaient les ongles courts comme Le Géant. Il avait eu de la chance de vivre cette passion merveilleuse avec Lynx. Aujourd'hui, il se sentait Cultivateur par son père, Pêcheur par son éducation, Nomade par son premier amour. Un peu des trois peuples cohabiteraient pour toujours dans ses souvenirs. Mais cela avait peu d'importance. Les mains, tatouées ou non, avec les ongles courts ou longs, étaient toujours des mains. Habiles, précises, les meilleurs outils qui soient. Des mains humaines.

Dans le hameau qu'il avait sous les yeux, les gens n'avaient sans doute jamais entendu parler de Pointe-sous-le-Vent. C'était peut-être le moment de troquer ses coquillages contre des statuettes en argile… Sizerin fit tourner l'oiseau sur la broche, s'adossa à l'arbre, croqua ses poires. Il contempla le vallon aux courbes douces, qui s'étendait jusqu'aux grandes demeures rectangulaires en une succession de parcelles cultivées. Ce paysage ouvert, paisible, prodigue, était aussi différent du vaste Océan tourmenté que de la forêt sans perspective. Pour la première fois depuis son départ, le jeune homme se sentit heureux. En souvenir de Lynx, il décora son sac de la plus belle plume.

NOTE :
LES FAITS ET L'IMAGINAIRE

Au début du Ve millénaire avant notre ère, la région de Carnac a été le théâtre d'une rencontre extraordinaire entre plusieurs groupes humains aux modes de vie très différents[1].

D'un côté, les derniers chasseurs-cueilleurs nomades[2]. À la fin de la dernière glaciation, ils se sont adaptés à un changement radical de l'environnement. Une partie d'entre eux a probablement développé une culture spécifique grâce aux ressources de la mer et à la configuration très favorable de la baie de Quiberon[3]. Ils doivent maintenant faire face à un autre défi : l'installation de nouveaux venus, sédentaires,

1. Rappelons que tous étaient des *Homo sapiens* (ou « Hommes modernes »), c'est-à-dire des humains semblables à nous d'un point de vue morphologique.

2. Ce sont les chasseurs-cucilleurs nomades du Mésolithique, c'est-à-dire la période qui se situe entre la fin de la dernière glaciation et l'installation des premiers agriculteurs.

3. Leur origine commune et leur cohabitation ancienne expliquent que, dans le roman, les « Nomades » et les « Pêcheurs » parlent la même langue, contrairement aux « Cultivateurs », nouveaux venus dans la région.

agriculteurs et éleveurs[1]. La forêt brûle, des villages s'implantent, des champs et des prés bouleversent l'espace de manière irrémédiable... Une révolution dramatique pour ceux qui assistent à cette appropriation de leur territoire[2].

Face à eux, des populations qui ont pris l'habitude de gérer leur essor démographique par l'expansion, des gens de la terre pour qui l'océan est à la fois un obstacle insurmontable et une nouveauté impressionnante. Deux grands mouvements de néolithisation[3] ont en effet transformé l'Europe à partir du Proche-Orient. L'un a suivi les rivages de la Méditerranée puis de l'Atlantique : c'est le courant « méditerranéen » des cultures cardiale puis du Néolithique Ancien Centre-Atlantique (NACA). L'autre a traversé l'Europe centrale en occupant d'abord les vallées : c'est le courant « danubien » des cultures rubanée[4] puis de Blicquy-Villeneuve-Saint-Germain (BVSG). L'un et l'autre ont probablement chassé devant eux des groupes de chasseurs-cueilleurs nomades dans des effets « de dominos[5] ». Mais c'est en Bretagne que ces deux

1. Rappelons que les agriculteurs-éleveurs pratiquaient également la chasse de manière régulière.

2. « Comment l'archéologue qui étudie tout le processus de néolithisation peut-il ne pas être abasourdi par de tels changements ? Et comment ne pas projeter cette stupéfaction sur une supposée réaction analogue des peuples de chasseurs-cueilleurs autochtones du Mésolithique ? » (Grégor Marchand, *Préhistoire atlantique*).

3. On appelle « révolution néolithique » le grand mouvement de basculement d'une économie prédatrice nomade à une économie d'agriculteurs-éleveurs sédentaires.

4. Cette culture a été nommée d'après les décors en ruban qui ornent les poteries des groupes danubiens.

5. Voir les ouvrages de Grégor Marchand cités dans la bibliographie.

courants du Néolithique se heurtent pour la première fois après plusieurs millénaires d'évolutions séparées.

Au cours de ce grand bouleversement sont nés les premiers mégalithes bretons, qui sont également les premiers monuments spectaculaires et durables de l'humanité, antérieurs de deux millénaires aux premières pyramides d'Égypte.

Mais de quand date exactement cette invention ? Qui en furent les créateurs ? En quoi serait-elle liée aux cohabitations entre ces peuples si différents (chasseurs-cueilleurs de l'intérieur et de la côte, agriculteurs des courants « méditerranéen » et « danubien ») ? Quelles ont pu être les confrontations et les compromis successifs ? Quelles rivalités se sont installées ?

Quels échanges techniques ou matrimoniaux ont été effectués ? Quels changements économiques et quelles crises de valeurs ont été déclenchés ? En quoi l'érection des premiers menhirs a-t-elle apporté – ou tenté d'apporter – une réponse aux chocs produits ?

Nous ne le savons pas. Nous ne pouvons que l'imaginer, en nous basant sur des connaissances parcellaires[1].

Nous sommes confrontés à d'énormes lacunes. D'une part, plusieurs siècles sans aucun vestige séparent les derniers sites mésolithiques (– 5300 avant notre ère) des

1. De manière générale, nous constatons la forte résistance des populations mésolithiques à l'expansion néolithique. Il faut presque un millénaire pour que l'agriculture touche l'ensemble du territoire français, qu'il est possible de traverser à pied en un mois. En France, le Néolithique apparaît vers – 5800 sur la côte méditerranéenne et – 5350 en Alsace. La Bretagne serait concernée à partir de – 5000 au plus tôt.

premiers villages néolithiques bretons (– 4900). D'autre part, aucun site néolithique ne permet de savoir quel courant s'est installé le premier à Carnac. Les « danubiens » les plus proches ont été repérés à Lannion vers – 4800, les « méditerranéens » sur l'embouchure de la Loire vers – 5200[1]. De plus, la date d'érection des mégalithes reste imprécise ; les découvertes récentes et de nouvelles techniques de datation ont récemment « vieilli » certains monuments de quelques siècles par rapport aux estimations précédentes, ce qui peut bouleverser notre compréhension du phénomène.

Contrairement à ce qu'on pourrait penser, en effet, les Bretons d'il y a sept mille ans ne nous sont guère plus familiers que ceux, beaucoup plus anciens, du Paléolithique[2]. La raison en est simple : les peuples qui se sont croisés alors à Carnac ont en commun l'absence d'écriture. Concrètement, cela signifie qu'aucun récit n'est parvenu jusqu'à nous, aucune tentative de donner du sens à des périodes (règne, dynastie) ni aucun repère (date, lieu). Par contraste, on voit tout ce que l'histoire de l'Égypte ancienne doit aux hiéroglyphes. Et l'on sait à quel point les quelques textes où les Romains évoquent leurs voisins barbares nous donnent d'indications précieuses sur les Gaulois. Même utilisée à des fins de propagande, l'écriture donne des détails qui resteront à jamais inaccessibles aux préhistoriens.

Faute de textes, les univers symboliques (les men-

1. Voir l'actualité des recherches sur le site www.inrap.fr.

2. *Meurtre chez les magdaléniens*, qui a pour cadre le Paléolithique supérieur (c'est-à-dire le plus récent) se déroule huit millénaires plus tôt que *Le Choc de Carnac*.

talités, les visions du monde, les croyances, les coutumes) nous sont très mystérieux. L'art retrouvé dans les environs de Carnac (stèles gravées, haches de prestige et bijoux en pierres rares[1]) nous offre quelques informations. Par exemple, la présence d'objets façonnés dans des roches vertes alpines prouve qu'il existait déjà des échanges sur de longues distances. Mais comment comprendre les figures énigmatiques gravées à l'intérieur des dolmens[2] ? Tant d'interprétations sont possibles ! Là où, auparavant, on croyait voir une figure de déesse, on pense aujourd'hui à un symbole phallique[3]. Un seul constat s'impose : l'omniprésence des références sexuelles. Le Paléolithique était marqué par l'omniprésence du féminin (en témoignent le caractère sacré donné aux cavités et les nombreuses gravures de vulves). En dressant d'innombrables menhirs, le Néolithique semble au contraire célébrer la puissance masculine[4].

Si les recherches sur l'art ouvrent d'intéressantes

1. Jadéite, variscite, éclogite…

2. Dolmens et tumulus seraient postérieurs de quelques siècles aux premiers alignements, alors que certaines gravures pourraient être contemporaines puisque certaines pierres gravées ont été réutilisées. D'où la présence dans le roman de quelques gravures sur des menhirs.

3. D'une manière générale, la théorie de la déesse mère est complètement discréditée, les chercheurs soulignant au contraire la mise en valeur du masculin au Néolithique. Alain Testart compare les nombreuses figurines féminines en terre cuite aux images pornographiques de nos sociétés. Il y voit un signe de la domination masculine. Serge Cassen souligne l'exagération des caractères masculins des animaux gravés et interprète l'érection des stèles comme une glorification de la virilité.

4. D'où la problématique sous-jacente des relations entre les sexes dans ce roman comme dans *Meurtre chez les magdaléniens*.

perspectives[1], nos connaissances proviennent surtout du travail patient et rigoureux des archéologues. En Bretagne Sud, les populations mésolithiques peuvent être approchées grâce aux sites côtiers de Téviec et Hoëdic, où le calcaire des amas coquilliers a permis la conservation des squelettes. L'abondance de la nourriture tirée de la mer et la possibilité de stockage de poissons séchés ont-elles développé les inégalités[2] ? Les riches parures en coquillages de certaines tombes ne permettent pas de trancher[3]. Si elles semblent indiquer l'existence d'une élite, les biens luxueux n'ont pas été accumulés comme, plus tard, dans le tumulus Saint-Michel[4]. En revanche, les traces de violence sont indubitables. Certains squelettes de Téviec sont marqués de pointes de flèche. La jeune mère inhumée avec son enfant dans les bras peut laisser penser qu'au moins l'un des deux a été sacrifié.

Avec la néolithisation, la sédentarité des groupes favorise les découvertes : les trous de poteaux indiquent l'emplacement et la forme des maisons, les déchets renseignent sur l'alimentation et les objets du quotidien (outils en silex, céramiques, haches polies, etc.). L'espérance de vie semble plus faible qu'au Paléolithique. La récolte du sel est une certitude, mais l'ancienneté de son commerce fait l'objet de débats. Chez les « Danubiens », l'absence de

1. Voir les travaux de Serge Cassen.

2. Voir les analyses d'Alain Testart sur les sociétés avec ou sans richesses et le développement des inégalités lorsqu'il y a possibilité de stockage.

3. Voir les ouvrages de Grégor Marchand cités dans la bibliographie.

4. Le tumulus Saint-Michel est évoqué dans la vision prémonitoire de L'Orateur.

richesse, les grandes maisons communes et le stockage collectif seraient les indices de sociétés plutôt égalitaires. La fin de la culture rubanée est pourtant marquée par des massacres de masse[1]. En Bretagne Sud, la société évolue rapidement vers plus de hiérarchie, d'inégalités et de complexité sociale, comme le prouve l'érection des mégalithes : d'abord des alignements de pierres levées, des tombes monumentales ensuite, individuelles puis collectives, ainsi que l'accumulation de trésors[2] et la pratique de grands rituels collectifs. En Europe, tout indique que la guerre est une « invention » du Néolithique[3].

Le cannibalisme est attesté chez les premiers agriculteurs comme chez les derniers chasseurs-cueilleurs[4]. Aucune trace ne peut être retrouvée en Bretagne, où l'acidité du sol dissout même les ossements. Mais il est tout à fait possible d'imaginer ces pratiques par comparaison avec des peuples similaires, à condition de garder à l'esprit qu'elles sont toujours exceptionnelles et liées à une crise grave[5].

1. Des charniers ont été retrouvés à Thalheim et Herxheim (sud-ouest de l'Allemagne), ainsi qu'à Asparn (Autriche).

2. Il s'agit d'objets en pierres rares polies. Rappelons qu'on ne travaille pas encore les métaux, et donc ni l'or ni l'argent.

3. Si des traces de violence ont été retrouvées pour le Paléolithique, les massacres de masse les plus anciens datent du début du Néolithique.

4. Le cannibalisme de masse a fait mille victimes en cinquante ans (maximum) à Herxheim. Le cannibalisme est également prouvé au Mésolithique, deux millénaires plus tôt, à Agris en Charente. Dans les deux cas, voir les travaux de Bruno Boulestin.

5. L'endocannibalisme (le fait de manger des personnes de son groupe) et l'exocannibalisme (le fait de manger des personnes extérieures à son groupe) existent dans de nombreuses sociétés. La crise peut être sociale mais aussi individuelle, comme la naissance de jumeaux.

De manière générale, les études ethnologiques peuvent apporter de précieuses clés d'analyse aux traces archéologiques. Les sociétés d'agriculteurs-éleveurs étudiées étant plus nombreuses que celles de chasseurs-cueilleurs, les enseignements à tirer sont plus nombreux. Parfois, elles nous apprennent surtout à quel point nos interprétations d'Occidentaux contemporains peuvent être erronées[1].

Un autre champ prometteur est celui des analyses ADN ou chimiques[2]. Lorsqu'elles sont possibles, elles nous offrent des informations spectaculaires sur les mélanges de population et les déplacements d'individus. Elles ont prouvé par exemple que les populations néolithiques n'avaient pas domestiqué d'animaux autochtones, mais apporté avec eux ceux du Proche-Orient[3]. D'autres études sont à prendre avec précaution, le petit nombre d'individus analysés ne permettant pas de généralisations.

Plusieurs peuples mal connus, aux modes de vie très différents, se confrontent les uns aux autres pour la première fois, sans que l'on sache comment ; ils laissent derrière eux des vestiges exceptionnels. Voilà une histoire extraordinaire et d'immenses zones d'ombre. De quoi faire le miel d'un(e) romancier(ère), bien sûr, mais aussi de quoi justifier la création d'un vrai récit, qui tente de donner sens et vie à l'événement.

Dans *Le Choc de Carnac*, j'ai poursuivi la démarche initiée dans mon précédent roman, *Meurtre chez les*

1. Voir les ouvrages d'Alain Testart cités dans la bibliographie.
2. Le strontium des dents, élément chimique révélateur de l'environnement.
3. Les cochons et les vaches ne sont pas les descendants des sangliers et des aurochs européens.

magdaléniens. J'ai pris pour règle de m'appuyer au maximum sur les traces, les objets, les lieux, les connaissances scientifiques, pour remplir les blancs grâce à mon imagination[1]. Cette fois, il me fallait imaginer – toujours en cohérence avec les faits connus – plusieurs organisations sociales, plusieurs visions du monde, plusieurs types culturels de problématiques et d'ambitions… sans compter les manières de nommer les personnages.

La complexité de la langue n'est pas née de l'écriture, elle l'a forcément précédée[2]. Comme dans *Meurtre chez les magdaléniens*, j'ai considéré que j'effectuais une sorte de traduction à partir de langues oubliées. Par exemple, j'ai utilisé les substantifs « Nomades », « Pêcheurs » et « Cultivateurs » comme je l'aurais fait avec « Français ». Les Nomades ont des « chefs », mais les Pêcheurs des « hommes riches » et les Cultivateurs des « personnes influentes ». J'ai tenté d'éviter les mots et les expressions trop anachroniques (« ne tourne pas rond » sonne curieusement avant l'invention de la roue). J'en ai inventé quelques-uns qui auraient eu du sens pour le peuple concerné. Mais le français contemporain est imprégné d'une si longue histoire ! Il est absolument impossible

1. Comme je l'écrivais dans *Meurtre chez les magdaléniens* : « Pendant que le scientifique affirme avec prudence ce qu'il peut prouver, le romancier est obligé de trancher et de remplir les blancs grâce à son imagination. C'est d'ailleurs l'intérêt de la littérature dans ce domaine : l'empathie envers les personnages aide à comprendre ce qui n'est pas appréhendé par la science. »

2. Au sujet du Mésolithique et du Néolithique, Grégor Marchand parle d'« étrange animalité » conférée par « de nombreux esprits contemporains » « aux individus sans écriture, ce qui renvoie évidemment davantage aux méandres de leur psyché qu'à une quelconque réalité ».

de se passer de tous les enrichissements postérieurs au Néolithique. Comment éviter « archer » malgré la référence médiévale implicite ? Quand je ne pouvais pas trouver d'équivalent, j'ai donc conservé le mot contemporain : « toile », « alcool », « sauce », « enquête », « enjeu diplomatique », etc.[1]. Par respect pour l'intelligence de ces humains, tout autant capables d'abstraction que nous, j'ai toujours privilégié le sens et la précision[2]. J'ai conservé « prêtre », d'une part parce que je ne voulais utiliser ni chamane, ni sorcier, ni druide (mots qui me semblaient tout aussi anachroniques pour les « Cultivateurs »), d'autre part pour bien marquer la rupture de modes de pensée entre les nouveaux venus et les anciens habitants de la région. J'ai préféré « humain » à « homme » par conviction que l'humanité n'avait pas encore entièrement masculinisé son sentiment d'identité.

Les problèmes de chronologie se sont révélés cruciaux. Avec les outils d'analyse dont ils disposent, les préhistoriens sont parfois heureux de pouvoir dater un monument à quelques siècles près. Habitués à travailler sur de très longues périodes, ils peuvent accepter ce manque de précision. En revanche, en tant que romancière, j'étais obligée d'inscrire mon intrigue dans un moment beaucoup plus court, tout en évitant les illusions temporelles qui pouvaient naître de datations parfois contradictoires[3]. J'ai donc choisi

1. Précisons par exemple que les toiles des agriculteurs sont faites de fibres tissées.

2. Plus de détails sur mes choix linguistiques dans *Meurtre chez les magdaléniens*.

3. Les avis des chercheurs divergeant, j'ai pris systématiquement pour référence les datations de Grégor Marchand.

l'hypothèse que les premiers mégalithes de Carnac (des alignements de menhirs) avaient été érigés par des agriculteurs juste après leur arrivée dans la région, au tout début du Ve millénaire, c'est-à-dire deux ou trois siècles avant la construction du tumulus Saint-Michel (daté de – 4700 environ).

Je me suis appuyée sur la découverte des alignements de Belz-Kerdruellan (à l'ouest de Carnac), dont l'érection est datée entre – 5000 et – 4800. C'est justement le moment où la Bretagne Sud bascule du Mésolithique au Néolithique. Les gravures retrouvées dans les environs de Carnac (des crosses et des faux opposées à des oiseaux et des cachalots) peuvent également être interprétées comme les signes d'une confrontation directe entre les premiers agriculteurs et les derniers représentants d'une économie de prédation (chasseurs-cueilleurs et pêcheurs)[1] : à quoi bon souligner la puissance des agriculteurs si tout le monde partage leurs valeurs ? Précisons que mes « Cultivateurs » sont des Danubiens. Ceux que j'ai nommés « peuple des Guerriers » seraient des représentants du courant méditerranéen (culture du NACA) qui auraient tenté une incursion au nord de la Loire un peu avant l'arrivée des Danubiens.

Il m'a semblé tout à fait possible que la montée des eaux ait été perceptible à l'échelle d'une génération[2], au moins par des observateurs attentifs comme devaient l'être les chamanes. Dans le golfe du Morbihan, les deux cercles de pierres à demi submergés de l'îlot d'Er Lannic semblent indiquer que la montée

1. Voir Serge Cassen.

2. Grégor Marchand envisage cette hypothèse dans *Préhistoire atlantique*.

de l'océan s'est poursuivie après l'érection de certains mégalithes – ce qui plaide à la fois en faveur de l'ancienneté des menhirs et de la visibilité de la montée des eaux (les menhirs formant d'excellents repères).

En situant ce roman à Carnac, je devais bien sûr proposer une signification à l'érection des premiers mégalithes. J'ai donc imaginé la reprise et la transformation par les agriculteurs d'une tradition ostentatoire qui aurait existé chez les pêcheurs[1], dans une sorte de compétition de prestige : le passage du poteau en bois au menhir de pierre. Les tensions grandissantes entre les peuples, ainsi que les craintes suscitées par l'océan (auquel les agriculteurs se heurtaient pour la première fois), auraient provoqué une affirmation spectaculaire de la puissance virile. Celle-ci aurait constitué une nouveauté par rapport à la spiritualité plus féminine des chasseurs-cueilleurs.

Les cartes IGN 1 : 25 000 m'ont permis d'imaginer la configuration des lieux à un moment où le niveau de la mer était plus bas qu'aujourd'hui[2]. J'ai intégré à la narration la plupart des objets datés du début du Ve millénaire retrouvés à Carnac et en Bretagne Sud, ainsi que deux statuettes d'origine beaucoup plus lointaine, que des voyageurs auraient pu transporter[3]. Je me suis promenée sur les sites. Enfin, pour

1. Voir les cérémonies de potlatch décrites chez les Amérindiens des côtes du Pacifique.

2. La courbe de niveau – 5 mètres permet de tracer approximativement la ligne de côte de l'époque.

3. Les statuettes en argile décrites dans le roman proviennent de Méditerranée orientale. La femme allongée a été retrouvée à Malte et celle qui accouche à Çatal Hüyük (Turquie).

comprendre de l'intérieur des personnages aux vies si différentes des nôtres, j'ai pensé à eux dans une attitude proche de la méditation.

Je remercie Emmanuelle Thauvin-Boulestin, préhistorienne, et Sabine Sportouch, mon éditrice, pour leur lecture très attentive et leurs remarques pertinentes, Grégor Marchand d'avoir répondu avec générosité à mes questions, Emmanuelle Thauvin-Boulestin et Bruno Boulestin pour nos discussions passionnées sur les sociétés d'avant l'Histoire, Antoine Chancerel d'avoir partagé avec moi son sentiment personnel sur le mégalithisme, Jacqueline Angot-Westin de m'avoir guidée à Carnac avec beaucoup de gentillesse, et la région Aquitaine de m'avoir offert le « coup de pouce » financier indispensable à ce voyage.

Les comptes-rendus des fouilles de l'Inrap m'ont été très utiles[1], ainsi que les ouvrages suivants :

Lola Bonnabel (dir.), *Archéologie de la mort en France*, La Découverte, 2012.

Christine Boujot, Emmanuelle Vigier, *Carnac et environs. Architectures mégalithiques*, Éditions du Patrimoine, 2012.

Bruno Boulestin, « Manger son ennemi : le cannibalisme préhistorique et la "guerre" », *in* Olivier Buchsenschutz, Olivier Dutour, Claude Mordant (dir.), *Archéologie de la violence et de la guerre*

1. Voir le site www.inrap.fr.

dans les sociétés pré et protohistoriques, Éditions du CTHS, 2014.

Serge Cassen, *Exercice de stèle. Une archéologie des pierres dressées*, Éditions Errance, 2009.

Serge Cassen, Jacobo Vaquero Lastres, « Le Désir médusé », *in* Jean Guilaine (dir.), *Arts et symboles du Néolithique à la Protohistoire*, Éditions Errance, 2003.

Claudine Cohen, *La Femme des origines. Images de la femme dans la préhistoire occidentale*, Belin-Herscher, 2003.

Jean-Paul Demoule (dir.), *La Révolution néolithique en France*, La Découverte, 2007.

Emmanuel Ghesquière, Grégor Marchand, *Le Mésolithique en France. Archéologie des derniers chasseurs-cueilleurs*, La Découverte, 2010.

Jean Guilaine, *Caïn, Abel, Ötzi. L'Héritage néolithique*, Gallimard, 2011.

Jean Guilaine (dir.), *Sépultures et sociétés. Du Néolithique à l'Histoire*, Éditions Errance, 2009.

Jean Guilaine (dir.), *Mégalithismes, de l'Atlantique à l'Éthiopie*, Éditions Errance, 1999.

Jean Guilaine, Jean Zammit, *Le Sentier de la guerre. Visages de la violence préhistorique*, Seuil, 2001.

Stéphan Hinguant, Christine Boujot, « Les pierres couchées de Belz ou la découverte d'un ensemble mégalithique », *in* Jean-Paul Demoule (dir.), *La Révolution néolithique dans le monde*, CNRS Éditions, 2010.

Jean L'Helgouach, « De la lumière aux ténèbres », *Revue archéologique de l'Ouest*, supplément n° 8, Joël Lecornec, Charles-Tanguy Le Roux, Jean L'Helgouach (dir.), *Art et symboles du mégalithisme européen*, 1997.

Catherine Louboutin, *Au Néolithique. Les Premiers Paysans du monde*, Gallimard, 1990.

Grégor Marchand, *La Néolithisation de l'ouest de la France. Caractérisation des industries lithiques*, Hedges, 1999.

Grégor Marchand, *Préhistoire atlantique. Fonctionnement et évolution des sociétés du Paléolithique au Néolithique*, préface de Jean Guilaine, Éditions Errance, 2014.

Alain Testart, *Les Chasseurs-Cueilleurs ou l'Origine des inégalités*, Société d'ethnographie, 1982.

Alain Testart, *La Déesse et le Grain. Trois Essais sur les religions néolithiques*, Éditions Errance, 2010.

Alain Testart, *Avant l'histoire. L'Évolution des sociétés, de Lascaux à Carnac*, Gallimard, 2012.